Inspector Swanson

und das Schwarze Museum

Ein Kriminalroman
aus dem Jahre 1894
von Robert C. Marley

DRYAS

Robert C. Marley, Inspector Swanson
und das Schwarze Museum.
Ein Kriminalroman aus dem Jahre 1894.
Dryas Verlag 2020

2. Auflage
ISBN 978-3-940855-69-5

Dieses Buch ist auch als E-Book erhältlich und
kann über den Handel oder den Verlag bezogen werden.
E-Book ISBN 978-3-941408-93-7

Auf Seite 173 findet der interessierte Leser ein Schema um die codierten Textstellen zu entschlüsseln. Der Schlüssel besteht aus einem Gitter und beim Verschlüsseln wird das Umfeld des Buchstaben abgeschrieben.

Lektorat: Andreas Barth, Oldenburg
Korrektorat: Katharina Witthuhn, Peine
Umschlaggestaltung: © Guter Punkt, München
unter Verwendung von Motiven von Thinkstock
Fotos: Retro steam train © serjiob74 – Fotolia.com
Grafiken: Street lights © ollomy – Fotolia.com / White paper ripped message background © picsfive – Fotolia.com / Zettel © Anja Kaiser – Fotolia.com

Bibliografische Information der Deutschen Nationalbibliothek:
Die Deutsche Nationalbibliothek verzeichnet diese Publikation in der Deutschen Nationalbibliografie; detaillierte bibliografische Daten sind im Internet über http://dnb.d-nb.de abrufbar.

Der Dryas Verlag ist ein Imprint der
Bedey Media GmbH,
Hermannstal 119k, 22119 Hamburg.

http://www.dryas.de
Gedruckt in Europa

In liebevoller Erinnerung
an Anja und Patrick,
die viel zu früh
in den ewigen Osten vorausgegangen sind.
Und für meinen Freund Axel,
den stärksten Mann,
den ich kenne.

Was ist Freimaurerei?

Daheim ist sie Güte,
im Geschäft ist sie Ehrlichkeit,
in Gesellschaft ist sie Höflichkeit,
bei der Arbeit ist sie Anständigkeit!
Für den Unglücklichen ist sie Mitleid,
für den Schwachen ist sie Hilfe,
für den Starken ist sie Vertrauen.
Dem Gesetz gegenüber ist sie Treue,
gegen das Unrecht ist sie Widerstand.
Beim Reuigen ist sie Verzeihen,
für den Glücklichen ist sie Mitfreude.
Vor Gott ist sie Ehrfurcht und Liebe.

Alte englische Definition

Vorbemerkung

Auf dem Cover dieses Romans sehen Sie eine Taschenuhr – darauf Zirkel & Winkel der Freimaurer. Um diesen geheimnisvollen Bund ranken sich bis heute zahlreiche, zumeist abstruse Verschwörungstheorien, daher möchte ich eines vorausschicken: Donald Sutherland Swanson, die namensgebende Hauptfigur dieses Romans, war Freimaurer und Polizist. Und beides aus voller Überzeugung. Wäre ihm daran gelegen gewesen, Jungfrauen zu opfern, während satanischer Riten auf Ziegenböcken zu reiten oder gar die Weltherrschaft anzustreben – er hätte vermutlich einen anderen Beruf ergriffen.

R. C. M.

Prolog

*» Pflicht erkennen und tun,
das ist die Hauptsache. «*

Friedrich der Große

West Highgate Friedhof, London,
13. Januar 1894

Douglas Crouch fröstelte.

In einen dicken Übermantel gehüllt, die Tonpfeife im Mundwinkel und seine Blendlaterne mit ausgestrecktem Arm vor sich haltend, stapfte er in der Dunkelheit durch den knöcheltiefen Schnee, der während des Tages und der frühen Abendstunden gefallen war. Ab und an stampfte er, in dem hoffnungslosen Bemühen, seine zu gefühllosen Eisklumpen erstarrten Füße ein wenig aufzuwärmen, mit seinen schweren Stiefeln auf, ehe er seinen Weg fortsetzte.

Seit mehr als zwanzig Jahren schon versah er jetzt seinen Dienst auf Londons größtem und bedeutendstem Friedhof. Eine Aufgabe, die ihn seit Jahr und Tag mit Ehrfurcht erfüllte. Wenngleich auch eine sehr einsame Arbeit. Doch Crouch war gern allein. Die Dunkelheit und auch die Toten, die von steinernen Engeln bewacht in ihren Gräbern ruhten, ängstigten ihn nicht. Das hatten sie noch nie getan. Im Gegenteil – er liebte die Dunkelheit. Und Crouch liebte auch die Stille.

Besonders im Winter.

Alles war dann mit einer beruhigenden Schicht aus feuchtem Schnee bedeckt, die das Licht der kleinen Blendlaterne reflektierte, die meisten Geräusche dämpfte und ganz allgemein so etwas wie Frieden in sein Herz einkehren ließ.

Auch heute Nacht herrschte Stille. Nur ab und an drang der Schrei eines Kauzes an seine Ohren.

Als Crouch seinen Rundgang beinahe beendet hatte, vernahm er ein ungewöhnliches Geräusch. Es war nicht sehr laut. Nur ein Knacken. Aber irgendetwas irritierte ihn daran. Er hätte selbst nicht recht zu sagen vermocht, was. Doch es war kein gewöhnliches Geräusch gewesen, keines, das er ohne Schwierigkeiten einzuordnen imstande gewesen wäre. Kein Kaninchen, das seinen Bau im Bauch eines der Gräber verlassen und dabei einen Zweig unter seinem Leib zum Knacken gebracht hatte. Keine streunende Katze, kein Vogel, der in den Sträuchern nach Würmern pickte. Kein Geräusch, das um diese nachtschlafende Zeit hierher nach Highgate gehörte.

Es war ein ausgesprochen ungewöhnliches Geräusch gewesen!

Er blieb stehen. Lauschte. Nichts.

Dann ging er langsam weiter in die Richtung, aus der er glaubte, dieses seltsame Geräusch vernommen zu haben. Nach ein paar Schritten blieb er abermals stehen, hielt die Luft an und horchte.

Hm. Noch immer nichts.

Dabei war er sich sicher gewesen, in etwa zehn Yards Entfernung eine Bewegung wahrgenommen und, was viel wichtiger war, dieses ungewöhnliche, nein, dieses ausgesprochen ungewöhnliche Geräusch gehört zu haben. Es hatte beinahe geklungen, als sei jemand versehentlich auf einen trockenen, dürren Ast getreten und habe ihn dabei zerbrochen. Ein wirklich ausgesprochen ungewöhnliches Geräusch um diese Zeit.

Doch ausgesprochen *ungewöhnliche* Geräusche waren selten auf Highgate, und Crouch war sich sicher, sie nach all den Jahren deutlich von den gewöhnlichen unterscheiden zu können.

Crouch kannte den Herzschlag des Friedhofs genau, sein leises, gespenstisches Atmen, wenn der Wind, wie in dieser Nacht, sachte durch die Büsche und Bäume strich, das weinerliche Knarzen der Äste in den uralten Eichen, den Flügelschlag der Eulen und Fledermäuse und das Scharren und Huschen der Ratten.

Die Schatten ringsum waren beinahe erdrückend. Sie schienen mit jedem seiner Schritte weiter zusammenzurücken, schienen immer näherzukommen, immer weiter auf ihn einzudringen.

Zum ersten Mal verspürte er ein leises Gefühl von Angst. Es war wie kalter, lähmender Nebel, der ihm wie Wasser in die groben Stiefel schwappte und begann, an seinen Beinen empor und seinen Rücken hinaufzukriechen. Crouch versuchte, dieses neue, ihm bislang unbekannte Gefühl abzuschütteln, doch es gelang ihm nicht ganz.

Der weinberankte, von mächtigen dorischen Säulen gesäumte Bogengang der Egypts Avenue tauchte links von ihm auf. Zügig durchmaß er den schmalen, kopfsteingepflasterten Weg und erreichte die unter dem Namen Cedar Circle bekannten steinernen Ruhestätten, ein aus zahlreichen Mausoleen bestehendes Rondell, das die Erbauer vor Jahrzehnten um eine angeblich 200 Jahre alte Zeder herum errichtet hatten.

Der schwache gelbe Lichtkegel seiner Öllampe huschte über die mit Flechten bewachsenen Wände. Langsam und in jeden Winkel spähend ging Crouch um das Rondell herum. Er leuchtete in die Nischen, überprüfte die gitterbewehrten schwarzen Münder der Grüfte und fand alles in bester Ordnung.

Hier war keine Menschenseele.

Crouch erreichte die Treppe zum höher gelegenen Teil des Friedhofs und hastete sie hinauf. Auch hier schien sich niemand aufzuhalten. Mit der Lampe den unberührten Schnee vor sich ableuchtend, hielt Crouch nach frischen Spuren Ausschau.

Wenn der Eindringling, wer immer er sein mochte, nicht gerade zu fliegen imstande war – und dieser Möglichkeit widersprach Crouchs gesunder Menschenverstand vehement – so müsste er über kurz oder lang auf dessen Fußspuren stoßen.

Den Kopf gesenkt und die flackernde Laterne mit ausgestreckter Hand vor sich haltend, stapfte er langsam weiter.

Vielleicht, dachte Crouch gerade bei sich, war es doch nur der Wind gewesen oder eine große Katze auf Beutejagd, als er auf Höhe des Mausoleums endlich das fand, wonach er suchte.

Schnaufend schüttelte er den Kopf. Wut stieg in ihm auf und löste die Angst schlagartig ab.

Eine Spur fein säuberlich in den neu gefallenen Schnee getretener Fußabdrücke kreuzte seinen Weg.

Er folgte ihnen, bis er vor dem offenen Gittertor des Mausoleums stand. Die schwere Eisenkette, die es für gewöhnlich verschlossen hielt, lag wie eine tote Schlange am Boden. Er schob sie mit dem Fuß beiseite, öffnete vorsichtig das Tor und trat ein. Zuletzt war er hier vor etwa einer Stunde vorübergekommen und da war das Schloss der Kette noch intakt gewesen.

Die Kunst der Leichenräuberei war zwar seit Burke und Hare in den Zwanzigerjahren aus der Mode gekommen, doch Crouch ertappte sich bei dem Gedanken, gleich einer Bande von Sargdieben zu begegnen, wenn er um die Ecke bog. Doch nichts. Wieder nichts, dachte er. Und er fragte sich, warum jemand sich Zugang zum Mausoleum verschaffte? Womöglich ein Perverser? Jemand, der ohne Gattin war, um all die unaussprechlichen Dinge, die sonst im Geheimen des Schlafgemachs geschahen, mit jemandem auszuüben, der sich nicht zur Wehr setzte?

Seine Schritte hallten in dem alten Gemäuer wider, als Crouch langsam die Reihen abschritt und die einzelnen Gräber untersuchte.

Im Gegensatz zu den Erdbestattungen draußen auf dem Friedhof lagerten die Särge hier in Wandnischen. Jede war mit einer Holzluke verschlossen, die sich durch das Entfernen eines einfachen Drahtbügels aufklappen ließ und es so den Angehörigen erlaubte, ab und an Blumen vor die Särge zu legen.

Eine würdige Art der Bestattung, fand Crouch, auch wenn Charles Dickens das anders gesehen haben mochte. Dessen verstorbene Tochter war zunächst ebenfalls hier zur letzten Ruhe gebettet worden, ehe ihr Vater sie wieder herausholte und andernorts begraben ließ, da ihm das Mausoleum zu unwürdig, feucht und gruselig erschienen war.

Crouch leuchtete in jedes einzelne Fach. Doch so, wie es aussah, schien alles in bester Ordnung zu sein.

Als Crouch die Gruft wieder verließ und die Kette grob um die Eisenstangen des Gittertors wand, entdeckte er ein zweites Paar Spuren im Schnee. Es führte vom Eingang des Mausoleums dicht an der Wand entlang in Richtung Süden. Er wollte ihr gerade folgen, da glaubte er abermals eine Bewegung in den Schatten hinter sich wahrzunehmen.

»He! Wer ist da?«, rief er. Doch niemand antwortete. Crouch schwenkte die Blendlaterne hoch über seinem

Kopf. Dann hörte er ungeschickte, zaghafte Schritte auf dem Weg, das Knirschen von Schnee und das Rascheln von Büschen.

Der Mond kam zwischen den Wolken hervor. Und jetzt sah er den Kerl auch. Eine gebückt gehende Gestalt, die sich zwischen den Gräbern verborgen hielt und versuchte, sich langsam davonzustehlen.

Wer immer das war, er hatte seine Rechnung ohne Douglas Crouch gemacht.

Mochten hier auf zehn Hektar Land auch 170000 Leichen liegen, für eine mehr war immer noch Platz. Der Friedhofswärter kannte jeden Fußbreit Boden, jedes Grab und jeden Stein auf diesem Friedhof. Und er würde es diesem neunmalklugen Eindringling schon zeigen, ganz gleich, was der auch im Schilde führen mochte.

Warte nur, Bürschchen, dachte Crouch und biss vor Wut die Zähne zusammen. Mit dem Daumen legte er den kleinen Hebel um, der das Öllicht seiner Laterne verdunkelte, klemmte sie sich in die Armbeuge und schlich langsam näher, wobei er einen leichten Bogen ging, was ihn hinter den Mann bringen würde.

Geräuschlos schlich er sich an. Die Gestalt kauerte zwischen zwei Grabsteinen. Crouch brauchte nur noch die Hand auszustrecken, um ihren Rücken zu berühren. Doch er tat es nicht.

Stattdessen brüllte er: »Was zum Teufel haben Sie hier zu suchen?«

Die dunkle Gestalt kippte vor Schreck nach hinten, strampelte mit Armen und Beinen und versuchte, wieder auf die Füße zu kommen.

»Gar nichts! Gar nichts!« Die Stimme eines verängstigten Mannes, der jetzt auf allen Vieren hockte. »Ich fürchte, ich habe mich verlaufen. Ich … äh … ich finde nicht mehr zurück.«

»Nun«, knurrte Crouch und trat dem Mann so kräftig in den Hintern, dass der der Länge nach hinschlug. »Ich werd' Ihnen schon zeigen, wo's hier lang geht.«

»Oh bitte.« Der Mann taumelte vorwärts, rappelte sich halb auf. »Bitte, nicht mehr treten.« Er drehte sich wieder auf den Rücken, streckte die rechte Hand vor und robbte auf seine Linke und die Füße gestützt ein, zwei Meter rückwärts. Dann rutschte er aus und fiel erneut auf den Rücken. »Ich … ich wollte nichts weiter, als mich hier ein wenig umsehen.«

»So, tatsächlich?« Crouch war nicht überzeugt. Er legte den Hebel seiner Lampe um und der vollbärtige Mann am Boden war nun deutlich zu erkennen. »Mitten in der Nacht?«

»Gewiss, das mag zunächst seltsam klingen …«

»Das tut es, Sir«, sagte Crouch ruhig und trat ganz nahe an den Mann heran. Er beugte sich über ihn und leuchtete ihm mit der Laterne nun direkt ins Gesicht. »Das tut es in der Tat.«

»Bitte, ich kann das erklären.«

»Nu, dann mal los.«

»Was?«

»Erklären Sie es«, sagte Crouch. »Ehe ich Ihnen noch mal in den Hintern trete. Wer, zum Teufel, sind Sie? Und was machen Sie hier?«

»Mein Name ist Stoker«, sagte der Mann. »Abraham Stoker.« Er stützte sich auf die Hände und robbte wie ein verwundeter Krebs erneut ein Stückchen rückwärts.

Crouch trat ihm in die Seite. »Bleiben Sie hier, verdammt noch mal!«

»Ja, Sir. Ja. Nur nicht mehr treten, bitte.«

»Dann rücken Sie mal raus mit der Sprache.« Crouch stemmte die Hände in die Hüften. »Was treiben Sie hier mitten in der Nacht?«

»Nichts weiter«, sagte Stoker. »Darf ich aufstehen?«

»Weiß nicht, ob ich das zulassen kann«, sagte Crouch, zog die Nase hoch und spie aus. Sein Auswurf wickelte sich um den Zweig eines Busches und schaukelte träge hin und her. »Na gut, also schön, machen Sie, dass Sie Ihren Arsch hochkriegen.«

»Danke.« Stoker griff nach dem Grabstein neben sich und zog sich schnaufend daran hoch. Mit den Händen darauf gestützt sagte er: »Es tut mir außerordentlich leid, dass es so aussieht, als sei ich hier eingebrochen …«

Crouch hielt den Kopf schief. »Sind Sie gar nicht, was?«

»Nein.«

Er nickte übertrieben langsam. »Muss ich mich wohl geirrt haben, wie?«

»Davon gehe ich aus«, stimmte ihm Stoker zu. »Ein dummes Missverständnis. Es war lediglich ein nächtlicher Spaziergang, nichts weiter.«

Crouch zog seine erloschene Pfeife aus der Manteltasche, steckte sie sich zwischen die Zähne und nickte übertrieben. »Dachte ich's mir doch. Ein harmloser, kleiner Spaziergang. Ein dummes Missverständnis. Nichts weiter.« Dann wurde er wieder übergangslos ernst. »Sie haben das Tor zum Mausoleum aufgebrochen. Das haben Sie getan.«

»Sie irren sich«, versicherte Stoker. »Das war ich nicht. Ich habe mich nur umgesehen. Allerdings …«

»Allerdings was?«

»Da waren zwei Gestalten …« Er wies mit der Hand

über Crouchs Schulter hinweg zum Mausoleum. »Das ist ja auch der Grund, weswegen ich mich überhaupt versteckt habe.«

»Wegen der zwei Männer«, sagte der Friedhofswärter, der Stoker kein Wort davon abnahm. »Natürlich.«

»Ich versichere es Ihnen. Ich ging hier ganz friedlich spazieren und machte mir Notizen, als ich sie plötzlich bemerkte.« Er hielt Crouch seinen Notizblock hin, so, als würde das die Wahrheit seiner Worte beweisen. Dann ließ er die Arme baumeln. »Sie müssen mir das glauben. Ich sah diese Leute, und da bekam ich es mit der Angst. Zunächst nahm ich an, es seien Bedienstete des Friedhofs. Aber sie trugen keinerlei Licht bei sich. Das ist doch verdächtig, nicht wahr? Und ich hörte sie tuscheln. Einer schien Engländer zu sein. Der andere sprach mit schottischem Akzent. Da wurde mir klar, ich hatte es mit unrechtmäßigen Eindringlingen zu tun.«

Crouch zog nochmals die Nase hoch und spie kraftvoll in den Schnee. »Unrechtmäßige Eindringlinge, so so«, sagte er. Seine Stimme klang, als spräche er mit einem schwachsinnigen Kind.

»Ich hielt sie zumindest dafür.«

»Für Leute von Ihrer Sorte also.« Crouch spuckte ein drittes Mal aus und schlug die behandschuhten Hände gegeneinander.

Stoker zuckte erschrocken zusammen. »Von meiner Sorte?«

»Unrechtmäßige Eindringlinge. Leute, die hier nichts verloren haben. Ruhestörer. Verbrecher eben. Leute wie Sie.«

»Ich ... Nein, ich bin kein Verbrecher«, stammelte Stoker. »Im Gegenteil.«

Der Friedhofswärter lachte. »Dann sind Sie'n Bulle, oder was?«

»Nein. Nein, das auch nicht.« Er stockte. »Ich habe nichts Böses im Sinn gehabt.«

»Kein normaler Mensch geht um diese Zeit hier spazieren«, sagte Crouch. »Was haben Sie sich davon versprochen?«

Stoker zog die Schultern hoch. »Inspiration?«

»So was ham wir hier nicht.«

»Doch, doch. Sie wissen es nur nicht«, sagte er. »Bitte lassen Sie es mich erklären.« Er steckte den Notizblock weg und fuchtelte mit den Armen. »Wie ich bereits sagte, ich habe nichts Böses im Sinn gehabt. Ich recherchiere für einen Roman, den ich in Kürze zu schreiben gedenke. Er wird zu einem Gutteil auf diesem Friedhof spielen.«

»Was ist mit dem Schloss, das Sie aufgebrochen haben? Wer denken Sie, soll das bezahlen?«

»Nie und nimmer hätte ich wissentlich Schäden angerichtet, oder mir Zutritt zu den Grabgewölben verschafft. Ich wollte nur ein Gefühl für die Stimmung bekommen.«

»Das haben Sie gekriegt«, meinte Crouch. »Oder soll ich Ihnen noch mal in den Hintern treten, um es Ihnen deutlich zu machen?«

Und mit diesen Worten packte er Stoker am Kragen, führte ihn zum Eingang des Friedhofs und bugsierte ihn auf die Straße hinaus, direkt in die Arme eines vorbeipatrouillierenden Constables der Metropolitan Police.

»N'abend, Crouch. Irgendwelche Probleme?«

»Nur wieder einer dieser verrückten Geisterjäger, Peter«, sagte der Friedhofswärter. »Der hier will sogar ein Buch drüber schreiben.«

Der Constable löste die Handschellen von seinem Gürtel. »Bitte strecken Sie die Hände aus, Sir. Ich möchte Ihnen nicht wehtun müssen.«

Stoker trat entsetzt einen Schritt zurück und versteckte die Arme hinter dem Rücken. »Geisterjäger?«, fragte er. »Ich bin Schriftsteller. Mein Name ist Stoker. Abraham Stoker. Ich bin auf dem Friedhof lediglich spazieren gegangen.«

Der Constable betrachtete ihn amüsiert. »Würde es Sie sehr verwundern, Sir, wenn ich Ihnen erzählen würde, dass das alle sagen, die wir hier schnappen?«

»Nun … aber in meinem Fall ist es wahr!«, jammerte er. »Ich kenne wichtige Leute. Whistler und Conan Doyle gehören zu meinen Freunden. Und ich bin der Privatsekretär von Henry Irving«, fügte er hinzu.

»Kenne ich nicht«, versetzte der Constable brüsk. »Wenn der sich auch hier auf dem Friedhof herumtreibt, soll er besser schleunigst rauskommen.«

»Sie Ärmster.« Stoker schauderte über die fehlende Bildung. »Irving ist der Impresario des Lyceum Theaters. Und einer der bedeutendsten Schauspieler, die England jemals hervorgebracht hat. Wie man so hört, soll er bald in den Adelsstand erhoben werden.«

»Schauspieler?« Der Constable war nicht bereit, sich auf Diskussionen einzulassen. »Wissen Sie, was mein seliger Vater immer über Schauspieler und Schriftsteller zu sagen pflegte?«

»Nein.«

»Dass sie ein ausgesprochen faules Pack sind, Sir«, sagte der Constable.

»Großer Gott«, entrüstete sich Stoker. »Ihr alter Herr hatte ja keine Ahnung! Es gibt wohl kaum eine Berufsgruppe, die schwerer arbeitet als der britische Schriftsteller. Ich bin in höchstem Maße entsetzt!«

»Und wenn Sie der Kaiser von China wären, Sir«, sagte der Constable streng und packte Stoker am Ärmel. »Sie kommen erst einmal mit.«

Douglas Crouch war unterdessen zum Mausoleum zurückgekehrt.

Grundgütiger, was für ein Spinner!, dachte Crouch, der sich seine Pfeife wieder anzündete und erleichtert und herzhaft ausspuckte.

Das war erledigt.

Heutzutage schien sich wohl jeder dahergelaufene Garderobier, der auch nur halbwegs dazu in der Lage war, eine Feder in der Hand zu führen, für einen begnadeten Literaten zu halten. Die Zeiten waren entschieden zu modern geworden.

Das war nichts für Crouch. Er liebte seinen Dickens, seinen Sherlock Holmes und ab und an einen Penny Dreadful. Doch seit sie die öffentlichen Hinrichtungen abgeschafft hatten, waren auch die nicht mehr das, was sie einmal gewesen waren.

Crouch besah sich noch einmal das Tor zum Mausoleum. Warum der komische Kerl es aufgebrochen hatte, das sollte die Polizei klären. Er, Douglas Crouch, hatte zumindest dafür gesorgt, dass der Mann keine weiteren Schäden mehr anrichtete.

Um ganz sicher zu gehen, dass keine der Ruhestätten beschädigt oder gar aufgebrochen worden war, leuchtete Crouch wiederholt erst die linke und dann die rechte Seite des Gewölbes ab.

Doch es schien alles in bester Ordnung zu sein.

Ein einzelnes, vertrocknetes Rosenblatt wehte ihm in der Zugluft vor die Füße.

Die beiden Männer, die sich in den Schatten hinter dem Mausoleum verborgen hielten, bemerkte er nicht.

ERSTER TEIL

Dunkelheit

*» Jedes zu große Übergewicht
von einer Seite
stört die Freundschaft. «*

Adolph Freiherr von Knigge

KAPITEL 1

Nr. 12 Tennison Road, South Norwood,
13. Februar 1894

Der große bullige Mann stand am Fenster seines Arbeitszimmers, strich sich mit Daumen und Zeigefinger über den borstigen Schnauzbart und starrte in den weitläufigen, sonnenbeschienenen Garten hinaus. Der Winter war hart gewesen in diesem Jahr, doch die ersten Sonnenstrahlen, die bereits auf den letzten Resten des Schnees glitzerten, gaben Anlass zu der Hoffnung, es würde mit den nächsten Tagen deutlich milder werden.

Arthur Conan Doyle horchte in die Stille des leeren Hauses. Kein Kinderlachen, kein Topfgeklapper aus der Küche, und vor allem kein Husten.

Erst gestern war er aus Davos zurückgekehrt, wohin er Touie, seine Gattin, gebracht hatte. Ein letzter, verzweifelter Versuch, ihrer schleichenden Tuberkulose Einhalt zu gebieten. Seit sie sich in der reinigenden Luft der Berge aufhielt, schien es ihr tatsächlich besser zu gehen. Noch ein, zwei Monate – und ein kleines Wunder –, dachte er, und sie wäre womöglich gänzlich geheilt.

Er trat vom Fenster weg und wandte sich seinem Schreibtisch zu, auf dem sich die Post stapelte. Darunter ein paar unerquickliche Rezensionen zur *Weißen Gesellschaft*, einem Roman, von dem er sich viel versprochen hatte, und den er für seine bislang beste Arbeit hielt. Die anderen waren zumeist Leserbriefe. Seit er die Dreistigkeit besessen hatte, den großen Sherlock Holmes in das nasse Grab der Reichenbach-Fälle zu stoßen, kamen sie aus aller Welt. Von den Kondolenzschreiben abgesehen, war die Mehrzahl bitter im Tonfall; einige flehend, andere regelrecht beleidigend. Von den Morddrohungen gar nicht gesprochen.

Holmes war tot. Und das war gut so. Gestorben beim Kampf mit dem größten Geist, der jemals auf dieser Erde gelebt hatte. Es war notwendig gewesen, ihn aus dem Weg zu räumen.

Conan Doyle hatte den Mann satt gehabt. Jahrelang hatte dieser unerträgliche Egozentriker jeden seiner Schritte wie eine Nemesis überschattet. Er überschattete mit seiner ungewollten Größe noch immer jeden seiner anderen Versuche, wirklich Großes in der Literatur zu leisten. Entschlossen zupfte er sich die Manschetten zurecht und warf einen Blick auf seine Taschenuhr.

Zehn nach neun.

Am Nachmittag hatte er einen Termin mit Greenhough Smith, seinem Lektor beim Strand Magazine. Er konnte sich bereits ausmalen, wie das Gespräch verlaufen würde. Smith würde ihn zunächst umschmeicheln, würde ihm Geld für eine neue Sherlock-Holmes-Geschichte anbieten, jede Menge Geld – doch das war etwas, das ihn nur in den Anfangsjahren hätte überzeugen können. Smith würde dann das Fenster öffnen und sein letztes, verzweifeltes Argument vorbringen: den sofortigen Selbstmord. Das tat er bei ihren Treffen jedes Mal. Und jedes Mal versprach Conan Doyle, er würde Blumen für die Witwe schicken.

Ehe er das Haus verließ, schnappte er sich die Einladung zur Eröffnung des neuen Museums vom Kaminsims im Wohnzimmer, wo er die wichtige Korrespondenz auf ein Messer gespießt verwahrte. Dann hielt er auf der Straße eine Droschke an.

»Wohin, Sir?«

»Scotland Yard«, sagte Conan Doyle und der Kutscher ließ die Peitsche knallen.

Die beiden Männer saßen sich im Red Lion Pub in der Parliament Street an einem der runden Tische gegenüber. Draußen auf der Straße polterte der Verkehr vorüber, und unter den Hufen der Pferde und den Rädern der Kutschen, Fuhrwerke und Mietdroschken verwandelte sich der letzte Schnee des Jahres allmählich in braunen Matsch.

»Ich werde Sie wie versprochen in all die Geheimnisse einweihen, Morgan«, sagte der große, dunkelhaarige Mann mit dem unverkennbaren Akzent der schottischen Highlands und strich sich über seinen ungepflegten Backenbart. »Und ich kann Ihnen versichern, sie sind vielfältig.« Er lächelte geheimnisvoll.

»Ich bin sehr froh, dass wir uns begegnet sind, Mr Knight«, sagte Morgan. Er nippte an seinem Bier. »Ein Mann mit Ihren Kontakten ist für mich von unschätzbarem Wert.«

»Nun, das will ich meinen.« Knight grinste. »Noch stehen wir am Anfang. Aber seien Sie gewiss, mein Freund, in wenigen Tagen werden Sie möglicherweise mehr Dinge erfahren, als Sie sich bei Ihrer Abreise aus Amerika träumen ließen. Bereits in dieser Woche treffe ich mich mit meinem Kontaktmann in York.«

»Haben Sie ihm gesagt, worum es in meinem Buch gehen wird?«

»Das habe ich in der Tat. Er möchte Sie unbedingt kennenlernen – aber noch nicht gleich«, setzte Knight hinzu.

»Ich bin erstaunt, dass er ein persönliches Treffen überhaupt in Erwägung zieht. Bei uns in den Staaten ist man da mehr als zurückhaltend. Es würde Jahre dauern, ehe man das Vertrauen eines Eingeweihten so weit genießt, dass er einem Zugang zu den Geheimnissen der Logen gewähren würde.«

»Wenn es nach den Vereinigten Großlogen von England oder dem Supreme Council vom 33. Grad ginge, würde auch hier in Großbritannien rein gar nichts nach außen dringen. Sie meiden die Profanen wie der Teufel das Weihwasser.« Knight zog bedeutungsvoll die Augenbrauen hoch. »Und mit dem Teufel kennen Sie sich aus, mein lieber Freund, das kann ich Ihnen versichern.«

»Die Profanen?«, fragte Morgan und trank sein Glas in einem Zug aus. »Wer ist das, Mr Knight?«

»Die Uneingeweihten. Leute wie Sie und ich«, sagte Knight. »Aber nennen Sie mich Stephen. Noch ein Bier?«

Morgan blies die Wangen auf. »Also schön, Stephen, ich nehme noch eins. Obwohl ich nicht daran gewöhnt bin, so früh am Morgen ...«

»Großartig, Phillip. Das ist mir die richtige Einstellung. Die Welt gehört dem, der die ungewohnten Pfade beschreitet.« Und er schlenderte zur Theke, um Nachschub zu holen. Als er wenig später mit zwei frischen, überschwappenden Gläsern Bass Pale Ale zurückkam, sagte er: »Ich muss mich jedoch darauf verlassen können, dass der Daily Telegraph die britischen Vorabdruckrechte erhält. Das ist der Deal, Phillip. Meine Expertise inklusive aller Kontakte gegen die Vorabdruckrechte.«

»Sie haben mein Wort darauf, Mr Knight.« Morgan reichte ihm die Hand.

»Stephen«, sagte Knight und schlug ein. »Sie werden es nicht bereuen, Phillip. Ich habe Dinge gesehen, kann ich Ihnen sagen. Und Dinge getan, mein Lieber, die übersteigen Ihre kühnsten Träume. Zum Wohle Ihres Buches werde ich Sie an alldem teilhaben lassen.« Er hob das Glas. »Auf Ihr Buch, Phillip! Auf *unser* Buch!«

Morgan spürte, wie ihm der Alkohol die Wangen wärmte. »Auf unser Buch!«, lachte er und ließ sein Pintglas enthusiastisch gegen das des Journalisten klirren.

»Heute Abend reise ich nach York«, sagte Knight. »Es wird das Beste sein, wenn Sie morgen oder übermorgen nachkommen. Alles Weitere besprechen wir dort.« Er fummelte seine Taschenuhr hervor. »Aber lassen Sie uns nun gehen. Um nichts in der Welt möchte ich die Eröffnung des Kriminalmuseums verpassen.«

Und die beiden Männer tranken ihre Gläser leer, rutschten von ihren Stühlen und traten auf die belebte Whitehall hinaus.

New Scotland Yard, Whitehall,
London

Chief Inspector Donald Sutherland Swanson unterzeichnete den letzten Bericht, warf ihn in den Erledigt-Ordner und ließ sich dann mit einem tiefen, erleichterten Seufzer in seinen Bürostuhl sinken.

Swanson schloss die Augen, die Handballen gegen die Schläfen gepresst. Die letzten Wochen waren eine Tortur gewesen. Er konnte kaum glauben, sie hinter sich gebracht zu haben. Die meiste Zeit über hatte er das Gefühl, eine Arbeit zu tun, die trotz der zahlreichen Erfolge keinerlei Fortschritt brachte. Denn das Verbrechen hörte niemals auf. War ein Verbrecher gefasst, kam gleich der nächste hinterher, um dessen Platz im großen Gefüge der Unterwelt einzunehmen. Wie oft war Swanson sich wie ein Mann vorgekommen, dem man ein Sieb in die Hände gedrückt und ihm die Aufgabe gestellt hatte, eine sprudelnde Wasserquelle leer zu schöpfen. Damit umzugehen, war eine der größten Herausforderungen in seinem Beruf.

Es klopfte an der Tür und eine Sekunde darauf trat Sergeant Penwood ins Büro. In der Hand hielt er einen Becher Tee, in dessen aufsteigendem Dampf seine dicken Brillengläser beschlugen. Der Duft von Salbei begann den Raum zu erfüllen.

»Ich wollte nur sagen, Sir, dass wir Ihnen alles Gute wünschen. Stewart Evans schickt Ihnen die besten Grüße und Wilson meint, Sie sollen da oben nicht zu sehr über die Stränge schlagen, Sir.« Er stellte den Becher auf den Schreibtisch und trat beinahe verschämt zwei Schritte zurück. »Vergessen Sie uns nicht, Sir.«

»Lassen Sie mal das alberne Sir beiseite.«

»Ja, Sir.«

»Penwood?« Swanson erhob sich. Er ging langsam um den Schreibtisch herum und sah den Sergeant dabei misstrauisch an. »Was soll das werden?«

»Ich verstehe nicht, Sir.«

»Das ganze Theater«, sagte Swanson. »Die Grüße. Der Salbeitee. Und Ihr Gerede, von wegen nicht über die Stränge schlagen *da oben*. Ihnen ist klar, dass ich nicht gestorben bin?«

Der Sergeant sah Swanson entsetzt an. »Natürlich sind Sie das nicht.«

»Ihnen ist auch klar, dass ich nicht in Pension gehe?«

»Sicher, Sir.«

»Alles, was ich tue, ist meinen Jahresurlaub anzutreten, Penwood.«

»Ich weiß, Sir. Ganze vierzehn Tage. Wir werden Sie alle schrecklich vermissen.«

Swanson fragte sich, ob das tatsächlich eine Träne war, die da in Penwoods linkem Augenwinkel glitzerte. Er sagte: »Sie wissen, wohin ich gehe, nicht wahr?«

»Ja, Sir. In das Land Ihrer Väter.« Sergeant Penwood rang um Fassung. Seine Stimme brach merklich und er hielt sich die Hand vor den Mund. »Bitte entschuldigen Sie, Sir.«

»Und wo ist Phelps?«

»Er war mit Walter Dew unterwegs, um einen Strauß Blumen zu besorgen. Doch die beiden sind noch nicht zurück.«

Swanson setzte sich auf die Tischkante, ergriff den Teebecher und nahm einen kräftigen Schluck. »Danke, Penwood, ich weiß das sehr zu schätzen. Während meiner Abwesenheit sind Sie mir hier für die Ordnung zuständig.«

Der Sergeant wuchs um einige Zentimeter und ein Strahlen huschte über sein Gesicht. »Ich, Sir?«

»Wer sonst? Ich muss mich schließlich auf jemanden verlassen können.« Er ging zum Kleiderständer hinüber, nahm seinen Mantel herunter und hängte ihn sich über den Arm. Dann setzte er seinen Bowler auf und öffnete die Tür. »Wenn ich zurück bin, würde ich mich freuen, den Yard ebenso sauber vorzufinden, wie ich ihn verlassen habe.« Er zwinkerte dem Sergeant zu und trat auf den Korridor hinaus.

Im ersten Stock traf er auf Sergeant Wilson.

»Ist es tatsächlich so weit, Sir?« Wilson schüttelte traurig und ungläubig den Kopf.

»Ich fürchte ja, Wilson«, sagte Swanson. »Hören Sie: Während meiner Abwesenheit sind Sie mir hier für die Ordnung zuständig.«

»Ich, Sir?«

»Wer sonst? Ich muss mich schließlich auf jemanden verlassen können.«

Im Erdgeschoss lehnte Walter Dew im Rahmen der Tür zum Innenhof und rauchte eine Zigarette. Als er Swanson kommen sah, schnippte er sie in hohem Bogen davon.

»Hören Sie, Dew«, sagte Swanson und sah Dew sehr ernst an. »Ich möchte nicht, dass der Eindruck entsteht, ich hätte hier meine Lieblinge, aber während meiner Abwesenheit sind Sie mir hier für die Ordnung zuständig.«

»Ich, Sir?«

»Wer sonst, Walter? Ich muss mich schließlich auf jemanden verlassen können.«

Und anschließend begab Swanson sich in den Keller des Yard; jenen Teil des Norman Shaw Gebäudes, der Detective Inspector Stedmans forensische Abteilung und neuerdings auch die kriminalhistorische Sammlung von Scotland Yard beherbergte.

KAPITEL 2

Die kleine Gruppe, fünfzehn Männer und eine Frau, drängte sich in dem stickigen Vorraum zusammen. Die meisten von ihnen waren Presseleute, die der Commissioner persönlich eingeladen hatte.

Schon zu lange hatten Gerüchte über das Kriminalmuseum die Runde gemacht, was in der Hauptsache daran lag, dass man nur Angehörigen der Justiz den Zugang gestattete.

Die Öffentlichkeit nannte es das *Schwarze Museum,* und es ging das Gerücht, wem es gelänge, auch nur eine Nacht dort allein zwischen den Ausstellungsstücken zu verbringen, dem winke eine Belohnung von 50 Pfund. Diese Gerüchte wollte Commissioner Bradford ausgeräumt wissen. Sogar als Folterkammer hatte man es bisweilen bezeichnet. Ein Skandal, denn so etwas gab es im CID nicht mehr. Denn dafür war jetzt ja seit elf Jahren der Special Irish Branch des Innenministeriums zuständig.

Das eigentliche Museum von Scotland Yard bestand lediglich aus zwei kleinen Räumen im ersten Kellergeschoss des Norman Shaw Gebäudes. Nicht ganz so tief unten wie die feuchten und rattenverseuchten Gewölbe der noch jungen forensischen Abteilung, aber auch nicht sonderlich weit von ihr entfernt.

Sergeant Penwood, der die Besucher nach unten begleitet hatte und sie nun dem Museumskurator Inspector Gordon Randall und zwei als Wachen abgestellten Constables übergab, bildete sich ein, noch immer den Salmiakgeist und die Schwefelsäuredämpfe riechen zu können, die von unten aus der Forensik zu ihnen aufstiegen.

Detective Inspector Randall nahm die Gruppe in Empfang, begrüßte sie und schloss mit einem riesigen Schlüssel die Tür des Traktes auf, der das Kriminalmuseum beherbergte.

Er ging voraus und blieb an einem Tisch in der Mitte des Raumes stehen. »Bitte folgen Sie mir, Herrschaften. Wie Sie sehen, ist nicht viel Platz. Wenn Sie sich alle um den Tisch herum verteilen, sollte es gehen. Danke sehr.«

Das Kriminalmuseum war bis unter die Decke vollgestopft mit Asservaten. An Wandhaken hingen Revolver, Handschellen und Schlagstöcke. Gewehre, Schwerter und andere Langwaffen lehnten an den Wänden, und überall auf dem Tisch und auf den niedrigen Schränkchen ringsum stapelten sich mit kleinen Schildern versehene Beweismittel. In einer Ecke stand das Modell eines dreibeinigen Galgens. An ihm baumelten mit den Namen der Delinquenten beschriftete Henkersseile aus zwei Jahrhunderten.

»Es ist alles noch sehr provisorisch«, fuhr Randall fort. »Wir haben Vitrinen angefordert, doch die Mittel des Innenministeriums sind knapp bemessen.«

In Wahrheit hatten er und Neame sämtliche Einrichtungsstücke in Privatleistung organisiert. Der Tisch, um den sie sich versammelten, hatte einst in Neames Waschküche gestanden, und das abgestoßene Schränkchen mit der blankpolierten Arbeitsfläche hatte Generationen kleiner Randalls als Wickelkommode gedient.

»Was Sie hier vor sich sehen, Herrschaften, ist ein gutes Stückchen Geschichte – Kriminalgeschichte«, sagte er, breitete theatralisch die Arme aus und wirkte dabei wie ein kleiner Junge, der stolz seine Spielzeugsammlung präsentierte.

Die Hände auf einen geöffneten Lederkoffer auf dem

Tisch vor sich gelegt, in dem sich in unzähligen Halterungen Phiolen mit Pillen und Pulvern befanden, erklärte Randall dann: »Dieses Ausstellungsstück wird Sie in besonderem Maße interessieren. All diese verkorkten Gläser enthalten Gift. Verschiedene tödliche Gifte in jeder Form. Arsen, Strychnin, Digitalis. Und sie gehörten Dr. Thomas Neil Cream.« Ein Raunen ging durch die Menge. »Der Name wird Ihnen bekannt sein, denn der Fall sorgte vor zwei Jahren für eine ziemliche Sensation. Cream hatte es auf Prostituierte abgesehen und tötete die arglosen Geschöpfe mit Tabletten aus den Giftampullen in diesem Koffer. Laut Aussage der anwesenden Zeugen, soll er in der Hinrichtungskammer, kurz bevor ihm die Schlinge das Rückgrat brach, ausgerufen haben: ›Ich bin Jack the …‹. Was dazu führte, dass ihn einige mit den Taten des Whitechapel-Mörders in Verbindung bringen. Doch der kann er nicht gewesen sein. Zum Zeitpunkt der Jack-the-Ripper-Morde befand sich Cream nämlich außerhalb Europas hinter Schloss und Riegel.«

Randall schloss den Koffer und deutete hinter sich, wo von zwei Regalen, die im rechten Winkel an den Wänden verliefen, die geschwärzten Gipsköpfe der gehängten Verbrecher aus halb geschlossenen Lidern auf sie herabblickten.

»Ich möchte Ihre Aufmerksamkeit nun auf diese Köpfe lenken. Was auf den ersten Blick wie die Dekorationsbüsten in der Auslage Ihres Hutmachers wirken mag, sind natürlich in Wahrheit Totenmasken. Angefertigt, um die angehenden Polizisten der Metropolitan Police mit den typischen Gesichtszügen des gemeinen Verbrechers vertraut zu machen.« Randall deutete auf ein besonders verschlagen aussehendes Exemplar. »Das bringt mich zu diesem verdorbenen Individuum: Franz Müller, der so genannte ›Eisenbahnmörder‹. Brutal und gewissenlos. Deutscher natürlich. Raubte '64 einen älteren Herrn in einem Londoner Erste-Klasse-Abteil aus und stieß ihn aus dem fahrenden Zug. Erstaunlicherweise ließ Müller seinen eigenen Hut im Abteil zurück und nahm stattdessen den Zylinder des Opfers mit, den er sich bei seinem Hutmacher umarbeiten ließ. Nach Müllers Hinrichtung kamen Hüte dieser Art unter dem Namen Muller-Cut-Down eine kurze Weile in Mode. Das Stück zu zehn Shilling/Sixpence.«

»Und wo ist der Hut jetzt?«, rief jemand in der hintersten Reihe. »Warum trägt er ihn nicht?«

Randall reckte den Kopf, um den Mann sehen zu können. »Das ist in der Tat eine berechtigte Frage, Mister …«

»Knight«, sagte der Mann, der die Frage gestellt hatte, und hielt einen Notizblock in die Höhe. »Stephen Knight vom Daily Telegraph.«

»Nun, Mr Knight.« Der Inspector räusperte sich. »Wir besaßen ihn einmal. Das belegen die Einträge in unserem Ausstellungskatalog. Doch er ging verloren.«

»Verloren?«, fragte Knight. »Einfach so? Ich nahm an, dies sei das Kriminalmuseum des Yard, nicht irgendeine Rumpelkammer.«

»Fest steht, der Hut ging verloren. Soviel wir wissen, tauchte er später in Madame Tussauds Wachsfigurenkabinett auf. Rechtmäßig und in gutem Glauben erworben bei einem Antiquitätenhändler.«

»Das heißt, jemand hat ihn gestohlen.« Knight ließ nicht locker.

»Ja, nun, Dinge verschwinden manchmal«, versuchte Randall das Thema beizulegen. »Das kommt immer wieder vor. So weit, von Diebstahl zu sprechen, würde ich nicht gehen. Jemand wird ihn versehentlich aufgesetzt haben und spazierte damit hinaus. Danke für die interessante Frage, Sir.« Und ehe der Mann vom Telegraph Luft holen und das leidige Thema vertiefen konnte, zeigte der Inspector auf die geschwärzten Züge des nächsten Kopfes.

»Und hier haben wir die Totenmaske von Robert Marley. Er überfiel 1856 ein Juweliergeschäft in der Parliament Street und erschlug dabei einen Angestellten. Einem Passanten gelang es, ihn an der Flucht zu hindern und ihn zu überwältigen. Marley wurde daraufhin zum Tode verurteilt und am 15. Dezember desselben Jahres im Newgate Gefängnis gehängt. Bemerkenswert ist, dass die Behörden anordneten, seine Kleider zu verbrennen, damit sie nicht öffentlich zur Schau gestellt werden konnten. Wenn Sie ganz genau hinsehen, können Sie sogar die tiefen Hautfurchen erkennen, die die Schlinge des Henkersseils an seinem Hals hinterlassen hat.«

Ein dumpfes Poltern verriet, dass die einzige Frau im Zimmer in eine gnädige Ohnmacht gesunken war. Während die zwei wachhabenden Constables sich um sie bemühten, ihr den Kragen des Kleides lockerten und sie schließlich hinaus in den Vorraum trugen, führte Randall die anderen weiter.

»In den 60ern ursprünglich als private Sammlung von Inspector Percy Neame begonnen und seit 1875 systematisch erweitert, dienen die Ausstellungsstücke heute der Ausbildung unserer Kadetten.«

»Damit sie gleich wissen, wie man sich unliebsame Vorgesetzte vom Hals hält, was, Gordon?«

Donald Swanson, der als Letzter eingetroffen war und sich bislang im Hintergrund gehalten hatte, trat ein und drehte grinsend seinen Bowler in den Händen.

Alle bis auf Mr Knight, der sich weiterhin interessiert die Ausstellungsstücke anschaute, und seinen Begleiter, der auf einem Stuhl in der Ecke Platz genommen hatte, wandten sich zu ihm um. Auch der große bullige Mann, der sämtliche Anwesenden um einen Kopf überragte – Swanson kannte ihn bereits. Es war Arthur Conan Doyle, der Schriftsteller.

»Das, meine Herren, ist Chief Inspector Swanson«, fuhr Randall so unbeirrt fort, als handle es sich bei Swansons Auftauchen um einen Teil der Show. »Er hat das berühmte Gainsborough-Gemälde wieder aufgespürt, das jahrzehntelang als verschollen galt. Und ebenso ist es ihm zu verdanken, dass der Mörder Percy Lefroy Mapleton vor nunmehr dreizehn Jahren seiner gerechten Strafe zugeführt werden konnte.« Er trat an das Regal mit den Totenmasken und tätschelte liebevoll Mapletons fliehendes Kinn.

»Und wenn ich gestorben bin, wird Inspector Randall mich ausstopfen lassen und in eines der Regale stellen, dessen können Sie gewiss sein«, sagte Swanson mit einem breiten Lächeln. Er setzte seinen Bowler auf und tippte an dessen Krempe. »Gentlemen. Gordon.« Doch als Swanson sich zum Gehen wandte, rief Randall ihn zurück.

»Donald, wo Sie nun schon einmal hier sind«, sagte er, »würden Sie uns die Freude machen und für ein Pressefoto posieren?«

»Eigentlich bin ich etwas in Eile. Ich muss meinen Zug erreichen«, versuchte er sich aus der Affäre zu ziehen, doch das missbilligende Gemurmel, das sich nun allgemein erhob, ließ ihn stehen bleiben.

»Ach, was, in Eile! Papperlapapp!«, polterte Conan Doyle und bahnte sich mit seinen riesigen Händen, die ein wenig schmeichelhafter Kritiker einmal mit westfälischen

Schinken verglichen hatte, einen Weg durch die Menge. »Wir werden natürlich für eine gemeinsame Fotografie posieren. Was sagen Sie, mein Lieber?«

Ehe Swanson etwas entgegnen konnte, war seine Hand auch schon in Conan Doyles fleischiger Pranke verschwunden, und mit dem größten Erstaunen stellte der Chief Inspector fest, dass der Schriftsteller sie ihm auf Freimaurerart drückte. Dann wurde ihm auch schon vertraulich ein mächtiger Arm um die Schultern gelegt.

Derweil die Fotografen durcheinanderredend ihre sperrigen Apparate aufstellten und Swanson gute Miene zum bösen Spiel machte, beugte Conan Doyle sich zu ihm herab und flüsterte: »Bitte verzeihen Sie mir den kleinen Überfall, Chief Inspector. *Die Weiße Gesellschaft* und auch *Die Flüchtlinge* laufen beklagenswerterweise nicht besonders, wissen Sie? Seit ich diesen verfluchten Holmes in die ewigen Jagdgründe geschickt habe, scheint sich niemand mehr für meine anderen Werke zu interessieren. Da kann ich ein wenig Publicity gegenwärtig ganz gut gebrauchen. Das werden Sie doch verstehen.«

Als die Menge sich am Ende der Führung zerstreute, blieben Swanson und Conan Doyle zurück.

»Wo wir uns nun mal erkannt haben, seien Sie ein Sportsfreund, und begleiten Sie mich auf ein Stündchen in den Bartitsu-Club«, sagte Conan Doyle. »Ich hätte nicht übel Lust, Ihnen meinen Tan Sau zu zeigen. Was meinen Sie?«

»Ein andermal vielleicht«, sagte Swanson, der sich trotz allem fragte, was dieser Tan Sau wohl sein mochte. »Sagen Sie, woher wussten Sie, dass wir über die Kriminalistik hinaus ein gemeinsames Interesse haben?«

»Oh, ein Schuss ins Blaue, nichts weiter«, meinte Conan Doyle. »Seit ich '87 in die Phoenix Loge in Southsea aufgenommen wurde, habe ich es mir zur Gewohnheit gemacht, auf Verdacht meine Fühler auszustrecken. Bei Ihnen war ich mir indessen recht sicher.«

»Tatsächlich? Warum?«

»Weil Sie verdammt umgänglich sind für einen Polizisten«, sagte er und schlug Swanson kumpelhaft einen der westfälischen Schinken auf den Rücken.

ZWEITER TEIL

Der Mann im Zug

» Die Lehre der Freimaurerei war für mich stets die ethische Grundlage meines Lebens, Schaffens und Handelns. «

Jean Sibelius

KAPITEL 3

*Bahnstrecke London – York,
14. Februar 1894*

Der Zug ratterte durch die Dunkelheit. In der Ferne zog in den Rauchfahnen der Lokomotive verschwommen die monotone Winterlandschaft vorüber, und nur hier und da waren gelegentlich die Lichter von einzelnen Häusern zu sehen.

Donald Swanson lehnte sich in den Sitz seines Zweite-Klasse-Abteils zurück und versuchte, ein wenig zu dösen, während Annie, die den schlafenden siebenjährigen Douglas auf dem Schoß und seine drei Jahre ältere Schwester Ada neben sich sitzen hatte, nebenbei an einem kleinen Handtäschchen für Tante Rosie strickte.

Zum ersten Mal seit sehr langer Zeit fühlte Swanson sich entspannt genug, die Augen zu schließen, ohne dabei unweigerlich an die Arbeit denken zu müssen. Unter der Woche kam es häufig vor, dass er nach einem anstrengenden Tag mitten in der Nacht todmüde nach Hause zurückkehrte, nur um dann stundenlang mit offenen Augen neben Annie im Ehebett zu liegen und hellwach an die Decke zu starren.

Doch die nächsten vierzehn Tage sollten nun ganz der Familie gehören. Gestern hatte er seinen letzten Bericht geschrieben, die Aufgaben verteilt und auf Geheiß des Commissioners auch seinen Pflichtbesuch im Kriminalmuseum hinter sich gebracht, ehe er sich vom Pförtner verabschiedet und nach Kennington gefahren war. Kaum zu glauben, dass ihn niemand in letzter Minute aufgehalten und in sein Büro zurückbeordert hatte; manchmal kam man sich als Polizeibeamter fast wie ein Gefängnisinsasse vor.

Sie hatten den Zug um 16 Uhr 50 ab Paddington genommen und wie durch Zufall ein Abteil bekommen, in dem außer ihnen niemand sonst reiste. Allerdings war der Zug nicht besonders voll gewesen, und das leere Abteil war vermutlich eher der Tatsache geschuldet, dass man so weit vorn wegen der rußenden Lokomotive kaum das Fenster öffnen konnte, ohne Erstickungsanfälle zu bekommen. Doch auch so schien, abgesehen von den Sitzen, alles im Abteil von einer dünnen schwarzen Staubschicht bedeckt zu sein, und man musste Acht geben, sich nicht die Kleider zu ruinieren, wenn man die Taschen im Gepäcknetz verstaute oder die Tür zum Gang öffnete.

Swanson zog seine silberne Taschenuhr hervor und ließ den Deckel aufspringen. Kurz nach neun in der Nacht. Wenn der Fahrplan stimmte, würden sie in gut vier Stunden die schottische Grenze überqueren und bei Anbruch des Tages Inverness erreichen. Dort würden sie umsteigen müssen. Eine kleine Weltreise, dachte Swanson, der aus Kostengründen keinen Schlafwagen gebucht hatte.

Er sah Annie an und legte ihr die Hand auf den Arm. »Du musst schrecklich müde sein«, sagte er. »Warum legst du nicht die alberne Handarbeit beiseite und versuchst, eine Weile zu schlafen?«

»Ich bin viel zu aufgeregt, um zu schlafen. Außerdem möchte ich mit der *albernen Handarbeit* fertig sein, ehe wir bei Tante Rosie sind.« Sie hielt das kleine Täschchen in die Höhe.

»Es tut mir leid, Annie«, sagte er rasch, als ihm aufging, dass er sie mit seinen unüberlegt hingesagten Worten verletzt haben musste. »Es war wirklich nicht meine Absicht, dein Geschenk –«

»Pssst!«, unterbrach sie ihn und schenkte ihm ein warmherziges Lächeln. »Ich weiß doch, wie du es gemeint hast. Aber ich bin überhaupt nicht müde. Ich bin sehr glücklich, mit dir und den Kindern hier in diesem Zug zu sitzen. Und mach dir nicht so viele Gedanken. Vor allem wegen des Schlafwagens nicht. Du kannst dir nicht vorstellen, wie ich diese Reise genieße, Don. Auch wenn es noch so anstrengend sein mag.« Sie blickte wieder auf ihre Strickarbeit.

Swanson stand auf, nahm den schlafenden Douglas von Annies Schoß und trug ihn zum gegenüberliegenden Sitz. Dann nahm er seinen Mantel vom Haken und legte ihn dem Kleinen unter den Kopf. Ada war ebenfalls eingeschlafen. Ihr Kopf lehnte an Annies Schulter.

»Kannst du das Fenster öffnen, Don? Es ist schrecklich stickig hier drin.«

»Ich fürchte, das ist keine besonders gute Idee«, entgegnete er. »Wir sind zu dicht hinter der Maschine. Der Rauch, weißt du? Ich werde die Tür etwas öffnen.« Er schob die Tür auf und zog stattdessen die Vorhänge zu.

»Danke«, sagte Annie. »Es ist tatsächlich gleich viel besser, findest du nicht?«

Er nickte, lehnte sich wieder in seinen Sitz zurück und lauschte mit geschlossenen Augen dem gleichmäßigen Rattern des Zuges. Annie war ein Engel. Niemals machte sie ihm Vorhaltungen, nicht wegen seiner unorthodoxen Arbeitszeiten, nicht wegen des fehlenden Schlafwagens …

Das plötzliche Kreischen der Bremsen riss Swanson aus seinen Gedanken. Ein kräftiger Ruck ging durch den Waggon und der Zug wurde langsamer. Schließlich blieb er ganz stehen.

»Um Himmels willen!«, rief Annie, ließ ihre Handarbeit sinken und sah erschrocken um sich. »Was war denn das?«

»Der Zug hält«, sagte Swanson.

»Mitten auf offener Strecke?« Annie sah ihn an, als wäre das ein Ding der Unmöglichkeit. »Aber warum denn nur?«

»Ja, Pa, warum denn nur?«, wollte Ada wissen, die sofort hellwach war, aufsprang und zur Tür des Abteils hüpfte. Sie zog den Vorhang beiseite und steckte den blonden Lockenkopf hinaus auf den Gang. Neugierig schaute sie von rechts nach links. Nur Douglas rührte sich nicht. Er schlief wie ein Stein.

Swanson zuckte die Achseln, trat ans Fenster und schob es herunter. Aber draußen in der Finsternis war, bis auf den Dampf, der von der Lok herüberzog, nichts zu erkennen.

Nach einer Minute des Schweigens sagte Annie: »Don, so sag doch was.« Fragend blickte sie ihn an.

»Wahrscheinlich haben wir ein Schaf überfahren«, meinte er und schloss das Fenster wieder. »Mach dir keine Gedanken, Annie. Ich bin sicher, wir werden gleich weiterfahren.«

»Kannst du nicht einmal nachsehen? Bitte«, fügte sie hinzu.

»Also schön«, sagte er. »Wenn es dich beruhigt.«

»Das tut es. Danke, Don.« Sie warf ihm eine Kusshand zu und schenkte ihm abermals ein Lächeln.

Draußen auf dem Gang standen nur ein paar vereinzelte Passagiere. Die meisten schienen in ihren Abteilen geblieben zu sein, um mit der stoischen Geduld der Briten abzuwarten, bis es weiterging, oder lagen bereits im Schlafwagen in ihren Betten.

Da er sich im zweiten Wagen hinter der Lok befand, entschloss Swanson sich dazu, nach hinten in Richtung des Gepäckwagens zu gehen. Als er die Mitte des nächsten

Wagens erreicht hatte, sah er den Schaffner in der offenen Tür eines Zweite-Klasse-Abteils stehen.

»Bitte entschuldigen Sie, Sir«, hob Swanson an. Doch dann fiel ihm der entsetzte Gesichtsausdruck des Mannes auf. Und ein Blick ins Abteil genügte, um Swanson den Grund ihres unplanmäßigen Halts zu enthüllen.

Bis auf einen einzelnen Reisenden in der Ecke beim Fenster war das Abteil leer. Man hätte glauben können, der Mann schliefe, doch man hätte sich geirrt. Der Passagier war tot, dessen war Swanson sich sicher. Das Kinn des Mannes war auf seine Brust gesunken, aus der der reich verzierte Elfenbeingriff eines Stiletts hervorragte.

»Rein da, Sir. Und schließen Sie die Tür«, sagte Swanson mit gesenkter Stimme. Und als der Schaffner nicht gleich reagierte, ergriff Swanson ihn kurzerhand bei den Schultern, schob ihn ins Abteil und bugsierte ihn auf den Sitz gleich bei der Tür. Rasch zog er die Vorhänge zu und fragte: »Wie ist das passiert?«.

»Wer sind Sie überhaupt?« Der Schaffner schaute ihn an, wie ein Schlafwandler. »Sie können doch nicht einfach –«

»Ich bin Chief Inspector Swanson, Scotland Yard.«

»So schnell? Unmöglich.« Er nahm seine Mütze ab, rieb sich mit dem Handrücken über das Gesicht. »Es ist doch eben erst geschehen.«

»Ich war rein zufällig im Zug. Haben Sie die Leiche gefunden?«

»O Gott, ja. Eine Leiche.« Der Schaffner sprang auf. »Eine Leiche in meinem Zug! Ich muss Meldung machen!«

»Bitte reißen Sie sich zusammen, Sir!« Swanson legte ihm von vorne beide Hände auf die Schultern. Er blickte ihm in die Augen und sagte eindringlich: »Dieser Mann ist tot. Ermordet, so wie es aussieht. Von jemandem, der sich hier im Zug aufhält. Um ihn zu finden, bin ich auf Ihre Hilfe angewiesen. Also werden Sie versuchen müssen, sich zusammenzureißen. Sagen Sie, wie heißen Sie?«

»Walter Rowlands, Sir. So etwas Schreckliches ist mir noch nie passiert«, jammerte der Schaffner, der den Griff der Schiebetür bereits ergriffen hatte und offensichtlich Anstalten machte, das Abteil zu verlassen. »Ich muss dem Lokführer Bescheid geben. Er muss wissen, was los ist.«

»Wir haben auf offener Strecke gehalten, Mr Rowlands«, sagte Swanson so ruhig wie möglich. »Laufen wir Gefahr, mit einem anderen Zug zusammenzustoßen, wenn wir hier weiter stehen bleiben?«

»Nicht, wenn wir in der nächsten Stunde weiterfahren«, antwortete er.

»Gut. Dann möchte ich mir zunächst den Toten ansehen.« Swanson ging vor der Sitzbank in die Hocke, wobei er vermied, in die Blutlache zu treten. »Haben Sie eine Ahnung, um wen es sich bei dem Gentleman handelt?«

»Du liebe Güte, nein!« Völlig erstarrt stand Rowlands da und sah dabei zu, wie der Chief Inspector vom Yard erst den Griff des Dolches und die Kleidung des toten Mannes in Augenschein nahm und dann dessen Körper abtastete.

Der tödliche Stoß war offenbar mit großer Kraft ausgeführt worden, denn die Klinge verschwand gänzlich im Körper; nur der kunstvoll geschnitzte Elfenbeingriff ragte noch hervor.

Der Unbekannte trug einen schlichten schwarzen Rock, darunter eine Weste gleicher Farbe, dazu passende Beinkleider und ein weißes Hemd ohne Binder. Alles machte den Eindruck von erlesener Qualität. Ohne den Griff des Dolches zu berühren, knöpfte Swanson das Jackett auf und wich erschrocken zurück. Die rechte Innentasche war geradezu zerfetzt und in Weste, Hemd und Brust des Mannes klaffte ein Loch von der Größe einer Faust. In der Wunde selbst konnte Swanson messingfarbene metallische Stücke sehen. Darunter die Hälfte eines kleinen Zahnrads, das sich tief in die verbrannte Brust gebohrt hatte.

Der Schaffner, dem beim Anblick der blutigen, schwarz umrandeten Brustverletzung ein kleiner, kieksender Schrei entfuhr, hielt sich entsetzt die Hand vor den Mund, riss die Schiebetür auf und verließ das Abteil.

Ein junger Mann im Cut, der im selben Moment den Gang heruntergekommen war, blieb stehen, als er den Schaffner bemerkte. »Ah, da sind Sie ja, Mann. Ich habe Sie schon überall gesucht. Was ist eigentlich los? Warum halten wir?« Dann fiel sein Blick auf die Leiche und die Blutlache am Boden. »O du meine Güte!« Er trat ins Abteil. »Das sieht nicht gut aus.«

Weder Swanson noch der Schaffner erwiderten etwas darauf. Die Tatsachen sprachen für sich.

Der junge Mann stand da, rang nervös die Hände und sah dabei zu, wie Swanson die Taschen des Toten abtastete. »Kann ich irgendwie behilflich sein?«, fragte er schließlich.

Swanson sah ihn kurz an. Das Gesicht des Mannes kam ihm vage vertraut vor. Er war ihm schon einmal begegnet, er konnte sich nur nicht entsinnen, wo. »Sind Sie Arzt?«

»Ich fürchte, nein.«

»Sind Sie Polizist?«

»Ich fürchte, das bin ich auch nicht«, entgegnete er. »Ich bin Privatdetektiv.«

Swanson zog die Augenbrauen hoch. »Dann, fürchte *ich*, Sie nützen mir im Augenblick nicht allzu viel, junger Mann.« Er stand auf. »Allerdings könnten Sie mir einen Gefallen erweisen.«

»Unheimlich gern. Welchen?«

»Seien Sie so gut und fragen Sie in Wagen 22 nach Mrs Swanson«, sagte der Chief Inspector. »Sie reist in Begleitung ihrer zwei Kinder; das wird es für Sie leichter machen, sie zu finden. Und wenn Sie sie gefunden haben, sagen Sie ihr bitte, ich sei in spätestens einer halben Stunde wieder bei ihr und den Kindern. Nur, damit sie sich keine Sorgen macht. Wollen Sie das für mich tun, Mister –«

»Morgan«, sagte der junge Mann. »Phillip Morgan.«

»Ach, und Mr Morgan?«

»Ja, Sir?«

»Wenn Sie jemand fragt, was geschehen ist, sagen Sie einfach, wir hätten ein Schaf überfahren und wir würden bald weiterfahren.«

»Selbstverständlich, Mr Swanson, Sir.« Und er eilte über den Gang davon.

Mr Rowlands, der Schaffner, stand noch immer wie eine Salzsäule bei der geöffneten Tür und starrte voller Entsetzen den Leichnam an. Schließlich sagte er kaum hörbar: »Schrecklich. Schrecklich. Was machen wir denn jetzt bloß?«

Swanson, der dem Mann deutlich ansah, wie unbehaglich er sich in der ungewohnten Gesellschaft einer Leiche fühlte, und jetzt sicher alles lieber tun würde, als ihm, Swanson, dabei zuzusehen, wie er die Taschen des Toten weiter durchsuchte, stand auf. »Hören Sie«, sagte er. »Ich werde hier noch eine Weile zu tun haben. Sie müssen wirklich nicht dabeistehen. Sie sagten vorhin, Sie müssten dem Lokführer Meldung machen. Von mir aus können Sie das jetzt tun.«

»Ich müsste. Und ich sollte auch«, entgegnete der Schaffner und ließ die Schultern hängen. »Aber ich kann doch auch nicht einfach so weggehen. Ich bin verantwortlich für diesen Zug. Wenn es sich herumspricht, dass man in meinem Zug einen Menschen ermordet hat, wird es bald einen Tumult geben.« Er nahm die Mütze vom Kopf und wischte sich mit dem Handrücken die schweißnasse Stirn. »Ich muss das wieder in Ordnung bringen.«

»Ich fürchte, das übersteigt unser beider Kräfte bei Weitem, Mr Rowlands«, sagte Swanson mit einem Blick auf die blutige Hemdbrust des Toten. »Und machen Sie sich keine Sorgen, einen Tumult wird es nicht geben, solange wir vorsichtig sind.« Er ging zur Tür des Abteils und zog die Vorhänge wieder zu.

»Was ist mit dem Kerl, den Sie in Wagen 22 geschickt haben? Was, wenn er redet?«

»Ich denke nicht, dass er das tun wird«, sagte Swanson. »Er scheint mir recht vertrauenswürdig zu sein.« Er trat wieder in die Mitte des Abteils und sah sich um. Im Gepäcknetz über dem Sitz des toten Mannes lag ein einzelner Lederkoffer. Die übrigen Netze waren leer. Swanson fragte sich, ob der Mann das Abteil ganz für sich gehabt hatte. Die leeren Gepäcknetze sprachen dafür. Trotzdem musste er sichergehen. Er wandte sich wieder dem Schaffner zu und fragte: »Wissen Sie, ob er allein gereist ist?«

»Wer?«

»Der Tote.« Swanson nickte in Richtung des Leichnams, der nach wie vor reglos auf seinem Platz saß, mit dem Kinn auf der Brust und mit geöffneten Augen.

Der Schaffner schüttelte den Kopf. »Oh, der Tote. Aber ja, natürlich, Sir.«

»Er reiste demnach allein?«

»Äh ... Nein, Sir, das tat er nicht.« Rowlands zog die buschigen Augenbrauen zusammen und schüttelte abermals den Kopf, fasste sich mit der Hand an die Stirn, als müsse er sich erst besinnen. »Es … es waren zwei Leute mit ihm im Abteil, wenn ich mich recht daran erinnere.«

»Zwei Leute?«, fragte Swanson. »Sie meinen – zwei Männer?«

»Nein, nein. Da waren ein älterer Herr und eine junge Dame. Die Frau hat die Notbremse gezogen.«

»Warum sind sie nicht hier?«

»Das …« Er stockte, nahm seine Mütze zwischen beide Hände und begann, sie zu zerknautschen. »Das tut mir schrecklich leid, aber ich weiß es nicht.«

»Wo sind sie jetzt?«

»Die junge Frau war sehr erschrocken. Was durchaus verständlich ist, unter den gegebenen Umständen, wie ich finde«, setzte er hinzu. »Sie war einer Ohnmacht nahe. Und der andere Gentleman kümmerte sich um sie.«

»Doch nun sind sie nicht mehr hier«, stellte Swanson fest. »Wissen Sie, wohin die beiden gegangen sind?«

»Nein, Sir. Vielleicht in den Waschraum.« Dann schnippte er plötzlich mit den Fingern und straffte sich. »Nein, warten Sie – doch, ja. Der Herr, der sich um die junge Dame gekümmert hat, wollte sie in den Speisewagen bringen. ›Ein Brandy hilft immer‹, hat er gesagt.«

Das war wenigstens etwas, dachte Swanson bei sich. »Bitte begeben Sie sich in den Speisewagen, und versuchen Sie, die beiden Passagiere aufzutreiben, Mr Rowlands. Ich muss ihnen nämlich ein paar Fragen stellen. Und unterwegs erkundigen Sie sich diskret danach, ob ein Arzt im Zug ist. Das hat aber momentan keine Eile«, setzte er hinzu.

Als der Schaffner gegangen war – davongerannt, hätte man meinen können –, schloss Swanson die Tür des Abteils wieder und zog die Vorhänge abermals zu.

Bislang waren die Schaulustigen ausgeblieben. Doch die würden nicht lange auf sich warten lassen, spräche sich der Mord erst einmal im Zug herum. Er konnte nur hoffen, dass es Mr Rowlands gelang, bei seiner Suche nach dem Arzt und den beiden verloren gegangenen Mitreisenden des toten Mannes, nicht allzu viel Panik zu verbreiten.

KAPITEL 4

Swanson fuhr fort, die Taschen des Toten zu durchsuchen, wobei er es sorgfältig vermied, den Dolch zu berühren. Wenn sie Glück hatten, hafteten Spuren daran, Fasern von der Kleidung des Mörders vielleicht oder ein paar von den Fingerabdrücken, die Charly Stedman so liebte. Mit einem brandneuen Verfahren war es ihm gelungen, sie sichtbar zu machen. Auch wenn sie bislang noch nie zu einer Festnahme, geschweige denn zu einer Verurteilung geführt hatten, war Swanson mittlerweile davon überzeugt, dass in der so genannten Daktyloskopie die Zukunft der Kriminalistik lag. Denn im Gegensatz zu vielen seiner Kollegen, die in Stedmans Methoden oftmals nichts weiter sahen, als die Schrullen eines zufällig in der Kriminalabteilung untergekommenen Okkultisten, glaubte Swanson an ihn. Gut, die Arbeit der forensischen Abteilung mochte auch ihm oftmals undurchsichtig und rätselhaft vorkommen, doch das taten andere Dinge auch. Davon durfte man sich nicht beirren lassen. Swanson setzte auf den Fortschritt.

Das Ende der goldenen Kette, an der einmal die Taschenuhr befestigt gewesen sein musste, baumelte vom Knopfloch der Weste lose auf den Schoß des Toten. Wo sich die Uhr jetzt befand, verrieten die winzigen Zahnräder und scharfkantigen Metallstückchen, die in der verbrannten Wunde steckten. Das aufgesprengte Gehäuse war in mehrere Teile zerborsten. Jene Teile, die durch die Gewalt der Explosion – denn um nichts anderes konnte es sich gehandelt haben – nicht in den Körper getrieben worden waren, steckten im Futter der Weste. Swanson konnte sie ertasten. Er wurde sie an Ort und Stelle belassen, bis er den Leichnam in York der Polizei übergeben hatte.

In der rechten Innentasche des Jacketts fand Swanson einen Umschlag. Er zog ihn heraus und hielt ihn ins Licht. Adressiert war er an Mr Jeremia Stone, Esqu., 22 The Strand, London. Das Couvert war oben bereits geöffnet worden. Möglicherweise mochte der Inhalt des Briefes Aufschluss über Mr Stones Reiseziel geben.

Doch als Swanson den Brief herausnahm und ihn auffaltete, erlebte er eine Überraschung.

Er las:

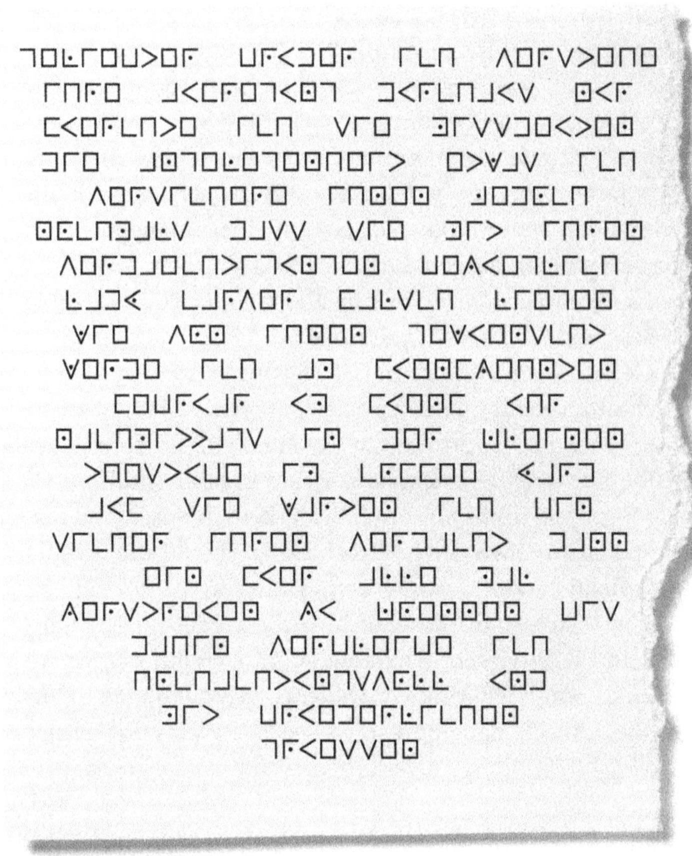

Im selben Augenblick wurde die Abteiltür aufgeschoben und Mr Morgan, der Privatdetektiv, streckte seinen Kopf durch den Vorhang. Wieder hatte Swanson das Gefühl, dem Mann schon einmal begegnet zu sein.

»Alles erledigt, Inspector«, sagte er. »Was dagegen, wenn ich rein komme?«

»Nein. Kommen Sie nur. Aber schließen Sie die Tür.« Swanson steckte den Brief, den er noch immer in der Hand hielt, rasch in die Innentasche seines Jacketts. »Haben Sie meine Frau gefunden?«

»Positiv, Sir«, antwortete er und erinnerte Swanson in seiner Eilfertigkeit ein bisschen an Sergeant Phelps. »Eine ganz außergewöhnlich bemerkenswerte Dame, Ihre Gattin, wenn Sie mir die Bemerkung erlauben. Die Geschichte vom überfahrenen Schaf hat sie mir übrigens keine Sekunde abgenommen. Aber sie schien nicht im Mindesten überrascht oder entsetzt zu sein, als ich ihr schließlich anvertraute, Sie seien in einer unangenehmen Angelegenheit aufgehalten worden, würden aber bald wiederkommen. Sie nickte nur und meinte, dann wisse sie ja Bescheid.«

Gegen seinen Willen musste Swanson lächeln. Annie, dachte er, verständnisvolle, belastbare Annie. Was er sagte, war: »Wie ist die Stimmung da draußen? Ist bereits der halbe Zug über die *unangenehme Angelegenheit* informiert?«

Morgan winkte ab. »Ach was, kein Mensch interessiert sich für Ihre Leiche. Ich habe ja überall die Schafsgeschichte erzählt. Außerdem sind die Leute viel zu sehr mit sich selbst beschäftigt. Alles redet durcheinander und will wissen, wie lange man noch auf der Stecke stünde, wann es endlich weiterginge, dass man dringende Termine habe und so weiter. Die Welt wird immer egoistischer.« Morgan seufzte. »Allerdings glaube ich, der Schaffner hat herumerzählt, es gäbe ein Problem mit der Zugmaschine.«

»Guter Mann«, sagte Swanson.

»Wie ist er übrigens gestorben?«, fragte Morgan. Er trat dicht an den Leichnam und besah ihn sich mit heruntergezogenen Mundwinkeln. »Oh, ich sehe schon. Ekelhaft. Ist sicher schnell gegangen, was?«

Swanson setzte sich auf den Platz gegenüber der Leiche. »Wie kommen Sie darauf?«

»Nun, ja«, sagte Morgan und nahm neben dem Chief Inspector Platz. »Ich bin natürlich kein Arzt, aber ein Dolchstich in den Leib, knapp unterhalb des Brustbeins …« Er zuckte die Achseln. »Die Klinge dürfte die Aorta durchtrennt haben. Der arme Kerl wird sehr rasch verblutet sein. Wie gesagt, ich bin kein Arzt, aber einen Kampf hat es wohl nicht gegeben.«

Dasselbe war Swanson ebenfalls durch den Kopf gegangen. Es gab keinerlei Blutspuren im Abteil – abgesehen von denen am Boden. Doch die stammten von dem Blut, das aus der Wunde direkt auf die Holzbohlen des Fußbodens gelaufen war. »Sie haben eine gute Beobachtungsgabe, Mr Morgan«, sagte er. »Was sagten Sie noch gleich, wohin Sie unterwegs sind?«

Morgan grinste. »Ich habe nichts dergleichen gesagt, Chief Inspector.«

»Nun, dann frage ich Sie jetzt. Wohin sind Sie unterwegs, Mr Morgan?«

»Bin ich etwa verdächtig?« Die Vorstellung schien ihn zu belustigen. Er lehnte sich zurück, noch immer grinsend, legte die Hände auf die Oberschenkel und trommelte mit den Fingern.

»Ich fürchte, gegenwärtig ist jeder verdächtig, der sich im Zug aufhält«, sagte Swanson. »Sie natürlich auch. Und ich habe fast den Eindruck, Ihnen gefällt das.«

»Das tut es gewiss nicht«, sagte Morgan und sein Grinsen verschwand. »Es ist nur so, dass ich es für völlig absurd halte, gleich bei meinem ersten Aufenthalt in England in einen scheußlichen Mord verwickelt zu werden. Sehen Sie, ich komme aus einem Land, wo jedermann eine Waffe trägt, weil er Angst davor hat, jemand könne ihm nach dem Leben trachten. Vor meiner Abreise versicherte man mir, England sei anders. England sei sicher. Und nun sitze ich mit einer Leiche und einem Chief Inspector von Scotland Yard in einem Abteil und fühle mich sehr, sehr unbehaglich, weil das meine erste Leiche ist, die ich sehe.«

»Sagten Sie nicht, Sie seien Privatdetektiv?«, fragte Swanson.

»Das bin ich auch. Das bin ich auch«, versicherte Morgan. »Nur hat meine Arbeit rein gar nichts mit Mord und Totschlag zu tun. Ich bin nur ein kleines Licht, wissen Sie? Nicht wie die Pinkertons, die die großen Fische jagen. Ich werde für gewöhnlich von Geschäftsleuten engagiert, die von ihren Angestellten bestohlen werden. Oder von eifersüchtigen Ehemännern, die wissen wollen, womit ihre Frauen ihre Vormittage verbringen. Solche Sachen.«

»Verstehe«, meinte Swanson. »Und welche Art von Auftrag bearbeiten Sie gegenwärtig? Wem sind Sie auf den Fersen, Mr Morgan? Der Ehefrau oder dem Angestellten?«

»Keinem von beiden.« Morgan schloss die Augen und schüttelte den Kopf. »Es war schrecklich dumm von mir, es überhaupt zu erwähnen. Ich – also, es ist ganz anders. Die Sache, wegen der ich nach York fahre, ist rein privater Natur.«

»Sie reisen also nach York«, stellte Swanson fest. »Als Tourist.«

»Ja«, sagte er matt. »Ja, das trifft es in etwa.«

»Sagen Sie, haben wir uns nicht schon einmal gesehen?« Swanson sah den jungen Mann eindringlich an, den Kopf schiefgelegt. »Ich weiß zwar im Augenblick nicht, wo ich Sie hinstecken soll, aber ich bin mir ziemlich sicher, dass ich Sie von irgendwoher kenne.«

»Das ist wohl schwerlich möglich, Sir. Ich bin ja vor ein paar Tagen erst aus den Staaten gekommen.« Er zuckte die Achseln. »Bei meinem Allerweltsgesicht verwechseln Sie mich wahrscheinlich mit jemandem.«

»Das glaube ich nicht«, sagte Swanson, der angestrengt überlegte, wo er Morgan zuvor begegnet sein mochte. »Es kann noch nicht allzu lange her sein.« Und plötzlich fiel es ihm wieder ein. »Es war gestern erst«, sagte er, schnalzte mit der Zunge und lächelte. »Sie nahmen an der Eröffnung des Kriminalmuseums im Yard teil, wenn mich nicht alles täuscht.«

Morgans Gesicht hellte sich auf. »Oh ja, das stimmt, Sir. Ich hatte das Vergnügen, dabei sein zu dürfen. Lauter wichtige Leute, und dabei hatte ich nicht mal eine Einladung. Ein Freund bat mich, ihn zu begleiten.« Er runzelte nachdenklich die Stirn. »Ich kann mich allerdings nicht entsinnen, Sie dort gesehen zu haben.«

»Das macht nichts. Ich schaute nur kurz vorbei«, entgegnete Swanson.

»Aber natürlich! Sie waren der Polizist, den die Presseleute unbedingt fotografieren wollten, nicht wahr?«

»Ich fürchte, ja.«

»Ach, ich konnte Sie ja gar nicht gesehen haben. Ich hatte mich nämlich in die Ecke gesetzt.«

»Nun, ich habe Sie gesehen«, sagte Swanson. »Als Sie das Museum verließen. Wahrscheinlich haben Sie nicht auf mich geachtet, was?« Er lächelte freundlich.

»Ja«, antwortete Morgan. »Ja, so wird es gewesen sein. Das erklärt es wohl.«

»Warum haben Sie mir nicht erzählt, dass Sie dort waren – im Yard, meine ich? Nicht jeder bekommt die Gelegenheit, unser Schwarzes Museum zu besuchen. Das war doch sicher etwas Besonderes für Sie.«

Morgans Blick wanderte wieder zu dem toten Reisenden hin, der nach wie vor auf dem Sitz ihm gegenüber saß und dessen Blut die Polster ruinierte. »Ehrlich gesagt hielt ich es nicht für sonderlich wichtig, Sir, unter den gegebenen Umständen.«

»Natürlich nicht. Darf ich fragen, wer der Freund war, den Sie dorthin begleiteten?«

»Einer meiner Kontakte in London«, sagte er. »Ein Mann namens Stephen Knight. Vielleicht kennen Sie ihn sogar – er ist Journalist beim Daily Telegraph.«

Swanson kannte ihn nicht.

»Stephen – ich meine, Mr Knight, hilft mir bei der Recherche für mein Buch«, fuhr Morgan fort. »Offenbar ist er mit Inspector Neame, dem Kurator des Museums, bekannt.«

Swanson nickte nachdenklich. »Die Welt ist klein, nicht wahr?«

Morgan lächelte gequält. »Ja«, sagte er. »Ja, das ist sie wohl.«

»Was ist das für ein Buch, das Sie schreiben? Ein Kriminalroman?«

»Oh, nein, nein. Etwas gänzlich anderes.« Er verschränkte die Arme vor der Brust und schlug die Beine übereinander. »Es ist mehr ein Tatsachenbericht. Eine Biografie, wenn Sie so wollen.« Er lachte verlegen. »Es geht um eine alte Geschichte in unserer Familie.«

»Sie werden sich wundern«, sagte Swanson, dem die abwehrende Körperhaltung nicht entgangen war, »aber es sind gerade die alten Familiengeschichten und die alten Leichen im Keller, die uns Polizisten besonders interessieren.«

»Ich fürchte, ich muss Sie enttäuschen, Mr Swanson. Mit Leichen kann ich nicht aufwarten«, entgegnete Morgan. »Es ist zwar eine besonders spannende und auch rätselhafte Geschichte, aber mit Mord hat sie nichts zu tun. Viel kann ich ohnehin nicht darüber erzählen. Mein Verleger und die Zeitung, die sich die Vorabdruckrechte gesichert hat, haben darauf bestanden, eine Verschwiegenheitsklausel in den Vertrag aufzunehmen. Ich denke aber, ich verrate nicht zu viel, wenn ich sage, dass es sich um das abenteuerliche Leben meines Ur-Großonkels Billy handelt.«

»Jetzt haben Sie mich erst recht neugierig gemacht, Mr Morgan.«

»Ich werde Ihnen ein Exemplar des Buches schicken, wenn es erschienen ist.«

»Danke. Das ist sehr freundlich.«

Es klopfte, und eine Sekunde später ging die Tür auf. Der Schaffner teilte den Vorhang und führte eine brünette junge Dame im hochgeschlossenen Kleid und einen Herrn mittleren Alters im Tweedanzug ins Abteil. Die junge Frau hielt sich ihren Hut vor das Gesicht, offenbar darum bemüht, den Blick auf den Toten zu vermeiden. Der Gentleman in ihrer Begleitung machte ein betretenes Gesicht.

KAPITEL 5

Swanson bat die Neuankömmlinge, Platz zu nehmen, da er, wie er ihnen erklärte, ihre Aussagen benötige. Dann nahm er ihre Personalien auf. Miss Lydia Grimes, 23, wohnhaft in The Hook, einer Pension in Epping. Und Mr Jefferson Cane, 57, wohnhaft in Nummer 51 St. Martins Lane, London. Einander vorher nicht bekannt.

»Und wann können wir weiterfahren?«, fragte der Schaffner. »Wir müssen die Strecke freimachen, ehe ein Unglück geschieht.«

»Wie lange, denken Sie, haben wir noch, ohne Schwierigkeiten mit nachfolgenden Zügen zu bekommen, Mr Rowlands?«

Der Schaffner konsultierte seine Taschenuhr. »Eine knappe halbe Stunde, Sir.«

»Gut. Geben Sie mir noch ein paar Minuten«, meinte Swanson. »Aber laufen Sie nicht allzu weit weg. Möglicherweise brauche ich Sie nachher noch.«

»Ich werde draußen warten und aufpassen, dass niemand Sie stört«, sagte Rowlands und verließ das Abteil.

»Hat einer von Ihnen den Toten gekannt?«, fragte Swanson, als sich die Tür wieder geschlossen hatte.

»Oh, nein, Sir«, antwortete Miss Grimes wie aus der Pistole geschossen. »Ich kannte ihn nicht. Ich habe nicht einmal groß mit ihm geredet. Allerhöchstens drei, vier Sätze.«

»Was ist mit Ihnen, Mr Cane?«

»Nein. Ich kannte ihn ebenfalls nicht.«

»Hat er Ihnen gegenüber erwähnt, wohin er wollte?«

»Nach York wollte er, glaube ich«, sagte sie und plapperte dann aufgeregt drauflos. »Und dass er eine Kabine im Schlafwagen gebucht habe. Ich habe auch eine Kabine im Schlafwagen, wissen Sie? Aber hier im Abteil ist es doch angenehmer. Nicht so schrecklich beengt. Wer möchte schon die ganze Zugfahrt im Schlafwagen verbringen? Ich jedenfalls nicht. Außerdem hat man da ja keine Gesellschaft. Und ohne Gesellschaft kann ich nicht gut sein. Da ist man die ganze Zeit alleine mit seinen Gedanken. Ich bin nicht gerne alleine mit meinen Gedanken. Nicht dass Sie jetzt denken, ich sei auf Bekanntschaften aus. Sie denken doch jetzt nicht, ich sei auf Bekanntschaften aus, oder? So eine bin ich nämlich nicht.«

Swanson hob die Hand, um sie zu unterbrechen. Zu seiner Überraschung verstummte sie sofort. »Ist Ihnen irgendetwas Ungewöhnliches an dem Mann aufgefallen?«

Sie blinzelte verschreckt. »Ungewöhnliches? Nein, nicht dass ich wüsste.«

»Ich hatte den Eindruck, der Mann hatte Angst«, meinte der ältere Herr mit ruhiger Stimme.

Swanson wurde hellhörig. »Woran machen Sie das fest, Sir? Können Sie mir das sagen?«

»Er schwitzte«, entgegnete Cane. »Immerzu tupfte er sich die Stirn mit seinem Einstecktuch. Auf mich machte er den Eindruck eines sehr nervösen Mannes, der vor irgendeiner Sache schreckliche Angst hatte. Glauben Sie mir, ich bin Theateragent. Ich kenne dieses Verhalten nur zu gut von Schauspielern, die zu einem Vorsprechen unterwegs sind.«

»Tatsächlich?«, fragte Swanson.

»Ja, genau«, pflichtete ihm die junge Dame bei. »Genauso hat er ausgesehen. Wie ein Schauspieler. Wie ein aufgeregter Schauspieler.« Sie runzelte die Stirn. »Oder wie ein sehr kranker Schauspieler.«

»Er sah krank aus?«, fragte Swanson.

»Er war ja leichenblass«, sagte sie. »Und er zitterte schrecklich. Wenn es keine Aufregung war, dann hatte er sicherlich Fieber.«

»Ich dachte, er sei nervös«, sagte Mr Cane. »Doch Sie könnten recht haben, Miss Grimes. Möglicherweise war er krank. Mir ist das Zittern ebenfalls aufgefallen. Und ja, er schwitzte schrecklich.«

Das war ein interessantes Detail, dachte Swanson. Er beugte sich vor und fragte: »Sprachen Sie ihn darauf an?«

»Nein!«, riefen beide wie aus einem Mund. »Jedenfalls nicht so direkt«, setzte Miss Grimes hinzu.

»Was meinen Sie damit?«

»Na, ich fragte ihn, ob ich nach dem Schaffner klingeln solle«, fuhr sie fort. »Er sah dermaßen schlecht aus, dass ich dachte, eine schöne Tasse Tee würde ihn sicher aufmuntern. Ein Tee muntert doch immer auf, nicht wahr? Aber er wollte partout nicht.«

»Bestimmt kein Engländer«, meinte Mr Cane.

»Wie kommen Sie darauf«, fragte Swanson. »Hatte er einen Akzent?«

»Nein, Chief Inspector. Wegen des Tees natürlich.«

»Verstehe.« Langsam fragte Swanson sich, ob der Mann sich die schlimme Brustverletzung durch die explodierte Taschenuhr möglicherweise bereits vor Betreten des Abteils zugezogen haben mochte. Das würde zumindest seinen schlechten Allgemeinzustand erklären, dachte er. Er fragte: »Blieb der Mann die ganze Zeit über hier mit Ihnen im Abteil?«

»Ja, das tat er, Sir«, sagte Miss Grimes. »Nein, warten Sie – einmal ging er weg, um … na, Sie wissen schon.« Sie errötete.

»Sie denken, er suchte die Toilette auf?«, fragte Swanson.

»Ich nehme es wenigstens an. Er blieb ja nicht lange fort. Und bis zum Speisewagen braucht man eine ganze Weile. Das hätte er in der kurzen Zeit nicht geschafft. Da ist er sicher nicht gewesen.«

Swanson dachte nach. Es gab ein paar Fragen, die er noch stellen musste. »Kam er allein zurück, oder brachte er jemanden mit?«

»Er war allein«, sagte Mr Cane.

»Fiel Ihnen, abgesehen von seiner kränklichen Erscheinung, danach etwas an ihm auf? War er anders als vorher?«

»Er war wie zuvor«, versicherte Miss Grimes. »Setzte sich hin und schwieg. Weiter nichts.«

»Und dann?«, fragte Swanson.

»Was meinen Sie mit – und dann?« Cane musterte ihn von oben bis unten.

»Wie starb der Mann?«

»Ich weiß es nicht«, sagte Cane matt. »Es ging alles so schnell.«

»Was ist mit Ihnen, Miss Grimes?«

»Ich …« Sie stockte. »Ich weiß auch nicht …«

»Jemand sollte etwas wissen«, sagte Swanson deutlich lauter. »Sie saßen mit dem Mann zusammen im Abteil. Kaum vorstellbar, dass Sie nicht gesehen haben, was passiert ist. Hat er nicht geschrien?«

»Also – er stöhnte auf«, sagte Miss Grimes. »Das habe ich gehört. Er stöhnte einmal, und sein Kopf fiel ihm auf die Brust, glaube ich. Und als ich wieder hinsah, da hatte er plötzlich diesen Dolch in seiner Brust.« Sie schlug die Hände vors Gesicht. »Es war schrecklich. Einfach schrecklich!«

»Dann frage ich mich, wie der Dolch in seine Brust kam«, sagte Swanson. Er sah erst Miss Grimes und dann Cane, den Theateragenten, an. »Können Sie mir das erklären?«

»Bitte entschuldigen Sie, dass ich mich einmische«, meldete sich Mr Morgan zu Wort. »Aber er wird sich doch wohl nicht selbst umgebracht haben, oder?«

»Ich weiß wirklich nicht«, sagte Miss Grimes.

Mr Cane dagegen schwieg. Er war leichenblass und sein Blick war starr auf den Toten beim Fenster gerichtet.

Swanson stand auf und schob das Fenster herunter. Er blickte in die Nacht hinaus. Angenehm kühle Luft wehte herein. Diese beiden Passagiere kamen ihm nicht wie Mörder vor. Ihre Aussagen waren die ganz normaler Menschen, die ohne ihr eigenes Zutun in eine unschöne Situation geraten waren. Doch Morgan hatte recht. Wenn der Mann sich nicht selbst erstochen hatte, musste es einer der beiden Mitreisenden getan haben. Nicht ohne Grund hatte Swanson danach gefragt, ob der Mann vor seinem Tod jemanden mit ins Abteil gebracht hatte.

Er wandte sich wieder um und sagte: »Einmal angenommen, Mr Stone hat sich den Dolch selbst in den Leib gestoßen, Sie hätten doch sehen müssen, wie er es tat.«

»Ich habe gar nichts gesehen«, sagte Mr Cane. Abwehrend streckte er die Hände vor. »Gar nichts. Ich war müde. Ich döste so vor mich hin.«

»Mr Stone? War das sein Name?«, fragte Miss Grimes.

»Ja«, meinte Swanson. »Sagt Ihnen das was?«

»Nein.« Sie senkte traurig den Blick. »Aber es macht einen Unterschied, finden Sie nicht? Wenn jemand einen Namen hat, wird es gleich viel persönlicher.«

»Was haben Sie gesehen, Miss Grimes?«

»Das Messer«, sagte sie mit leiser Stimme. »Und den überraschten Ausdruck in seinem Gesicht. Da bin ich mir sicher. Er sah ganz überrascht aus.«

»Sie glauben nicht, dass er sich den Dolch selbst in die Brust gestoßen hat?«

»Nein«, sagte sie. »Nein, ganz sicher nicht. Obwohl alles so durcheinander ist. Aber er sah mir nicht wie jemand aus, der sich selbst umbringen würde. Ich sah nur dieses Messer und weiter nichts. Es war plötzlich da. Ganz plötzlich. Mehr kann ich nicht dazu sagen.«

»Und daraufhin haben Sie die Notbremse betätigt?«, fragte Swanson.

»Oh, nein, Sir«, entgegnete Miss Grimes. »Das habe ich nicht.«

»Haben Sie nicht?«

»Dazu war ich viel zu aufgeregt. Das hat doch der Pfarrer getan.«

»Der Pfarrer?« Swanson glaubte, seinen Ohren nicht zu trauen. »Es war noch eine vierte Person mit Ihnen im Abteil?«

»Aber sicher doch«, sagte Mr Cane. »Der Gentleman, der vorhin den Zug verlassen hat, um die Polizei zu verständigen.«

»Jemand aus diesem Abteil hat den Zug verlassen? Und das erwähnen Sie erst jetzt?«

»Ist das denn wichtig?«

»Aber natürlich ist es das!«, rief Mr Morgan, der Privatdetektiv, und raufte sich die Haare. »Sie hätten es selbstverständlich gleich erwähnen müssen.«

»Der Pfarrer hat doch nichts getan«, sagte Miss Grimes.

»Und was, wenn es der Pfarrer war, der den Mann getötet hat?«, fragte Swanson.

»Der Pfarrer?« Die junge Dame lachte gekünstelt. »Das glauben Sie doch selber nicht. Ein Pfarrer! Niemand würde so was glauben.«

»Sehen Sie?« sagte Swanson. »Niemand würde so etwas glauben.«

»Sie meinen ...?« Der ältere Herr schüttelte energisch den Kopf. »Aber das wäre ja zu entsetzlich, um es sich auszumalen. Sie meinen, der Pfarrer war gar kein richtiger Pfarrer?«

»Das ging mir durch den Kopf«, gab Swanson zu. »Sind Sie beide ganz sicher, dass Sie den Dolch in der Brust des Toten sahen, ehe die Notbremse gezogen wurde?«

»Ich ... ich weiß nicht«, stammelte Miss Grimes. »Jetzt, wo Sie es sagen ... Es könnte auch danach gewesen sein. Nein! Es war danach! Ich weiß noch, wie der arme Mann aufstand, als die Bremsen quietschten. Denn er fiel nach vorne und dann wieder auf den Sitz zurück. Ich hatte den Eindruck, der Pfarrer würde ihn auffangen wollen ...«

»Aber ...« Mr Cane stockte. »Aber das wäre ja geradezu teuflisch.«

Swanson nickte. »Nicht wahr? Wie hat der Pfarrer ausgesehen? Können Sie ihn mir beschreiben?«

»Groß«, sagte Miss Grimes. »Und schlank war er. Trug eine Art Mantel. Und einen steifen weißen Kragen – daran erinnere ich mich genau.«

»Ein Talar womöglich?«, schlug Swanson vor.

»Ganz sicher war es ein Talar«, sagte Mr Cane. »Und er hatte einen Bart.«

»Können Sie beschreiben, wie er aussah?«

»Es war ein krauser, grauer Vollbart«, sagte Miss Grimes. »Nicht sonderlich gepflegt, würde ich sagen.«

»Ein Wilkie-Collins-Bart«, ergänzte Mr Cane. »Genauso sah er aus.«

»Grau und zottelig«, bestätigte Miss Grimes. »Wie bei Wilkie Collins.«

Swanson, der vermutete, dass der Bart sehr wahrscheinlich Teil der Verkleidung gewesen war, bedankte sich.

»Wir können wohl jetzt nichts weiter tun, als auf das Eintreffen der Polizei aus York zu warten«, sagte Morgan.

»Ich bezweifle, dass jemand kommen wird«, sagte Swanson. Er erhob sich. »Bitte halten Sie sich zur Verfügung. Der Zug wird gleich weiterfahren. Wenn er in York eintrifft, werden Sie Ihre Aussage bei der Polizei zu Protokoll geben müssen. Am besten, Sie gehen solange in den Speisewagen.«

»Selbstverständlich«, sagte Miss Grimes.

»Aber ich muss dringend nach Glasgow weiterreisen«, schnappte Cane. »Ich kann es mir nicht leisten, einen Tag zu verlieren.«

»Das werden Sie müssen.« Swanson legte ihm eine Hand auf den Rücken. »Ein Mensch ist gestorben, Sir. Und Sie leisten der Gesellschaft mit Ihrer Aussage einen großen Dienst, vergessen Sie das nicht.«

Gemeinsam mit Morgan kehrte Swanson umgehend in sein eigenes Abteil zurück.

»Darf ich Sie bitten, sich bis zur Ankunft in York um meine Familie zu kümmern, Mr Morgan?«

»Aber ja, Sir. Es ist mir eine Ehre.«

»Und was wirst du tun, Pa?«, fragte Ada, die sich eine Haarsträhne um den Zeigefinger gewickelt hatte und nun mit gekräuselter Stirn daran herumkaute. »Musst du das Schaf bewachen?«

»So etwas Ähnliches, mein Schatz«, sagte Swanson. »Ich werde versuchen, ein anderes Schaf, das ausgerissen ist, einzufangen.« Er gab seiner Tochter einen Kuss auf die Stirn und fügte an Annie und Morgan gewandt hinzu: »Ich muss mich beeilen. Wir treffen uns am Bahnhof von York.«

Als Swanson das Abteil verlassen hatte, sah Annie Mr Morgan an und sagte: »Ist das nicht wundervoll? Und ich habe das jeden Tag.«

Der einzige, den das alles kein bisschen berührte, war Douglas. Der Kleine schlief noch immer tief und fest auf Swansons Mantel.

KAPITEL 6

Swanson wies den Schaffner an, das Abteil mit dem Toten darin zu verriegeln. Dann ließ er sich die Kabine im Schlafwagen zeigen. Auch hier fanden sich Blutspuren. Auf der Bettdecke, am Rand des Waschbeckens und an einem Handtuch, das darunter am Boden lag. Konnte es sein, dass Mr Jeremia Stone, ohne es zu wissen, einen Sprengsatz in seiner Taschenuhr bei sich getragen hatte? Und dass dieser Sprengsatz explodiert war, während er sich in seiner Schlafwagenkabine aufgehalten hatte? Die Wunde lag indessen zu hoch, als dass er dabei gestanden haben konnte. Vermutlich hatte er sich auf sein Bett gesetzt und die Weste mit der Uhr darin war dabei ein Stück weit hochgerutscht. Anders ließ sich die Verletzung nicht erklären. Doch wenn er saß, war er sich der Gefahr sicherlich nicht bewusst gewesen. So wie es aussah, hatte er die Uhr von jemandem, dem er vertraute, als Geschenk erhalten. Hatte Stone seinen Mörder gekannt?

Die verschlüsselte Botschaft, die Swanson bei dem toten Jeremia Stone gefunden hatte, war in einem Freimaurercode verfasst und würde möglicherweise Aufschluss darüber geben, was der Mann in York gewollt hatte. Und vielleicht enthielt sie sogar einen Hinweis darauf, wer ihm nach dem Leben getrachtet hatte.

Um sie zu entschlüsseln, würde er ein wenig Ruhe brauchen. Das musste warten, bis er in York angekommen war.

Swanson bat den Schaffner um eine Lampe und begab sich zu der Tür des Waggons, durch die der vermeintliche Pfarrer den Zug verlassen hatte. Sie stand nach wie vor offen.

Mit der flackernden kleinen Öllampe in der Hand stieg

Swanson ins Gleisbett hinab. Eine kurze Suche machte schnell klar, dass der Mann hier aus dem Zug gesprungen war. Die Spuren bewiesen es ganz eindeutig. Gleich neben dem Schotter des Gleisbettes war der Boden feucht und morastig. Swanson fand zwei tief in den Erdboden eingegrabene Fußabdrücke.

Der Mann war also nicht einfach bloß ausgestiegen, sondern gesprungen. Offenbar war er in Eile gewesen. Auch hatte er sich augenscheinlich nicht lange dort aufgehalten. Die Fußspuren führten direkt vom Gleis fort. Er hatte nur diese beiden Eindrücke hinterlassen und war dann geradewegs davongerannt, denn die Eindrücke lagen weit auseinander und keiner war vollständig. Die Fersen hatten also kaum den Boden berührt.

»Wie weit sind wir von der nächsten Station entfernt?«, fragte Swanson und kletterte wieder zum Schaffner hinauf. »Was meinen Sie, Mr Rowlands?«

Der Schaffner lehnte sich aus der offenen Tür und spähte hinaus. »Schätze, zwei, drei Meilen vielleicht«, antwortete er. »Wir müssen kurz vor Copmanthorpe sein.« Er schüttelte den Kopf. »Hätte sich der Kerl nicht in York umbringen lassen können? Jetzt stehen wir hier auf der Strecke und kommen nicht weiter. Das gibt einen schönen Schlamassel mit dem Fahrplan. Alles durcheinander.«

»Hören Sie, guter Mann«, sagte Swanson, »veranlassen Sie, dass der Zug bis York weiterfährt. Ich rechne nicht damit, die Polizei in naher Zukunft hier eintreffen zu sehen.« Er stieg die drei Gitterstufen wieder hinunter und sprang ins Gleisbett zurück.

Der Zugführer stand oben in der Tür und blickte ihn fragend an. »Und was werden Sie tun, wenn ich fragen darf?«

»Ich folge diesen Spuren hier«, antwortete Swanson. »Wir treffen uns am Bahnhof.«

Und noch ehe der Zugführer etwas entgegnen konnte, war der Chief Inspector auch schon den Bahndamm hinuntergesprungen und hatte sich in die Büsche geschlagen.

Der Boden war feucht und die Spur leicht zu verfolgen. Sie führte hinter den Büschen bis zu einer niedrigen Hecke und von dort beinahe schnurgerade weiter über einen brachliegenden Acker.

In der Ferne sah er vereinzelte Lichter und hielt darauf zu. Dort lag offenbar eine Siedlung. Das musste dieses Copmanthorpe sein, dachte Swanson, während er mühevoll durch den von Regen und Schnee aufgeweichten Morast voranwatete.

Hinter ihm ertönte das schrille Pfeifen der Dampflok, als sich der Zug schwerfällig wieder in Bewegung setzte.

Nun gab es kein Zurück mehr.

Hastig stolperte er weiter, direkt auf die Lichter zu, die vor ihm am Horizont auf und ab tanzten und allmählich größer wurden.

Nach einer guten Viertelstunde Fußmarsch wurde der Acker, den er gerade überquert hatte, von einer mannshohen Eibenhecke begrenzt. Die Spuren im Schlamm führten geradewegs dorthin. Swanson schlüpfte durch eine frische Lücke in der Hecke und fand sich in dem kleinen Biergarten eines Pubs wieder. Die Spuren verloren sich auf dem Rasen zwischen den groben Holztischen und -bänken, die verlassen herumstanden.

Alles war still. In den Fenstern brannte noch Licht. Eine einzelne rußende Lampe glomm über der Hintertür.

Swanson probierte die Türklinke. Die Tür war nicht verschlossen. Er trat ein, ging einen kurzen, unbeleuchteten Korridor hinunter und betrat den Schankraum, das Bild eines Mannes, der dem Sumpf entstiegen zu sein schien. Seine Schuhe und auch die Hosenbeine tropften von Schlamm.

»Muss ein verdammtes Nest sein, da draußen«, knurrte der Wirt, der hinter der Theke stand und einen Lappen auswrang.

Zwei Männer, die auf Barhockern an der Theke saßen, drehten sich zu Swanson um. Sie stellten ihre Biergläser ab und sahen ihn stumm an.

»Was meinen Sie damit, Sir?«, fragte Swanson und trat näher. »Das mit dem Nest, meine ich.«

»Na, sehen Sie sich doch an.« Der Wirt schnaufte ungehalten, dann warf er sich den Lappen über die rechte Schulter und nickte in Swansons Richtung. »Der ganze Dreck, den ihr Leute hier reinschleppt. Und wer kann es wieder saubermachen?«

»Sie meinen, es war schon jemand hier, der ...«

»Der genauso ein Dreckschwein war wie Sie«, unterbrach ihn der Wirt.

Swanson ging zur Theke hinüber, wobei er noch mehr Schlamm und Erdreich auf dem Holzfußboden verteilte. »Wie hat der Mann ausgesehen?«

»Wie ein Dreckschwein, sag ich doch«, meinte der Wirt.

»Hören Sie zu«, sagte Swanson und trat noch näher. »Ich bin Chief Inspector Swanson von Scotland Yard. Und ich verfolge einen Mörder.«

»Das kann jeder behaupten«, sagte der Wirt und wrang umständlich und betont langsam seinen Putzlappen aus. »Sind ziemlich weit weg von London, Mr Scotland

Yard-Beamter.« Er musterte abermals Swansons verdreckte Hosenbeine. »Wohl verlaufen, was?«

Die beiden Männer vor der Theke verzogen keine Miene. Stumm saßen sie da, ihre Bierkrüge mit den Händen umschlossen, und sahen ihn ausdruckslos an.

»Ich suche einen Mann«, hob Swanson an, doch er wurde sogleich wieder vom Wirt unterbrochen.

»Woll'n Sie vielleicht mal was trinken, Sir?« Der Wirt tippte an einen der Zapfhähne. »Kann sein, uns fällt dann ein bisschen mehr ein.«

Die beiden schweigsamen Männer, die an der Theke saßen und ihn wie ein Wesen aus einer fremden Welt ansahen, begannen zu grinsen.

»Also schön«, sagte er. »Ein halbes Pint Bitter.«

Alle drei lachten.

»Halbe Pints haben wir hier nur für schwangere Weiber und die Kinder«, sagte der Wirt. Diesmal wischte er sich erst mit dem Lappen durch das Gesicht, ehe er ein Glas trocken rieb. »Sie müssen es ja nicht austrinken, wenn Sie es nicht schaffen, Sir.«

»Dieser andere Mann, der vor mir hier war, und der ebenso vor Dreck starrte«, sagte Swanson, als der Wirt ihm das Bier hinstellte, »können Sie ihn mir beschreiben?«

»Tuppence«, antwortete er und hielt ihm seine riesige Hand hin. »Ich krieg noch Geld von Ihnen.«

Swanson legte, ganz gegen seine schottische Erziehung und seine sonstigen Gewohnheiten, einen silbernen Shilling hinein. »Nun?« Der Kerl begann ihn an die Grenzen seiner Geduld zu bringen. »Wie hat er ausgesehen?«

»Wie'n Priester, der sich Erleichterung auf 'ner Viehweide verschafft hat. War ganz verdreckt und durchgeschwitzt.« Der Wirt sah zur Decke auf. »Frag mich allerdings, wie er das angestellt hat. Die Viecher sind doch alle in den Ställen. Aber na ja.«

»Wohin ist er gegangen?«

»War nich von hier, wo soll er da schon hin sein? Hat sich vom alten Trevor in die Stadt fahr'n lassen.«

»Ist dieser Trevor schon zurück?«

»Frühestens in 'ner Stunde, Mr Scotland-Yard-Beamter. Eher in zwei. Woll'n Sie noch was trinken, derweil Sie warten?«

Der alte Trevor tauchte eine Dreiviertelstunde später auf. In dieser Zeit war es Swanson gelungen, den Wirt und seine beiden schweigsamen Stammkunden milde zu stimmen. Sie beschrieben ihm nicht nur den Pfarrer in allen Einzelheiten, sie gaben ihm zu seinem größten Erstaunen sogar noch ein halbes Pint Guinness aus. Und als Trevor aufkreuzte und sich schlichtweg weigerte, um diese nachtschlafende Zeit und ohne einen ordentlichen Schluck eine weitere Fahrt nach York anzutreten, führten sie die Verhandlungen und überzeugten ihn.

Zunächst fuhren sie durch ländliches Gebiet. Es war dermaßen dunkel, dass Swanson sich fragte, wie es dem Kutscher überhaupt gelang, den Weg zu finden. Dann jedoch kamen die ersten windschiefen Häuser, und die ersten Gaslampen markierten die Grenzen der Stadt und warfen ihre schwachen gelben Lichtschimmer auf die Gehsteige, die die holprigen Straßen flankierten. Dann überquerten sie die träge dahinfließende Ouse, einen breiten Fluss, der die uralte Stadt in zwei Hälften teilte.

Bis auf das Klappern der Hufe, das gespenstisch wischen den eng stehenden Häuserfronten widerhallte, herrschte Stille. Die Luft war eisig und schwanger vom Rauch der Torffeuer.

Trevor hielt an einer Straßenecke und öffnete die kleine Klappe im Dach. »Die Shambles. Hier hab ich ihn rausgelassen, Sir.«

»Haben Sie gesehen, wohin er gegangen ist?«

»Die Straße runter. Und dann gleich rechts. Da vorne in die Gasse ist er rein.«

»Fahren Sie bis dorthin weiter.«

Die Peitsche knallte und der Einspänner fuhr klappernd bis zu einem bogenförmigen Eingang rechter Hand, der zu einer engen Gasse gehörte, die zwischen zwei Fachwerkhäusern verlief.

»Warten Sie hier auf mich«, sagte Swanson. Er stieg aus, überquerte die Straße und sah sich um. Die Gegend war menschenleer. Da er annahm, der Wilkie-Collins-Bart und der Talar des Täters seien nichts als Maskerade gewesen, suchte er die dunkle kleine Gasse nach einer Nische oder einem anderen geeigneten Versteck ab, in der der flüchtende Mann seine schmutzbesudelten Kleider verborgen haben konnte. Doch die Suche verlief ergebnislos. Er fand nichts. Nicht mal einen Abfalleimer. Der Geistliche, wer immer er gewesen war, blieb vorerst verschwunden.

Swanson ließ sich von Trevor erklären, in welchem Teil der Stadt sie sich gerade befanden und bat ihn dann, ihn zum Bahnhof zu bringen. Und während der Hansom durch die engen nächtlichen Gassen Yorks weiterschaukelte, dachte Swanson über die Zusammenhänge nach. Langsam ergab sich ein logisches Bild. Die Kette von Ereignissen vor und nach dem Mord war ganz und gar nicht zufällig gewesen, dessen war er sich nun sicher.

Der Mörder hatte jeden seiner Schritte genauestens geplant. Er hatte nicht nur mit dem tödlichen Dolchstoß gewartet, bis der Zug einen für seine Flucht günstigen Streckenabschnitt erreicht hatte, und dann die Notbremse betätigt, ehe er Jeremia Stone erstochen hatte, er war auch unter dem Vorwand, die Polizei verständigen zu wollen, aus dem Zug gestiegen. Niemand wäre auf die Idee gekommen, einen Pfarrer mit solch guten Absichten aufzuhalten. Anschließend eine Viertelstunde zügigen Fußmarschs durch die Felder zum Pub. Und von dort mit einem Fuhrwerk nach York, und der Mörder war in Sicherheit gewesen.

Eines stand für Swanson fest: Er hatte es mit einem intelligenten, vorausplanenden und vor allem ortskundigen Täter zu tun.

KAPITEL 7

Der Bahnhof von York war ein prunkvoller moderner Kuppelbau aus reich verziertem Stahl und Glas, wie ihn die gute alte Königin so liebte. Als Swanson den Bahnsteig erreichte, saß Morgan auf der Bank gleich neben dem Eingang zur Bahnhofshalle, stand jedoch sofort auf und kam ihm mit erhobener Hand entgegen. Offensichtlich hatte er bereits nach ihm Ausschau gehalten.

Der Zug, in dem sie die Leiche gefunden hatten, stand nach wie vor auf Gleis eins. Scheinbar hatte noch niemand die Polizei verständigt, denn weit und breit war kein Beamter zu sehen.

»Sie haben die Passagiere in einen anderen Zug umsteigen lassen«, verkündete Morgan. »Ihre Familie lässt Ihnen ausrichten, sie würde Sie in Schottland erwarten.«

»Danke«, sagte Swanson. Er breitete fragend die Arme aus. »Sagen Sie, warum haben Sie nicht die Polizei verständigt, ich dachte Sie seien Detektiv?«

»Alles erledigt, Mr Swanson. Der Schaffner hat jemanden von der Bahnhofspolizei geholt und dann ging alles ganz schnell. Die Leiche ist übrigens auch schon abtransportiert worden.«

»Haben die den Tatort fotografiert?«

»Kann mich nicht erinnern, jemanden mit einem Fotoapparat gesehen zu haben«, erwiderte Morgan. »Der Schaffner war ganz versessen darauf, das Abteil schnellstmöglich säubern zu lassen.«

»Na großartig«, sagte Swanson. Er kannte das. Solche Dinge passierten gelegentlich sogar bei der Metropolitan Police, obgleich es strikte Auflagen gab, wie man mit einem Tatort und vor allem mit der Leiche zu verfahren hatte. »Wissen Sie wenigstens, wohin man den Leichnam gebracht hat?«

»Ins Leichenschauhaus wahrscheinlich«, meinte Morgan und zuckte hilflos die Achseln. »Und was wollen Sie jetzt tun, Sir? Sie können die Nacht ja schlecht auf dem Bahnhof verbringen. Ich könnte versuchen Sie in meinem Hotel unterzubringen. Ich steige im Royal Oak ab.«

»Schlaf ist im Augenblick meine geringste Sorge, Mr Morgan«, entgegnete Swanson. »Aber wir könnten uns einen Hansom teilen, und Sie setzen mich unterwegs beim Polizeipräsidium ab.«

Das Polizeihauptquartier der York City Police befand sich in einem dreistöckigen roten Backsteingebäude in der New Street, gleich hinter dem Magistrats Court.

Ein einzelner Beamter, den Swanson auf achtzehn oder neunzehn schätzte, schlief auf einem Stuhl im Empfangsbereich, den Kopf im Nacken, den Kragen nachlässig aufgeknöpft, und schnarchte.

Swanson hob einen verbeulten Emaillebecher hoch, der auf dem Schreibtisch stand, und wollte ihn gerade auf den alten Steinfußboden fallen lassen, als er sich besann und stattdessen zum Waschbecken in der Ecke ging. Dort nahm er den vollen Wasserkrug vom Schrank daneben. Dann tauchte er die Hand hinein und spritzte dem schlafenden Constable etwas Wasser ins Gesicht.

»Was zur Hölle – ?« Der Beamte riss die Augen auf und sprang auf die Füße, als er Swanson vor dem Tisch stehen sah. »Sind Sie wahnsinnig, Mann?«

»Nicht mehr als jeder andere, der bei der Polizei arbeitet«, antwortete Swanson gelassen und stellte sich vor. »Wie heißen Sie, junger Mann?«

»Constable Albert Gilchrist, Mr Swanson, Sir.« Er knallte die Hacken zusammen.

»Stehen Sie bequem, Albert«, sagte Swanson milde. »Ich muss den Chief Constable sprechen.«

»Eddie? Ich meine – den Chief Constable Mr Peacock, Sir?«

»Wenn das sein Name ist, ja.«

Der junge Polizist hakte entsetzt den obersten Kragenknopf zu und ordnete eilig seine Uniform. »Er wird bereits zu Bett gegangen sein, Mr Swanson.«

»Dann wecken Sie ihn – bitte«, fügte er freundlich hinzu. »Es geht um den Toten im Zug aus London. Ich könnte mir denken, er interessiert sich dafür.«

Wie sich herausstellte, besaß Chief Constable Peacock eine Dienstwohnung nach hinten raus, über dem Magistrats Court. Das machte es einfacher, denn Swanson würde nicht erst anderthalb Stunden auf sein Eintreffen warten müssen.

Constable Gilchrist führte Swanson in ein Büro im ersten Stock, brachte ihm eine Tasse Tee und bat ihn, noch eine Weile zu warten. Während er wartete, sah Swanson sich ein wenig um. Man erfuhr viel über einen Menschen, wenn man sich den Ort anschaute, an dem er die meiste Zeit des Tages verbrachte – abgesehen vom privaten Schlafzimmer vielleicht, das seiner Ansicht nach noch weitaus mehr verraten konnte.

Der Schreibtisch war ordentlich aufgeräumt, von den üblichen Stapeln amtlicher Formulare einmal abgesehen, die er selbst so gut kannte und die in der Regel deutlich mehr Arbeit machten, als sie einbrachten.

Im Regal neben dem Kamin fand er Bücher von Dickens, Pepys und Oscar Wilde. Wilde war bei Weitem am häufigsten vertreten. Wie klein die Welt doch war. Schmunzelnd zog Swanson einen Band mit Märchen und Erzählungen Wildes heraus und blätterte ihn durch. Eine Geschichte, in der es um einen Chiromanten ging, schien am häufigsten gelesen worden zu sein, denn das Buch öffnete sich beinahe von selbst an der Stelle, wo der Hellseher auftrat und der entzückten Gesellschaft vorgestellt wurde.

Dann ging die Tür auf und der Chief Constable von Yorkshire kam herein. Er war ein schlanker, hoch gewachsener Mann, den Swanson auf Ende fünfzig schätzte. Er trug einen schlichten blauen Morgenrock, und die Haare standen ihm zerzaust um den Kopf.

»Bitte entschuldigen Sie meinen Aufzug, Mr Swanson«, sagte er, schloss die Tür und kam mit ausgestreckter Hand auf Swanson zu. »Edward Peacock. Bitte nehmen Sie Platz. Wie Albert mir sagte, geht es um den Toten im Zug. Und Sie sind vom Yard, wie ich hörte.«

»Ganz recht«, stimmte Swanson ihm zu. »Haben Sie die Leiche schon in Augenschein genommen?«

»Nein. Sergeant Skinner ist mit den Ermittlungen betraut. Wir schickten ihn zum Bahnhof, nachdem uns die Beamten dort über den Leichenfund in Kenntnis setzten.«

»Ich traf keinen Ihrer Leute mehr an, als ich den Bahnhof erreichte.«

»Wir sind sehr schnell, wie Sie feststellen werden«, sagte Peacock. »Fast wie in London, denken Sie nicht auch?«

»Ein bisschen sehr schnell für meinen Geschmack«, sagte Swanson. »Wo sind Ihre Leute jetzt?«

»Sicher alle im Bett«, entgegnete der Chief Constable, die Lippen zusammengekniffen und die Stirn in Falten gelegt. »Sehen Sie mich an.« Er zupfte am Kragen seines

Morgenmantels. »Das hier ist nicht London, wissen Sie. Sie sind in der Provinz. Ich möchte das nicht verteidigen. Aber hier ticken die Uhren einen Deut langsamer, schätze ich.«

Swanson fragte sich, ob Chief Constable Peacock der Widerspruch in seinen Worten aufgefallen war. Er sagte: »Ich war äußerst verwundert zu erfahren, dass Ihr Sergeant Skinner sich nicht die Mühe gemacht hat, jemanden abzustellen, um den Tatort zu fotografieren.«

»Hat er nicht?« Peacock rieb sich seufzend das Kinn. »Ich werde ihn deswegen ins Gebet nehmen müssen. Er ist neu hier, wissen Sie? Kam vor etwa drei Monaten aus Ely. Wollte ursprünglich Schauspieler werden, soviel ich weiß. Er hätte es nicht versäumen dürfen.«

»Ich nehme an, er hat wenigstens mit den beiden Mitreisenden gesprochen?«, fragte Swanson. »Ich habe ihre Namen und Adressen, falls sie sich nicht zur Verfügung gehalten haben.«

»Waren Sie denn nicht im Zug?«

»Nein, Sir. Ich verfolgte den Mörder.«

»Sie kennen ihn bereits?«

»Nun, kennen ist sicherlich zu viel gesagt, doch ich habe die begründete Vermutung, dass er sich mit dem Toten und den beiden Mitreisenden im Abteil befand, als der Mord verübt wurde.«

»Wo ist der Mann jetzt?«

»Geflohen, wie gesagt«, erläuterte Swanson. »Er ging sehr planvoll vor. Betätigte die Notbremse, erstach in der allgemeinen Verwirrung Jeremia Stone und verließ dann den Zug.«

»Warum hielt ihn niemand auf?«

»Er war als Pfarrer verkleidet«, sagte Swanson und

zuckte die Achseln. »Er gab vor, die Polizei benachrichtigen zu wollen.«

»Und Sie durchschauten das?«

»Ich bilde es mir zumindest ein, Sir.«

»Was gedenken Sie nun zu tun?« Peacock beugte sich vor und stützte die Ellenbogen auf den Tisch. »Sie bekommen natürlich jede Unterstützung, die Sie benötigen.«

»Das ist sehr freundlich, Sir«, sagte Swanson. »Ich hatte allerdings gehofft, die Sache sei damit für mich erledigt und ich könnte weiter nach Inverness fahren. Sehen Sie, ich bin eigentlich mit meiner Familie im Urlaub. Ich nahm nur zufällig denselben Zug wie der Ermordete. Offenbar war ich der einzige Polizist vor Ort, daher lag mir daran, alles Nötige in die Wege zu leiten und Sorge zu tragen, dass niemand Spuren verwischt.«

»Sicher, Sie sind auf der Durchreise. Mit der Familie in den Urlaub, was?« Chief Constable Peacock sank in den Sessel hinter seinem Schreibtisch. »Scheußliche Sache. Ganz scheußliche Sache.«

Swanson war sich nicht sicher, ob Peacock damit nun die Leiche im Zug oder den Urlaub mit der Familie meinte. Er sagte: »Ich habe Anlass zu der Vermutung, dass der getötete Mann hier in York mit jemandem verabredet gewesen ist.«

»Tatsächlich?«

»Womöglich hat man ihn deshalb ermordet.«

Die Augenbrauen des Chief Constables rückten zusammen. »Um diese Verabredung zu verhindern, meinen Sie?«

»Denkbar wäre es, Sir.«

»Wie kommen Sie darauf?«

»Ich fand einen Brief bei dem Toten.« Er zog den Umschlag hervor und legte ihn auf den Schreibtisch.

»Sehen Sie? Adressiert an Mr Jeremia Stone, The Strand, London.«

»Das ist also der Name des Toten.«

»Davon gehe ich aus.«

Peacock lehnte sich plötzlich vor. »Sagen Sie mal, es ist ja mitten in der Nacht, wo sind Sie hier in York eigentlich untergebracht, Chief Inspector?«

»Ich hatte noch keine Gelegenheit mir eine Herberge zu suchen«, antwortete Swanson. »Ich hoffte, Sie könnten mich irgendwo hier unterbringen. Eine einfache Pritsche würde genügen. Es macht mir aber auch nicht das Geringste aus, in der Abstellkammer zu schlafen. Wir beim Yard sind Kummer gewohnt, Sir.«

Der Chief Constable lachte. »Sie machen mir Spaß. Nein, nein, die Abstellkammer kommt überhaupt nicht in Frage. Selbstverständlich werde ich persönlich dafür sorgen, dass Sie eine angemessene Unterkunft erhalten.« Er wandte den Kopf zur Tür und rief: »Albert, mein Guter!«

Sekunden später trat der Constable ein, der Swanson heraufgeführt hatte. »Ja, Sir?«

»Chief Inspector Swanson benötigt eine Unterkunft für die Nacht. Er wird vermutlich morgen nach Inverness weiterreisen. Laufen Sie doch mal rasch rüber ins Horse und klopfen Millie raus. Denken Sie daran, Albert, Sie sind mir für das Wohlergehen unseres Gastes verantwortlich.«

»Klar, Sir.«

Swanson zupfte derweil den Brief aus dem Umschlag. Er faltete ihn auseinander, strich ihn auf dem Tisch glatt und schob ihn dem Chief Constable hin.

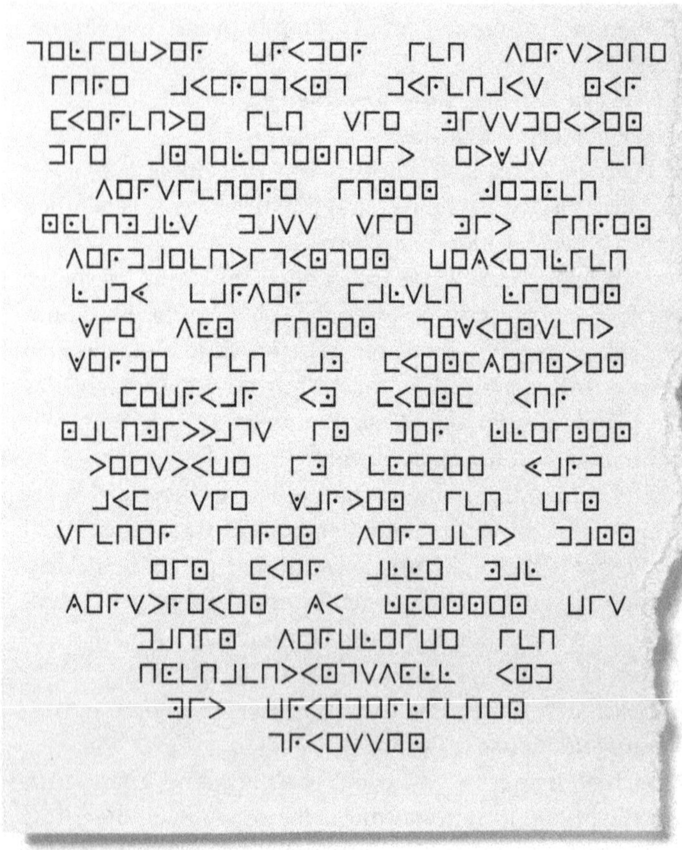

Der starrte darauf, als hielte er ihn für einen absurden Scherz. »Du lieber Himmel«, sagte er. »Was zum Teufel ist das? Sind das Hieroglyphen? War der Mann Archäologe?«

»Nein, Sir«, entgegnete Swanson. »Das ist ganz offensichtlich eine verschlüsselte Botschaft; verfasst in einer sehr alten Geheimsprache antiker Steinmetzbruderschaften.«

»Vielen Dank, Mr Swanson. Ich werde das Schreiben

an die entsprechende Abteilung weiterleiten – sollen die sich darum kümmern.« Er wollte eben seine Hand darauf legen, als Swanson ihm den Brief unter den Fingern wegschnappte.

»Es wird das Beste sein, ich nehme den Brief an mich, wenn Sie nichts dagegen einzuwenden haben, Sir«, sagte er, denn augenscheinlich gehörte Chief Constable Peacock nicht der Bruderschaft an, und Swanson konnte es nicht riskieren, dass der Code in die Hände eines Profanen fiel. »Ich selbst habe mich seinerzeit nebenher mit dieser Art von Codes beschäftigt, und ich glaube, den Inhalt des Briefes enträtseln zu können.«

»Oh, wenn das so ist, natürlich.« Der Chief Constable lehnte sich in seinen Bürostuhl zurück und steckte die Hände in die Taschen seines Morgenmantels. »Und Sie können das tatsächlich entziffern?«

»Ich werde es versuchen, Sir«, entgegnete er. »Es wird allerdings etwas dauern.«

»Schon irgendeinen Anhaltspunkt, worum es in dem Schreiben geht?«

»Gegenwärtig möchte ich nur so viel sagen: Es scheint um jenes Treffen zu gehen, von dem ich eingangs bereits sprach, Sir.«

Chief Constable Peacock runzelte nachdenklich die Stirn. »Können Sie schon sagen, wo?«

»Das werde ich herausfinden müssen«, antwortete Swanson. »Eines noch, Sir: Es liegt mir fern, in Ihrem Revier zu wildern – zumal ich auf Urlaub bin und schnellstmöglich weiterreisen möchte – aber wenn Sie nichts dagegen einzuwenden haben, würde ich morgen gern mit dem zuständigen Amtsarzt sprechen. Und wenn möglich natürlich auch mit Sergeant Skinner.«

»Sie haben freie Hand.« Der Chief Constable nickte und gähnte. »Ehrlich gesagt, wäre ich Ihnen dankbar, wenn Sie den Sergeant ein wenig auf Trapp bringen könnten. Auf Sie wird er sicher hören. Ich habe ein verdammt gutes Verhältnis zu meinen Jungs. Es liegt mir nicht besonders, sie runterzuputzen.«

Die Tür ging auf und Constable Gilchrist betrat das Büro. »Ich habe Ihnen ein Zimmer drüben im Horse & Coaches Inn besorgt, Mr Swanson, Sir. Das ist gleich um die Ecke. Die Wirtin ist noch auf den Beinen und lässt fragen, ob Sie heute Nacht noch etwas essen wollen.«

»Nichts lieber als das«, sagte Swanson. »Ich habe einen Mörder mehrere Meilen weit zu Fuß und mit dem Wagen verfolgt. Ich könnte ein Pferd verspeisen.«

Der Horse & Coaches Inn lag tatsächlich nur einen Steinwurf weit von der Polizeiwache entfernt. Nach einem kräftigen Nachtessen, bestehend aus schmackhaftem Roastbeef, Brot und einem Krug Yorkshire Bitter, zog Swanson sich auf sein Zimmer zurück.

Er ging zum Tisch beim Fenster, zündete die Kerze an und breitete den codierten Brief vor sich aus. Dann nahm er Papier und Bleistift und machte sich daran, die geheime Nachricht zu entschlüsseln. Nach wenigen Minuten lag das Ergebnis vor ihm.

GELIEBTER BRUDER ICH VERSTEHE
IHRE AUFREGUNG DURCHAUS NUR
FUERCHTE ICH SIE MISSDEUTEN
DIE ANGELEGENHEIT ETWAS ICH
VERSICHERE IHNEN JEDOCH

NOCHMALS DASS SIE MIT IHREN
VERDAECHTIGUNGEN BEZUEGLICH
LADY CARVER FALSCH LIEGEN
WIE VON IHNEN GEWUENSCHT
WERDE ICH AM FUENFZEHNTEN
FEBRUAR UM FUENF UHR
NACHMITTAGS IN DER KLEINEN
TEESTUBE IM COFFEE YARD AUF
SIE WARTEN ICH BIN SICHER
IHREN VERDACHT DANN EIN
FUER ALLE MAL ZERSTREUEN ZU
KOENNEN BIS DAHIN
VERBLEIBE ICH
HOCHACHTUNGSVOLL UND MIT
BRUEDERLICHEN GRUESSEN

Morgen würde er herausfinden, was es damit auf sich hatte.

Todmüde kroch er ins Bett und schlief augenblicklich ein.

KAPITEL 8

Es war fast Mittag und die Sonne schien zum Fenster herein, als Donald Swanson am folgenden Tag erwachte. In aller Eile zog er sich an, nahm ein rustikales Bauernfrühstück aus Käse, kaltem Fleisch und grobem Brot zu sich und machte sich auf den Weg zur Polizei, um mit Sergeant Skinner zu sprechen.

Wie er von Constable Gilchrist erfuhr, war der Sergeant jedoch in einer dringenden Angelegenheit weggerufen worden und wurde nicht vor Ablauf einer Stunde zurückerwartet. Da Chief Constable Peacock ebenfalls nicht aufzutreiben war, hinterließ Swanson die Abschrift des entzifferten Codes bei Gilchrist und erkundigte sich nach der Adresse des Leichenschauhauses.

Doch ihm lief die Zeit davon. Zunächst würde er einen neuen Mantel kaufen müssen, denn seiner war bei Douglas im Zug geblieben und jetzt sicherlich schon in Schottland eingetroffen. Dann wollte er sich Skinner vorknöpfen und hätte gerade noch genug Zeit, den im Brief vereinbarten Treffpunkt zu erreichen. Das Leichenschauhaus, entschied er, musste bis zum Abend warten.

Die Straßen und Gassen der alten Stadt waren jetzt voller Menschen. Mit ihren verwinkelten, schiefgiebeligen Häusern, die sich einander zuzuneigen schienen, kamen sie ihm nun sogar noch enger vor als in der Nacht. Überall herrschte geschäftiges Treiben. Straßenhändler hatten ihre bunten Stände aufgebaut, Handwerker zogen mit Holz und Steinen beladene Handkarren hinter sich her und rotgesichtige Frauen kehrten die Gehsteige vor ihren Haustüren oder riefen die überall herumrennenden Kinder zur Raison.

Wenn Swanson die Übernachtungskosten und das Telegramm an Annie mitrechnete, das er aufzugeben gedachte, hatte er in einer Nacht beinahe die halbe Urlaubskasse verschleudert. Zu seiner hellen Freude fand er jedoch in der High Street einen Theaterausstatter, der sich darauf einließ, ihm für zwei Pence am Tag einen alten Armeemantel zu leihen.

Mit einem weit besseren Gefühl gab er anschließend auf dem Postamt das Telegramm an Annie auf, in dem er ihr die Situation erklärte und versprach, schnellstmöglich nachzukommen. Vermutlich würde es bereits auf sie warten, wenn sie und die Kinder in Thurso eintrafen.

Wenn er Glück hatte, befände er sich am Ende der Woche bereits auf dem Weg in seine schottische Heimat. Einige Tage in einem gemütlichen Sessel an Tante Rosies Kamin, während draußen der Wind über die Highlands heulte, an den Dachschindeln rüttelte und den so vertrauten Regen gegen die Fensterläden trieb, konnten wahre Wunder bewirken.

Es sollte alles ganz anders kommen. Doch das wusste Swanson zu diesem Zeitpunkt noch nicht.

Police Sergeant Alex Skinner saß im Empfangsbereich, als Swanson um halb drei am Nachmittag dort eintraf. Ein Mann um die Dreißig, blond und so makellos gekleidet, rasiert, abgeschrubbt und frisiert, als sei er eben erst aus dem Ei der Polizeischule in Hendon geschlüpft. Wie von der Tarantel gestochen sprang er auf und kam mit einem jovialen Lächeln auf Swanson zu.

»Tut mir leid, dass wir Ihnen solche Unannehmlichkeiten bereiten, Mr Swanson, Sir«, sagte er in unterwürfigem Ton. »Chief Constable Peacock hat mich ganz schön zusammengestaucht wegen der Sache gestern. Es war mein erster Mordfall und ich hab's mächtig verbockt. Besonders wegen der Fotos. Ich war wohl einfach zu aufgeregt. Übrigens – schicker Mantel. Kriegsandenken, wie?«

»Ja, ja, schon gut«, meinte Swanson, die Bemerkung über den geliehenen Mantel ignorierend. »Wir haben alle mal angefangen, Sergeant Skinner. Beruhigen Sie sich wieder. Sagen Sie, woher wussten Sie, dass ich es bin?«

»Was?«

»Als ich eben hereinkam«, sagte er. »Sie haben mich nie zuvor gesehen. Woran haben Sie mich erkannt?«

»Oh, ach das.« Skinner grinste breit und entblößte seine blendend weißen Zähne. »Albert hat Sie mir natürlich beschrieben. Und dann Ihre Haltung, Sir. Genau wie unser Chief. Sie mussten der Bursche aus London sein.«

»Ich wusste nicht, dass Mr Peacock aus London stammt.«

»War ein ziemlich hohes Tier bei der Thames Valley Police, ehe er herkam. Übernahm den Posten '93, nachdem seine Frau gestorben war.« Er senkte die Stimme. »Wir können von Glück reden, dass wir ihn haben.«

Swanson nickte. »Hatten Sie unterdessen Gelegenheit, mit den beiden Zeugen aus dem Zug zu sprechen?«

»Mit Mr Cane und Miss Grimes? Ja, ich suchte sie heute Morgen beziehungsweise heute Mittag auf. Scheinen nichts mit der Sache zu tun zu haben. Ich nahm ihre Aussagen auf und erlaubte ihnen, weiterzureisen. Wo sie leben, wissen wir ja.«

»Sehr gut«, sagte Swanson. »Was ist mit Mr Morgan, dem Privatdetektiv aus den Vereinigten Staaten?«

»Mit ihm sprach ich schon gestern Nacht auf dem Bahnhof«, antwortete Skinner. »Komischer Vogel, wenn Sie mich fragen.«

»Ich fand ihn ganz angenehm«, sagte Swanson, der

sich fragte, weshalb Morgan nichts davon erwähnt hatte.

»Ja. Für einen Amerikaner. Haben immer so ein Gebaren. Wissen Sie, was ich meine?« Skinner wiegte theatralisch den Kopf hin und her. Ganz der geborene Schauspieler. »Bilden sich wer weiß was ein auf ihr großes, fortschrittliches Amerika.«

Wat dem einen sein Uhl, ist dem andern sein Nachtigall, dachte Swanson. »Albert hat Ihnen den Brief gezeigt, den ich entschlüsselt habe?«

»Hab ich, Sir«, rief Constable Gilchrist von seinem Platz hinter dem Schreibtisch.

»Hat er«, bestätigte Skinner. »Seltsames Zeug. Ich werde nicht recht schlau daraus. Alles sehr vage, wenn Sie mich fragen. Wer ist der Verfasser der Nachricht? Und was meint er mit den Verdächtigungen?«

»Das gilt es herauszufinden, Sergeant Skinner«, sagte Swanson. »Mehr als das haben wir nicht.«

»Doch wie kommen Sie darauf, der Mann sei hier in York mit jemandem verabredet? Es steht nichts davon in dem Brief. Vielleicht wollte er weiter nach Glasgow oder Edinburgh. Vielleicht hoch bis Inverness.«

»Er erwähnte es im Zug Miss Grimes gegenüber«, erinnerte ihn Swanson. »Er sagte, sein Ziel sei York. Hat sie das nicht zu Protokoll gegeben?«

»Durchaus möglich. Ich bin nicht sicher. Da müsste ich nachsehen«, sagte Skinner ertappt. »Das Beste wird sein, ich suche sie nochmals auf, was?«

»Keine schlechte Idee, Sergeant«, meinte Swanson mit einem Lächeln. »Und ich werde mir derweil diese Teestube anschauen.«

Coffee Yard lag jenseits des Stonegate nicht weit von der Kathedrale entfernt, und Whittards kleine Teestube war die einzige in der Straße.

Swanson trat ein und fand einen freien Tisch gleich bei der Tür. Wenn Jeremia Stone hier mit dem Verfasser des codierten Briefes verabredet gewesen war, würde er denjenigen sicher nicht verfehlen.

Er warf einen Blick auf seine Taschenuhr. Gleich halb fünf. In der Nachricht stand, dass der Verfasser Mr Stone erwarten würde. Demnach müsste er bereits hier sein oder vor ihm ankommen. Wenn die namenlose Verabredung wirklich auftauchen würde, müsste er den Mann erkennen können. Da Frauen nicht in die Bruderschaft aufgenommen wurden, ging Swanson zumindest davon aus, dass es sich dabei um einen Mann handelte. Der Chief Inspector nahm an, dass derjenige, der mit Jeremia Stone verabredet war, einigermaßen irritiert sein müsste, wenn sich der Mann nicht wie vereinbart sehen ließ.

Swanson besah sich die übrigen Besucher. Die wenigsten waren Männer. Und wenn, waren sie in Begleitung einer Dame oder mit ihren Familien hier. Eine junge Kellnerin kam und fragte Swanson nach seinen Wünschen. Er bestellte eine Kanne Tee und Scones mit Clotted Cream und Erdbeermarmelade. Dann lehnte er sich zurück und wartete.

Bis Punkt fünf Uhr tat sich nichts. Dann ging die Tür auf. Doch es war nicht der Mann, den er erwartet hatte. Denn Phillip Morgan, der Privatdetektiv, tauchte mit einem Mann in seiner Begleitung auf. Hoch erfreut, Swanson zu treffen, machte er den Inspector mit dem Journalisten Stephen Knight bekannt.

»Mr Knight hier stammt aus Schottland, genau wie Sie«,

erklärte Morgan. »Er hilft mir mit der Recherche für mein Buch. Da ich in London niemanden kannte, inserierte ich in der Times. Ich brauchte ja jemanden, der sich mit der Materie auskennt. Und Mr Knight war der einzige, der sich daraufhin meldete.«

»So sieht man sich wieder«, sagte Swanson, der seine Scones mittlerweile verspeist hatte und nun an seinem Tee nippte. Er hatte Morgans Begleiter gleich wiedererkannt. Es handelte sich um denselben Mann, der vorgestern im Kriminalmuseum des Yard nach dem Verbleib von Franz Müllers Hut gefragt hatte.

»Und worum geht es in Ihrem Buch?«, wollte Swanson wissen.

Morgan sah überrascht aus. »Habe ich das nicht erwähnt, Chief Inspector?«

»Ich kann mich beim besten Willen nicht erinnern, Mr Morgan«, sagte Swanson und sah ihn fragend an.

»Es geht um die geheime Bruderschaft der Freimaurer«, antwortete Knight an Morgans Stelle. Er legte ihm die Hand auf den Arm und sagte: »Phillip arbeitet an einem Buch über die britischen Logen.«

»Klingt interessant, Mr Morgan«, sagte Swanson, wobei er absichtlich den Journalisten ignorierte. Der Mann war ihm nicht geheuer. Er strahlte etwas ausgesprochen Destruktives aus. »Darf ich fragen, worum genau es dabei geht?«

»Um die Machenschaften der Freimaurer im Allgemeinen«, antwortete abermals Knight. »Und um die Verstrickungen der englischen Großloge in die Belange der Politik und die Arbeit der Polizei.«

»Stephen, Stephen«, versuchte Morgan abzuwiegeln, »der Chief Inspector muss ja ein völlig falsches Bild von meinem Buch bekommen. Also, es ist so«, fuhr er fort. »Ich entdeckte eines Tages, dass einer meiner Großonkel – William Morgan – plante, in den Staaten ein Buch über die Rituale und Geheimzeichen der Freimaurer herauszugeben.«

»Um daraufhin von Mitgliedern der Bruderschaft, denen das zu Ohren gekommen war, in eine Falle gelockt und kaltblütig ermordet zu werden«, beendete Knight den Satz für ihn.

Donald Swanson kam die Geschichte seltsam vertraut vor. Wenngleich er sie ein wenig anders in Erinnerung hatte. Auch er hatte vor Jahren von William-dem-Verräter-Morgan aus Philadelphia gehört. Allem Anschein nach waren Freimaurerbrüder damals in ihrer Verzweiflung so weit gegangen, den Mann zu entführen, um ihn umzustimmen. Es ging das Gerücht, man habe ihm sogar eine beträchtliche Geldsumme geboten, um ihn von seinem Vorhaben abzubringen, die uralten Geheimnisse der Bruderschaft preiszugeben. Wer dabei dümmer zu Werke gegangen war – der vermeintliche Verräter, der im Begriff war, seinen freimaurerischen Eid zu brechen, oder die Brüder, die in ihrer Verblendung so ziemlich alle Gesetze gebrochen und den Geist der Freimaurerei mit Füßen getreten hatten – ließ sich kaum mehr sagen. Doch eines stand fest: Von Mord konnte keine Rede sein, denn der Mann war nach einigen Tagen unbeschadet wieder aufgetaucht.

Swanson sagte: »Keine Ahnung, wo ich das aufgeschnappt habe, aber soweit ich weiß, kehrte Morgan nach einigen Wochen wieder in den Schoß seiner Familie zurück.«

Knight schüttelte über so viel Naivität den Kopf. »Da

sind Sie falsch informiert, Mr Swanson«, sagte Knight. »Man fand seinen Leichnam in den Fluten unterhalb der Niagarafälle. Er war zu Tode gefoltert worden.«

»Da muss ich Ihnen widersprechen, Stephen«, wandte Morgan ein. »Meinen Nachforschungen zufolge war die Leiche dermaßen stark verwest, dass eine einwandfreie Identifizierung nahezu unmöglich war.«

»Doch seine Frau will ihn erkannt haben«, warf Knight ein. »Sie identifizierte William Morgan an seinen Augen. Und eine Frau kennt die Augen des Mannes, den sie den Vater ihrer Kinder nennt, genau. Glauben Sie mir.«

Weil sie vermutlich das einzige sind, was sie bei Kerlen wie euch beim Akt der Zeugung zu sehen bekommt, dachte Swanson bei sich. »Ich las einmal«, sagte er, »Morgan sei später wieder aufgetaucht – ganz und gar unverletzt.«

Knight hielt Swanson den Zeigefinger unter die Nase, »Das will man uns natürlich weismachen. In Wahrheit jedoch handelte es sich dabei nur um jemanden, der William Morgan ähnlich sah.«

»Wie erklären Sie sich dann, dass seine Freunde und schließlich auch seine Familie ihn später wiedererkannten?«, fragte Swanson und war gespannt, was Knight daraus machte.

»Sie kennen die Macht der Freimaurer nicht, Mr Swanson. Das ist offensichtlich«, entgegnete er und wischte den Einwand mit einer lässigen Handbewegung beiseite. »Diese Leute haben alle Möglichkeiten. Sie nahmen einen Mann, der William Morgan von Größe, Statur und Augen- und Haarfarbe recht ähnlich sah und operierten ihn.«

»Operierten ihn?«, fragten Swanson und der junge Amerikaner wie aus einem Mund.

»Selbstverständlich«, meinte Knight. Seine schlanken Hände fuhren wild durch die Luft, als er sagte: »Diese Leute sind sicherlich damals in der Lage gewesen, das Gesicht eines Mannes operativ zu verändern. Vergessen Sie nicht, die Bruderschaft verfügt über jahrtausendealtes, geheimes Wissen. Denen ist nichts unmöglich. Sie sind die wahren Herren über Leben und Tod.«

Swanson fragte sich, weshalb sie den Kerl dann nicht gleich wieder lebendig gemacht hatten, anstatt einen ähnlich aussehenden Mann zu suchen, doch er behielt seine Gedanken für sich.

Weder Knight noch Mr Morgan schienen sich zu fragen, woher Swanson seine Kenntnisse über die Freimaurerei besaß. Was ihn betraf, war das auch besser so.

»Der Mann, den man im Zug ermordet hat«, sagte Knight, »war ebenfalls Freimaurer, habe ich recht?«

Swanson fragte sich, woher Knight diese Information hatte. Was er in diesem Stadium der Ermittlungen gewiss ganz und gar nicht gebrauchen konnte, waren verblendete Verschwörungstheoretiker, die den Fall allein durch ihre kruden Thesen verkomplizierten. Er fragte: »Wie kommen Sie darauf, Mr Knight?«

»Ich habe meine Quellen.« Er grinste maliziös.

»Sicherlich. Sie selbst waren nicht im Zug?«

»Nein, Sir. Das war ich nicht. Allerdings kam mir zu Ohren, man habe ein gewisses Schriftstück bei dem Toten gefunden«, fügte Knight im Flüsterton hinzu. Das Grinsen wurde breiter.

Swanson ignorierte das. »Und Sie kennen den Toten auch nicht?«

»Woher soll ich das wissen?«, fragte Knight. Seine Stimme triefte nur so vor Sarkasmus. »Ich habe ihn ja nicht zu Gesicht bekommen. Möglicherweise ist er ein lieber Freund und ich weiß es nur nicht.«

»Sie sind ein sehr unangenehmer Mann, Mr Knight«, sagte Swanson betont freundlich. »Ein Mann, der Spaß daran hat, seinen Zynismus und ekelhaften Unrat über rechtschaffene Leute auszuschütten.«

»Danke, Sir.« Knight lehnte sich selbstgefällig und noch immer grinsend zurück.

»Sollte sich bei den Ermittlungen herausstellen, dass Sie doch in diesem Zug waren oder in anderer Weise etwas mit dem Mord an Mr Stone zu tun haben – und sei es nur als Mitwisser –, dann gnade Ihnen Gott, Mr Knight. Dann werden Sie nämlich herausfinden, wie unangenehm ich werden kann!«

»Oh! Sie wollen mir Angst machen?« Knight streckte die Hand aus. Sie war ganz ruhig. »Sehen Sie, wie ich zittere?«

»Aber Gentlemen ...« Morgan blickte entsetzt zwischen den beiden Männern hin und her und drückte die Hand des Journalisten auf die Tischplatte.

»Ich denke, Sie sollten sich Ihre Freunde ein wenig besser aussuchen, Mr Morgan«, meinte Swanson und stand auf.

»Wissen Sie, was *ich* denke, Chief Inspector Swanson?«, fragte Knight.

Swanson sah ihn kalt an. »Es interessiert mich nicht, was Sie denken.«

»Ich denke, Sie sind auch einer von denen. Deshalb führen Sie sich so auf.«

»Gentlemen! Gentlemen!« Morgan fuchtelte aufgeregt mit den Händen, offenbar darum bemüht, die Wogen zu glätten. »Ich bitte Sie! Ich verstehe die ganze Aufregung nicht.«

»Ich dafür umso besser«, sagte Knight. »Ich werde es Ihnen später erklären, Phillip.«

»Auf Wiedersehen, Mr Morgan«, sagte Swanson und reichte dem Privatdetektiv die Hand. »Ich wünsche Ihnen einen guten Tag.«

»Ich Ihnen ebenfalls«, sagte Knight mit zuckersüßer Stimme.

Fahren Sie zur Hölle, dachte Swanson. Er ließ seinen Tee stehen und ging. Jetzt war er genau in der richtigen Stimmung, um dem Amtsarzt, der Jeremia Stones Leichnam in Verwahrung hatte, seine Aufwartung zu machen.

KAPITEL 9

Das Leichenschauhaus, in das sie den Toten aus dem Zug gebracht hatten, lag, wie die meisten Leichenhäuser, versteckt in einer schmalen, unscheinbaren Seitengasse, die vom nördlichen Ende der Clifford Street abging. Allein das dezente Schild neben dem Eingang und der typische Geruch nach Tod und Desinfektionsmitteln, der aus der nur angelehnten Tür nach draußen auf den Gehsteig drang, verrieten Swanson, dass er hier richtig war.

Der Mann lag auf dem Seziertisch auf dem Rücken, das Haar schlohweiß, die blassen Wangen eingefallen und die Hände mit den schwarzen Fingernägeln auf der Brust gefaltet. Sein Bauch war aufgetrieben. Und dort, wo einmal sein Blinddarm gewesen sein musste, zeichnete sich eine hässliche Narbe ab. Bis auf ein schmieriges, blutbeflecktes Tuch, das seine unaussprechlichen unteren Gliedmaßen verhüllte, war der Mann nackt. Eine flache Porzellanschale mit Wasser, in der seine künstlichen Zähne lagen, stand zwischen seinen Füßen.

Als Swanson näher trat und seine Schuhe auf dem Fußboden knirschten, vernahm er von irgendwoher ein leises Säuseln:

»Du bist spät dran, Lucy, du böses verdorbenes Mädchen.«

Er musste zweimal hinschauen, um zu sehen, dass sich die Lippen der vermeintlichen Leiche bewegten, und ein verzücktes Lächeln die Züge des nackten Mannes auf dem Tisch umspielte.

Swanson legte seine Hände rechts und links neben den Kopf des Mannes. Der spitzte die Lippen, offenbar in Erwartung eines Kusses.

»Ich suche Dr. Freeman«, sagte Swanson in einem Ton, der selbst Tote aufgeweckt hätte. Das Lächeln verschwand.

»Guter Gott!«, rief der Mann und setzte sich wie vom Blitz getroffen auf. »Wer zum Teufel sind Sie? Und was treiben Sie hier?«

»Ich bin Chief Inspector Donald Swanson«, entgegnete er. »Ich bin wegen des Toten aus dem Zug hier. Und ich fürchte, Lucy wird heute warten müssen.«

»Ich kann Ihnen eines sagen, Chief Inspector«, stellte Dr. Freeman fest, nachdem er seine falschen Zähne eingesetzt, sich notdürftig mit einem Kittel bekleidet und Swanson in den angrenzenden Raum zum Leichnam Jeremia Stones geführt hatte. »Die explodierende Taschenuhr hat den Burschen nicht getötet – nicht einmal akut lebensgefährlich verletzt. Auch wenn es böse aussieht.« Er ging um den nackten, toten Körper auf dem Seziertisch herum, nahm seine Brille ab und deutete mit dem Bügel auf das Loch in dessen Brust. Dann wies er auf ein kleines Stück des Rippenbogens, das inmitten des verbrannten Fleisches im flackernden Licht der Kohlegaslampen rötlichweiß hervorschimmerte und meinte: »Obgleich die Explosion stark genug war, die Haut zu penetrieren, und sogar den Knochen freilegte, war die Sprengkraft doch nur so bemessen, das Opfer große Schmerzen erleiden zu lassen.«

»Sie meinen, der Sprengsatz war kein – wie soll ich sagen? Kein Blindgänger?«, fragte Swanson.

Freeman presste beide Hände in den Steiß und richtete sich seufzend auf. »Schwer vorstellbar, wenn er ein Fachmann war«, sagte er. »Der Mann wäre natürlich über kurz oder lang trotzdem daran gestorben, keine Frage. Allerdings erst in einigen Tagen.«

»Sie denken also, derjenige, der ihm das angetan hat, wollte ihn gar nicht töten, sondern ihn lediglich verletzen und leiden sehen?«

»Das, oder wir haben es mit einem ausgemachten Stümper zu tun«, sagte der Arzt und rieb sich schnaufend den dicken Bauch. »Und am Ende hat er dem armen Kerl mit dem Dolch den Gnadenstoß verpasst. Danach sieht es jedenfalls für mich aus.«

Was hatten die Mitreisenden über Mr Stone gesagt? Er habe krank ausgesehen. Krank und ängstlich. Swanson fragte sich, ob der Mörder mit dem Dolch lediglich auf Nummer Sicher hatte gehen wollen.

Womöglich war der Sprengsatz in der Taschenuhr explodiert, als Stone sich allein in seinem Schlafwagenabteil aufgehalten hatte. War ihm da klar geworden, dass sich sein Leben in Gefahr befand? Und hatte er sich deshalb zu den anderen in das Abteil gesetzt? Vielleicht, weil er glaubte, in Gesellschaft sicher zu sein? Aber warum hatte Stone dann keinen der mitreisenden Passagiere auf die Verletzung aufmerksam gemacht? Hatte sein Mörder auch das vorausgesehen? Sehr unwahrscheinlich, dachte Swanson. Was ihn indessen am meisten umtrieb, war die Frage, warum der Mörder das Risiko überhaupt eingegangen war, den letzten tödlichen Stoß mit dem Dolch eigenhändig auszuführen, und sich dabei der Gefahr der unmittelbaren Entdeckung auszusetzen.

»Sie sollten den Sprengsatz und die Kleider von Ihren Leuten in London untersuchen lassen«, sagte Dr. Freeman und riss Swanson damit aus seinen Gedanken. »Ich gebe es nicht gerne zu, aber wir haben hier oben nicht die Möglichkeiten, die ihr großen Jungs im Yard zur Verfügung habt. Muss im Übrigen äußerst vermögend gewesen sein, Ihr Mann«, setzte er hinzu.

»Wie kommen Sie darauf?«

»Nun, die Kleider sind von erlesener Qualität. Allein die Schuhe würden mich ein Jahresgehalt kosten.«

Swanson hatte nicht darauf geachtet. »Ist das so?«

»Oh, ja, sie sind von Lobb. Das sind teure Maßanfertigungen.«

»Ich werde die Sachen morgen abholen«, sagte Swanson. »Ich wäre Ihnen sehr verbunden, wenn Sie sie solange wegschließen würden, damit niemand sie anrührt.«

»Ich könnte sie auch direkt nach London schicken«, schlug Dr. Freeman vor. »Ist vielleicht einfacher.«

»Sehr freundlich, aber ich werde das selbst erledigen. Allerdings möchte ich mich darüber zunächst mit dem Chief Constable besprechen. Da fällt mir ein: Könnten Sie mir sagen, wo ich in York eine Freimaurerloge finde?«

»Freimaurerloge?« Dr. Freeman schob die Unterlippe vor und wackelte mit dem Kopf. »Nein. Tut mir leid, damit habe ich nichts am Hut. Wieso fragen Sie?«

»Ich vermute, das Opfer war Freimaurer und im Begriff sich hier in York mit einem Bruder zu treffen.«

»Wenn Sie es sagen. Einige meiner besten Freunde sind Freimaurer. Für mich ist das nichts. Ich halte das Ganze für ein bisschen … na ja.« Er verdrehte die Augen. Für was er das Ganze hielt, sagte er nicht. »Am Fishergate gibt es allerdings ein Pub, das sich The Freemasons Arms nennt. Da sollte man Ihnen weiterhelfen können.«

»Ist das weit von hier?«

»Keine zehn Minuten. Die Straße runter, am Castle

vorbei und dann über die Brücke. Sie können es nicht verfehlen.«

Eine junge Dame mit hoch auftoupiertem rotem Haar kam Swanson entgegen, als er das Leichenschauhaus verließ und auf das regenfeuchte Trottoir hinaustrat. Mechanisch nickte sie ihm zu. Dann schlüpfte sie zur Tür hinein.

»Lucy, du böses, verdorbenes Mädchen ...« hörte er die vertraute, säuselnde Stimme des Doktors sagen.

Dann wurde von innen zweimal der Schlüssel im Schloss gedreht.

Er bog nach rechts in die Clifford Street ab und schlug den Weg nach Süden und zu den Freemasons Arms ein. Die Hände tief in den Taschen des Armeemantels vergraben, schlenderte er durch die verlassenen Straßen. York schien zeitig zu Bett zu gehen. Nur ab und zu begegnete er noch einem einzelnen Spaziergänger.

Die Beweismittel auf dem Postweg nach London zu schicken, kam nicht in Frage. Swanson würde sie Charly Stedman höchstpersönlich überbringen, mochte ihn das auch zwei, drei Tage zusätzlich kosten.

Stedman, Collins und Hunt, das junge forensische Team der Metropolitan Police, waren, wie Dr. Freeman ganz richtig gemeint hatte, die großen Jungs. Sie würden der Uhr und dem Dolch auch ohne seine Hilfe all ihre Geheimnisse entlocken, daran zweifelte Swanson nicht.

Ein paar Wildenten zupften auf dem Rasen der Tower Gardens schnatternd ihr Gefieder, als er in die Nähe des Flusses kam.

Der Schlag traf ihn völlig unvorbereitet. Es war ein harter Schlag seitlich gegen den Hals, der ihm augenblicklich alle Kraft raubte und ihm den Boden unter den Füßen wegzog.

Er spürte noch, wie ihm die Beine wegknickten, fühlte den dumpfen Schmerz in den Knien, als er zusammensackte, auf das Kopfsteinpflaster prallte und umkippte.

Dann war nichts mehr.

Er lag auf dem Bauch, unter sich feuchte Holzbohlen. Seine Arme waren auf den Rücken gebogen und schmerzten. Von weit her drang wie durch Watte das Schnattern von Enten und ein unterschwelliges Glucksen und Rauschen an seine Ohren. Er spürte, wie etwas an seinen Beinen zog. Mühsam versuchte er die Augen zu öffnen. Jemand zerrte ihn am Gürtel hoch, seine Wange schrammte über die Holzbohlen. Ein schwerer Stiefel wurde ihm in die Seite gestemmt und er rollte über eine glitschige, moosbewachsene Kante.

Swanson erwachte schlagartig, als ihm das eisige Wasser des Flusses ins Gesicht klatschte und er wie ein Stein unterging.

Gurgelnd umspülten ihn die Fluten, als er in der Tiefe versank. Reflexartig versuchte er mit den Beinen zu strampeln, die Arme auszubreiten, um an die Wasseroberfläche zu gelangen. Doch es war unmöglich. Seine Arme waren auf den Rücken gebunden. Und auch seine Beine waren gefesselt. Er war jetzt hellwach. Wenn es ihm nicht gelang, sich zu befreien, bedeutete das den sicheren Tod. Die Strömung wirbelte ihn herum. Swanson versuchte, sich zu beruhigen. Wenn er jetzt in Panik verfiel, war er verloren. Mit aller Macht kämpfte er gegen den immer stärker werdenden Impuls an, einzuatmen. Er würde nicht sterben. Nicht hier und nicht auf diese Weise. Er dachte an Annie und die Kinder, während er sich weiter in die Tiefe sinken ließ, dachte daran, wie sehr sie sich auf den gemeinsamen

Urlaub gefreut hatten, und daran, dass er den geliehenen Mantel noch trug, der mit jedem Tag teurer und teurer werden würde. Dann spürte er plötzlich Boden unter den Füßen. Er winkelte die Beine an und stieß sich mit aller Kraft ab.

Sein Kopf durchstieß die Wasseroberfläche, doch er konnte sich nicht oben halten. Swanson schaffte nur einen keuchenden Atemzug, dann versank er wieder in den Fluten. Als er sich abermals vom Flussbett abstieß, versuchte er, so weit wie möglich zum Ufer zu gelangen. Wieder erreichte er die Wasseroberfläche. Begierig und verzweifelt sog er die Luft ein. Dann war er wieder unter Wasser. Doch in der Sekunde, die er oben gewesen war, hatte er aus dem Augenwinkel eine Gestalt am Ufer gesehen. Wenn er es noch mal schaffte, aufzutauchen, würde er atmen und um Hilfe schreien müssen. Er ließ sich treiben und absinken, bis seine Knie den Boden berührten. Ein letztes Mal nahm er alle Kraft zusammen, stieß sich ab und tauchte nur wenige Yards vom Ufer aus dem Wasser auf.

»Hilfe!«, schrie er, atmete und ging unter.

Bunte Sterne begannen vor seinen Augen zu tanzen. Ihn verließ die Kraft. Er wusste nicht, ob die Person, die er beim ersten Mal am Ufer hatte stehen sehen, auf ihn aufmerksam geworden war. Dann schien neben ihm eine Bombe ins Wasser einzuschlagen. Zwei kräftige Arme schlangen sich um seine Hüfte, und er wurde nach oben an die Luft gezerrt. Der Mann, der zu seiner Rettung gekommen war, packte ihn bei den Achseln und hievte ihn ans Ufer.

Keuchend und Wasser spuckend lag Swanson im nassen Gras der Uferböschung. »Danke«, stieß er japsend hervor.

»Ihr verfluchten Selbstmörder!« Der Mann sank entkräftet neben ihm ins nasse Gras. »Jede Woche dasselbe.«

Auch er war sichtlich außer Atem. »Nicht mal in Ruhe pinkeln kann man. Könnt ihr Verrückten euch nicht zuhause umbringen?«

»Schon mal einen Selbstmörder gesehen, der sich die Hände auf den Rücken bindet?«, fragte Swanson. »Haben Sie ein Messer bei sich, Sir?« Und er rollte sich auf den Bauch.

Er fand Chief Constable Peacock in seinem Büro, über einen Wust von Akten in dreifacher Ausfertigung gebeugt.

»Du meine Güte, wie sehen Sie denn aus? Sie sind ja klitschnass!«

Donald Swanson zog sich einen Stuhl heran, wrang einen Zipfel seines Mantels aus und begann zu erzählen.

»Sie umbringen?«, fragte Peacock ungläubig, während Swanson sich die Hände an einem Becher Tee wärmte, den Albert ihm zwischenzeitlich aufgebrüht hatte.

»Gott sei Dank zog mich dieser Mietkutscher aus dem Wasser«, sagte er mit einem schiefen Grinsen. »Sonst könnten Sie mich bei Dr. Freeman im Leichenhaus besuchen.«

Peacock sah ihn besorgt an. »Da müssen Sie aber jemandem kräftig auf die Füße getreten haben, Mann.«

»Es sieht ganz danach aus«, sagte Swanson. Er nahm einen Schluck Tee. »Wo ist eigentlich Ihr Sergeant Skinner? Hat er noch einmal mit Miss Grimes gesprochen?«

»Ich habe ihn seit dem Nachmittag nicht mehr gesehen. Und was ist mit Ihrem geheimnisvollen Briefeschreiber? Hat der Kerl sich blicken lassen?«

»Es war, wie ich vermutet hatte: Wer immer mit dem verstorbenen Jeremia Stone verabredet gewesen ist, er hat diese Verabredung nicht eingehalten.«

»Und was schließen Sie daraus?«

»Liegt das nicht auf der Hand, Sir?«, fragte Swanson. »Ich nehme an, derjenige war sich bewusst, dass Stone das Treffen nicht würde einhalten können, weil er nicht mehr unter den Lebenden weilte. Und das wiederum bedeutet, es muss sich bei dem Verfasser der Nachricht und dem Mörder um ein und dieselbe Person handeln.«

»Ich muss Sie bitten, einen Bericht zu schreiben, ehe Sie nach Schottland weiterreisen«, sagte Peacock. »Der lästige Papierkram lässt sich leider nicht vermeiden.«

»Ich fürchte, Schottland wird warten müssen, Chief Constable«, sagte Swanson. »Ich werde stattdessen nach London fahren.«

»Woher der plötzliche Sinneswandel? Ich dachte, Sie hatten vor, den Urlaub mit Ihrer Familie zu verbringen.«

»Das hatte ich auch, Sir«, stimmte Swanson ihm zu. »Das hatte ich auch. Das, was heute Nacht geschehen ist, zwingt mich jedoch dazu, meine Pläne zu ändern. Jetzt ist es für mich nicht einfach mehr nur ein Mordfall auf der Strecke London – York.« Er trank den Tee aus und stellte den Becher auf den Tisch. »Jetzt ist es zu etwas Persönlichem geworden.«

Und so kam es, dass der Chief Inspector noch in derselben Nacht mit einem Seesack im Gepäck nach London zurückreiste. Die blutverkrustete, durch Sprengstoff zerstörte Taschenuhr und einen Dolch mit Elfenbeingriff in der Holzschatulle auf seinem Schoß, einen codierten Brief in der Tasche seines geliehenen Armeemantels und im Kopf düstere Gedanken.

DRITTER TEIL

Der Club der Dreizehn

» Freimaurerei ist nichts Willkürliches, nichts Entbehrliches, sondern etwas Notwendiges, das im Wesen der Menschen und in der bürgerlichen Gesellschaft gegründet ist. «

Gotthold Ephraim Lessing, Ernst und Falk

KAPITEL 10

New Scotland Yard,
London, 16. Februar 1894

Der Tee war kalt.

Detective Inspector Donald Sutherland Swanson stellte den Becher, den Sergeant Wilson gerade hereingebracht hatte, wieder auf den Schreibtisch und erhob sich.

Er war hundemüde, denn er hatte sich einen Großteil der Nacht im Zug um die Ohren geschlagen und später lediglich zwei Stunden auf einer harten Pritsche in einer der Ausnüchterungszellen verbracht, nachdem er Charly Stedman und seinen Mannen den Seesack und die Holzschatulle übergeben hatte. Erstaunlicherweise schien die forensische Abteilung gänzlich ohne Schlaf auszukommen, was vermutlich daran lag, dass es so tief unten im Bauch des Yard kein echtes Tageslicht und wegen fehlender Mittel keine Uhren gab. Stedman, Collins und Hunt bemerkten ganz einfach nicht, wann es Zeit für den Feierabend war.

Swanson war ungewaschen und unrasiert, doch es gab weiß Gott wichtigere Dinge als Hygiene. Außerdem hatte er erst gestern ausgiebig gebadet, wenngleich unfreiwillig. Er öffnete die Tür und rief nach Penwood. Ehe er sich auf den Weg zum Hause Jeremia Stones machen würde, bräuchte er einen Tee und zwar einen heißen.

»Schön, Sie wieder bei uns zu haben, Sir.« Penwood stand Sekunden später in der Tür zu Swansons Büro und blickte ihn so verträumt an, als sei der Chief Inspector ein wundervolles Weihnachtsgeschenk, von dem er noch immer nicht glauben konnte, dass er es tatsächlich bekommen hatte. »Was halten Sie von der Sache in Greenwich?«

»Was halten Sie von einem heißen Tee?«, fragte Swanson.

»Nehme ich gern, Sir.« Penwood staunte und freute sich. Es kam nicht oft vor, dass Vorgesetzte sich dermaßen väterlich um ihre Sergeants kümmerten.

»Eigentlich meinte ich ...« Swanson brach ab und lächelte. Ach was, er war schließlich im Urlaub. Er klopfte Penwood auf die Schulter und fragte: »Wie nehmen Sie ihn, Clarence, mit Milch und Zucker?«

Als sie in der kleinen Teeküche standen und Swanson den Tee aufbrühte, kam das Gespräch auf die Sache in Greenwich zurück. Sie war das Thema des Tages. Ein französischer Anarchist namens Martial Bourdin war gestern unweit des Observatoriums zu Tode gekommen, als seine selbst angefertigte Bombe zu früh explodierte und der vermeintliche Attentäter nahezu in Stücke gerissen worden war. Was hatte in den Zeitungen gestanden? Es müsse sich um einen Unfall gehandelt haben. Vermutlich hatte Bourdin vorgehabt, das Observatorium in die Luft zu sprengen, war mit dem gefährlichen Chemikaliengemisch jedoch über eine Wurzel gestolpert und hatte statt der Südwand sich selbst in die Luft gejagt. Ein Stümper wie er im Buche stand. Doch konnte das stimmen?

»Denken Sie, das könnte was mit Ihrer Bombe in der Taschenuhr zu tun haben, Sir?«, fragte Penwood.

Swanson nahm das Teesieb aus der Kanne. »Gegenwärtig sehe ich keinen Zusammenhang. Wer untersucht die Greenwich-Bombe? Einer von unseren Jungs?«

»Soweit ich weiß, ja, Sir.« Er nahm sich einen der Becher, schaufelte drei Löffel Zucker hinein. »Äh, hätten Sie wohl die Freundlichkeit ...?« Er deutete auf die Milchkanne.

Swanson reichte sie ihm. »Haben Sie Phelps heute Morgen schon gesehen?«

»Danke. Nein. Ich meine: Danke für die Milch, Sir. Und nein, ich habe ihn nicht gesehen.« Und Penwoods Brillengläser beschlugen, als er an seinem Tee nippte.

»Wenn er Ihnen über den Weg läuft, sagen Sie ihm, ich bin in etwa einer Stunde zurück.« Swanson nahm einen kleinen Schluck Tee, verbrannte sich die Lippen und stellte den Becher in die Spüle. »Ich habe einen Kondolenzbesuch zu machen.«

»Aber was ist mit dem schönen Tee?« Sergeant Penwood hasste Verschwendung und hatte stets ein Auge darauf, dass nichts Ess- oder Trinkbares verkam. »Sie haben ihn kaum angerührt.«

»Später«, sagte Swanson und schnappte sich Hut und Mantel vom Kleiderständer im Gang. »Heben Sie ihn mir auf. Ich trinke ihn, wenn er kälter ist.«

Dann war er gegangen.

Bei Nummer 22 The Strand handelte es sich nicht um ein Privathaus, sondern um ein kleines Hotel. Und zu Swansons Überraschung trug es den Namen Jeremia Stone. Es lag auf der Südseite der belebten Geschäftsstraße und unweit der türkischen Bäder, die Charles Dickens und Wilkie Collins so gerne zur Entspannung aufgesucht hatten.

Ein junger livrierter Page kam Swanson entgegen, kaum dass er den Eingangsbereich betreten hatte und über den strapazierten roten Teppich zur Rezeption schritt. Nach seinen Wünschen gefragt, hielt Swanson ihm seinen Dienstausweis hin und bat darum, mit jemandem von der Geschäftsleitung zu sprechen.

»Was soll ich ausrichten, worum es geht, Sir?«

»Ich habe schlechte Nachrichten«, sagte er. »Ich fürchte, Mr Stone ist verstorben.«

Der Page wurde kreidebleich. Er drehte sich ohne ein weiteres Wort um und eilte davon. Wenig später kam er mit einem Herrn im schwarzen Anzug zurück.

»Ich bin der Empfangschef«, sagte der Mann mit finsterem Gesicht und baute sich vor Swanson auf, die Hände hinter dem Rücken verschränkt. »Billy sagt, Sie würden behaupten, Mr Stone sei verstorben.«

»Das sagte ich.«

Das Gesicht des Empfangschefs wurde noch düsterer. »Wenn das ein Scherz sein soll – ich kann nicht darüber lachen, Sir.«

»Ich bin von Scotland Yard. Wir machen keine Scherze.«

Das schien den Empfangschef einigermaßen aus der Fassung zu bringen. »Aber …«, stammelte er. »Ich … ich kann Ihnen versichern, Mr Stone erfreut sich bester Gesundheit. Er hält sich in seinem Büro auf. Ich war eben noch bei ihm.«

»Ich würde mich gern selbst davon überzeugen«, sagte Swanson, dem langsam Zweifel an der Richtigkeit seiner Schlussfolgerungen kamen. »Bitte führen Sie mich zu ihm.«

Mr Jeremia Stone saß hinter seinem riesigen, ordentlich aufgeräumten Schreibtisch, ein kleiner dicker Mann, dessen Kinn ein langer fusseliger Bart zierte. Er begrüßte Swanson, ohne sich zu erheben. Dann schickte er mit wedelnder Hand den Empfangschef hinaus und fragte: »Was kann ich für Sie tun, Mister –«

»Chief Inspector Swanson, Scotland Yard. Darf ich mich setzen?«

»Bitte.«

»Sie sind Mr Jeremia Stone?«

»Seit fünfunddreißig Jahren bereits.« Er sah Swanson an und wartete. Mit kurzen dicken Fingern trommelte er ungeduldig auf die Armlehne seines Sessels. »Nun?«

»Ich bin etwas überrascht«, gab Swanson zu.

»Das bin ich auch. Ich frage mich nämlich, was Scotland Yard von mir will?«

»Ich weiß nicht recht, wie ich es sagen soll«, hob Swanson an. »Lebt möglicherweise noch ein anderer Jeremia Stone in diesem Haus?«

»Ein anderer? Nein.« Er begann zu grinsen. »Sie nehmen mich auf den Arm, wie?«

»Das liegt mir fern. Sagen Sie, sind Sie in letzter Zeit in York gewesen, Sir?«

»Ich führe ein Hotel«, antwortete Stone mit einer Mischung aus Belustigung und Empörung. »Da kann ich es mir nicht erlauben, selber in der Weltgeschichte herumzureisen. Worum geht es überhaupt?«

»Um Mord, Sir«, sagte Swanson.

»Mord? Wer wurde denn ...?« Stone verstummte entsetzt.

»Das ist es ja gerade, Sir. Bis vor ein paar Minuten glaubte ich noch, Sie seien das Opfer«, meinte Swanson. Er zeigte Mr Stone den Umschlag, den er bei dem Toten im Zug gefunden hatte.

»Das ist mein Name, ja. Und es ist meine Adresse. Das verstehe ich nicht.«

»Da wären wir schon zwei«, sagte er. »Ist das Ihre Handschrift, Mr Stone?«

»Das ist sie nicht.«

»Kommt Ihnen die Schrift vielleicht bekannt vor?«

Stone stützte die Unterarme auf den Tisch und betrachtete die mit schwarzer Tinte in exakten, fast wie gemalt wirkenden Druckbuchstaben geschriebene Adresse. Dann schüttelte er den Kopf. »Nein. Beim besten Willen nicht. Tut mir leid. War denn kein Brief drin, der weiterhelfen würde?«

Swanson steckte den Umschlag wieder ein. »Oh, doch«, sagte er. »Allerdings enthielt er nicht viele Hinweise auf den Schreiber. Sagt Ihnen der Name Carver etwas? Lady Carver?«

»Gar nichts. Es ist mir schrecklich unangenehm. Ich würde Ihnen liebend gern helfen, nur … ich habe nicht die geringste Ahnung, wie. Haben Sie nicht ein Foto von dem toten Mann? Wenn er ein Stammgast ist, würde ich ihn sicher erkennen.«

»Leider nein. Ich werde versuchen, eines anzufordern.«

»Das wird das Beste sein.«

»Sagen Sie, sind Sie verheiratet, Mr Stone?«

»Ja, Sir.« Stones Augen begannen zu leuchten. »Seit fünf Jahren. Glücklicher kann es ein Mann nicht treffen.« Das Leuchten verlosch abrupt. »Sie glauben doch nicht etwa, meine Frau habe …«

»Nein, nein. Da kann ich Sie beruhigen.« Doch Swanson war eine Idee gekommen. Ein wenig plump vielleicht, aber einen Versuch war es allemal wert. Er fragte: »Haben Sie ein Stück Papier und einen Bleistift für mich, Mr Stone?«

Der Hotelier reichte ihm beides und Swanson schrieb:

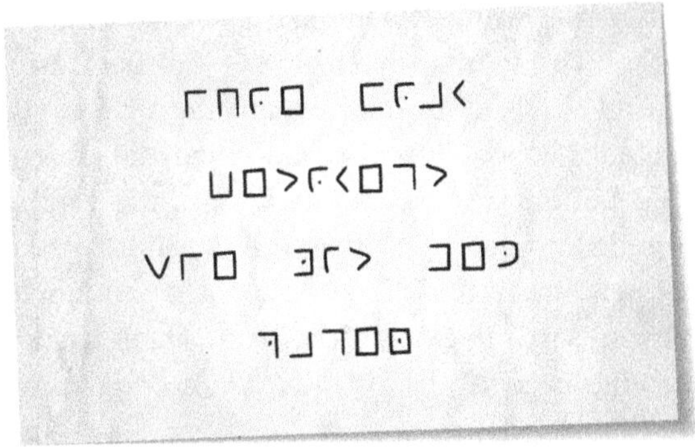

Dann hielt er Stone den Zettel hin. »Können Sie das lesen?«

Der starrte dümmlich darauf, kraulte seinen fusseligen Kinnbart und sagte schließlich: »Das ist arabisch, nicht wahr? War der Mann Araber?«

»Danke, Mr Stone, Sie haben mir sehr geholfen.« Er erhob sich. »Ich komme wieder, sobald ich ein Foto für Sie habe. Leben Sie wohl.«

»Es war ein Sprengsatz, wie Sie bereits vermuteten, Donald«, sagte Detective Inspector Charles H. Stedman. »Ein recht komplizierter sogar, bedenkt man, wie winzig er ist. Winzig und doch äußerst effektiv.« Er schob im Schein der zischelnden Gaslampen die Lupenbrille auf die hohe zerfurchte Stirn und stocherte mit einer Pinzette in den Überresten der Taschenuhr herum, die vor ihm auf der Arbeitsplatte verstreut lagen.

Swanson hatte bei seiner Rückkehr Sergeant Penwood damit beauftragt, an den Chief Constable von Yorkshire zu telegrafieren. Er benötigte ein Foto von dem Toten aus dem Zug. Und er benötigte es schnell. Dann hatte er Sergeant Phelps gebeten, eine Droschke zu bestellen und auf ihn zu warten, und war in die forensische Abteilung hinuntergegangen, wo Stedman noch immer mit der Taschenuhr beschäftigt war. Der Sprengsatz aus dem Greenwich-Fall lag in einer flachen Holzkiste auf einem separaten Tisch. Stockley Collins war damit beschäftigt, die verbliebenen Körperteile aus dem Gewirr von Draht und verbogenem Eisen zu entfernen und aß nebenher sein Sandwich.

Swanson sah ihm einen Moment zu. Dann fragte er: »Ist der Sprengsatz der Uhr von derselben Bauart wie diese andere Bombe?«

»Wohl kaum«, entgegnete Stedman. »Allein die Größe verlangt schon einen anderen Mechanismus.« Er hielt ein Zahnrad in die Höhe, schüttelte den Kopf und ließ es klimpernd in eine Metalldose fallen. »Und natürlich einen anderen Sprengstoff. Sie glauben doch nicht etwa an einen Zusammenhang mit der Sache in York.« Das war keine Frage, sondern eine Feststellung gewesen.

»Sie demnach nicht?«

»Ausgeschlossen.«

»Zwei Sprengsätze, die beide nicht auf die gewünschte Weise funktionierten. Und das binnen weniger Tage. Das kommt mir seltsam vor.«

»Zufall«, versicherte Stedman und ein weiteres Zahnrad klimperte in die Metalldose.

»Meiner Erfahrung nach sind Zufälle seltener als Schneefall im Juni«, sagte Swanson. »Irgendeine Ahnung, Charly, wo dieser Sprengsatz hergestellt worden sein könnte?«

»Schwer zu sagen, Donald. Da war sicher ein Uhrmacher am Werk. Der alte Hopkins käme in Frage.«

»Fehlanzeige. Der sitzt seit zwei Jahren in Pentonville«, sagte Swanson.

»Was ist mit Ellison aus Bethnal Green?«, meldete sich Collins zu Wort und verschlang herzhaft den letzten Bissen seines Sandwiches.

Swanson schüttelte den Kopf. »Letztes Jahr gestorben.« Die Hände auf den Arbeitstisch gestützt fragte er: »Wer käme noch in Frage?«

Stedman nahm die Lupenbrille ab und rieb sich mit den Handballen die Augen. »Wer immer diese Taschenuhr mit Sprengstoff gefüllt und die Sprengvorrichtung mit dem aufziehbaren Mechanismus angefertigt hat – er ist ein Experte. Davon gibt es nicht allzu viele. Wenn Sie mich darauf festnageln, würde ich behaupten, es sei eine Arbeit von Hopkins.«

»Er sitzt ein«, bekräftigte Swanson noch einmal. »Wenn der Mörder den Tod des Mannes nicht schon sehr lange im Voraus geplant hat, kommt Hopkins nicht in Frage.«

»Was ist mit einem seiner Schüler?«

»Hopkins arbeitete stets allein, das wissen Sie ebenso gut wie ich.«

Stedman schnippte mit den Fingern. »Donald«, rief er. »Wir haben eine von Hopkins' Uhren im Polizeimuseum. Wenn Randall sie finden kann, bringen Sie sie her, und ich vergleiche die beiden. Möglicherweise verraten uns die Unterschiede etwas.«

»Ich sorge dafür, dass er sich noch heute auf die Suche macht«, sagte Swanson. »Jetzt brauche ich die Schuhe des Toten.«

Stedman hob die Hände. »Mit denen bin ich noch nicht fertig.«

»Keine Sorge, ich bringe sie Ihnen unbeschadet zurück. Wie mir der Polizeiarzt in York sagte, handelt es sich um Maßanfertigungen. Mal sehen, ob wir sie zum Sprechen bringen können. Unter Umständen verraten sie uns den Namen ihres Besitzers.«

Die Geschäftsräume von Lobb, dem Schuhmacher, lagen in der St. James's Street Nummer neun. Es war ein altehrwürdiges Haus, schlicht und von eleganter Unaufdringlichkeit, das sich mit dem königlichen Wappen schmückte und mit dem Prädikat Hoflieferant warb.

Swanson und Phelps, die vom Yard aus einen Hansom genommen hatten, stiegen aus und der Chief Inspector bat den Sergeant, einstweilen den Fahrpreis zu begleichen, da er seine Brieftasche nicht bei sich hatte.

»Ich mache das wieder gut, Phelps«, sagte er und breitete entschuldigend die Arme aus.

Phelps sah ihn mit hochgezogenen Augenbrauen an. »Selbstverständlich, Sir«, sagte er schließlich, während er zwischen den Fusseln in seinen Hosentaschen nach den Münzen suchte. »Das weiß ich doch.«

Ein dezentes Glöckchen bimmelte, als die Beamten eintraten. Das Licht war gedämpft und es roch nach Schuhwichse und Leder. Aus den hinteren Räumen, in denen die Werkstätten lagen, wie Swanson vermutete, drang das dumpfe Klopfen von Hammerschlägen.

Ein Herr im teuren Maßanzug stand hinter der Theke, hakte seinen Daumen in seine Westentasche und fragte: »Womit kann ich Ihnen dienen, Gentlemen?«

Nachdem er sich und seinen Sergeant vorgestellt hatte, zog Swanson die Schuhe aus der mitgebrachten Papiertüte hervor und platzierte sie auf dem Tisch. »Man sagte mir, all Ihre Schuhe seien Maßanfertigungen. Bitte sehen Sie sich dieses Paar einmal an. Es gehörte vermutlich einem Ihrer Kunden.«

Der Verkäufer nahm einen der Schuhe, besah sich die Sohle und die Qualität der Nähte und klopfte einige Male mit dem Fingerknöchel gegen das Leder. »Ja, Sir. Gar kein Zweifel. Diese Schuhe stammen aus unserer Werkstatt. Sie sind nicht sehr gepflegt, wenn ich mir die Bemerkung erlauben darf. Das Leder ist durch Farbspritzer verdorben. Sehr nachlässig.«

»Das ist Blut«, sagte Phelps, der seinen Notizblock aufgeklappt hatte und gewohnheitsmäßig den Bleistift anleckte.

»Blut?« Der Verkäufer stellte den Schuh angewidert auf die Theke und wischte sich die Hände an seinem Taschentuch ab. Er blickte von einem zum anderen. »Doch nicht von einem Menschen?«

»Können Sie uns sagen, für wen diese Schuhe angefertigt wurden?«, fragte Swanson.

»Das wird nicht gehen«, meinte er pikiert und Phelps ließ stöhnend den Block sinken. »Wir sind ein sehr diskretes Haus.«

»Eine Leiche hat sie getragen.«

»Eine ...«

»Wir müssen die Identität des Toten feststellen. Allein schon, um die Angehörigen zu informieren«, fuhr Swanson fort. »Ich frage Sie daher noch einmal: Können Sie uns sagen, wem diese Schuhe gehörten?«

»Bitte warten Sie einen Augenblick«, sagte der Verkäufer. Er nahm einen der Schuhe mit und verschwand durch eine Tür im hinteren Bereich des Geschäfts.

Phelps wanderte derweil von einem Regal zum nächsten. »Stehen uns nicht alle zwei Jahre neue Schuhe zu, Sir?« Er betrachtete ein Paar aus glänzendem braunem Leder, das es ihm offenbar besonders angetan hatte. »Denken Sie, ich würde die hier beim Assistant Commissioner durchkriegen?«

»Aber sicher, Phelps«, entgegnete er. »Wenn Sie selbst der Assistant Commissioner sind.«

»Dachte ich mir, Sir. Verdammt schade. Die halten bestimmt ewig.«

Das Klopfen aus der Werkstatt verklang. Dann ging die Tür wieder auf und ein freundlich aussehender kleiner Mann mit Halbglatze, der eine grüne Schürze trug, betrat den Raum.

»Ich bin John Lobb, der Besitzer«, sagte er. Sein Gesicht war ernst und besorgt. »Sie sind von der Polizei? Worum geht es, bitte?«

Swanson erklärte es ihm. Und nachdem Mr Lobb abermals in der Werkstatt verschwunden war, kam er mit einem Paar Holzfüßen zurück.

»Und der Mann ist wirklich ermordet worden?«, fragte er betreten. Und als Swanson nickte: »Er war ein gern gesehener Kunde. Das hier sind seine Leisten.« Er legte die Holzfüße so ehrfürchtig auf die Theke, als seien sie nicht aus Holz, sondern aus Fleisch und Blut. »Kein Fuß ist wie der andere, wissen Sie? Wenn ein Mann seine Füße vor einem anderen entblößt, um sie vermessen zu lassen, dann ist das ein Zeichen größten Vertrauens. Wenn ich Ihnen also den Namen des Kunden anvertraue, dann nur, damit seine Familie nicht aus der Zeitung von seinem Ableben erfährt.«

»Das ist sehr ehrenvoll, Sir«, sagte Phelps. »Wir benötigen seinen Namen und seine Adresse.«

»Mr Charles Arthur Breddon. The Pharmacy, Bury Street«, sagte Mr Lobb. »Sie finden die Apotheke gleich um die Ecke.«

»Keinen Zweifel, dass es sich um diesen Mann handelt?«, fragte Phelps, was der Schuhmacher lediglich mit einem indignierten Stirnrunzeln kommentierte, das jede weitere Frage überflüssig machte. Sie bedankten sich für seine Hilfe und gingen.

Die Apotheke befand sich im selben Stadtteil, nur zwei Häuserblocks weiter, in einer Parallelstraße der St. James's Street. Nachdem Swanson sich versichert hatte, dass es sich bei dem Toten tatsächlich um den Inhaber handelte – ein mannshohes Porträt des Verstorbenen hing zwischen deckenhohen Regalen aus dunklem, blank poliertem Holz –, wies er Phelps an, vor Ort zu bleiben. Er selbst begab sich in die Park Lane, zur Privatadresse des Apothekers.

KAPITEL 11

Das Stadthaus von Charles Arthur Breddon lag in Mayfair mit Blick auf den Hyde Park und war ein georgianischer Bau von beeindruckender Größe aus weißem Coade-Stein. Während Swanson darauf wartete, dass jemand ihm die Tür öffnete, kam er zu dem Schluss, den falschen Beruf ergriffen zu haben. Offenbar ließ sich mit den Krankheiten der Menschen weit mehr Geld verdienen als mit der Aufklärung ihres Todes.

Er wurde von einem Dienstmädchen in einen geräumigen Salon im ersten Stock geführt, wo Mrs Breddon in einem Sessel am Fenster saß und stickte. In dem hoch geschlossenen grauen Kleid, das sie trug, wirkte sie auf ihn eher wie eine Gouvernante. Sie legte die Handarbeit beiseite, als er eintrat und sich als Scotland-Yard-Beamter vorstellte. Die Nachricht vom Tod ihres Gatten nahm sie scheinbar gefasst auf, doch Swanson war das leichte Schwanken nicht entgangen. Sie sank in den Sessel zurück und blickte ihn an.

»Wie ist er gestorben, Mr Swanson?«, fragte sie, die rechte Hand an den Hals gepresst. »Hat er sehr leiden müssen?«

»Er wurde erstochen, Mrs Breddon«, antwortete er mit gesenkter Stimme. Die Taschenuhr und die Wunde, die sie in seine Brust gerissen hatte, verschwieg er. »Es geschah im Zug nach York. Es tut mir sehr leid, Madam. Ich kann mir vorstellen, wie schockiert Sie sein müssen. Aber ich kann Ihnen versichern, wir werden alles in unserer Macht Stehende tun, um den Verantwortlichen zu finden.«

Sie sah ihn unverwandt an. Ihre Augen waren groß und weit, doch ohne Tränen.

Als sie auch weiterhin schwieg, sagte Swanson: »Ich muss Ihnen einige Fragen stellen, Mrs Breddon. Bitte versuchen Sie sie nach bestem Gewissen zu beantworten, auch wenn es schwer fällt.« Und als sie nickte: »Hat Ihr Gatte Ihnen gesagt, welchen Grund er für seine Reise nach York hatte?«

»Nein.« Ihre Stimme brach. Und jetzt rollte auch endlich eine Träne über ihre Wange. Hastig zog sie ihr Taschentuch aus dem Ärmel und wischte sie fort.

»Und Sie fragten ihn auch nicht danach?«

»Ich nahm an, die Reise sei geschäftlicher Natur. Er reiste für gewöhnlich mehrmals im Jahr nach York. Doch in diesem Jahr war es das erste Mal.«

»Ihr Gatte war Freimaurer«, sagte Swanson. Und als sie ihn daraufhin erschrocken anblickte, setzte er hinzu: »Sie können ganz offen zu mir sprechen, Madam. Ich selbst gehöre der Bruderschaft an.«

Sie nickte wieder, wischte sich die Augen und meinte: »Er sprach nicht darüber. Nicht einmal zu mir.«

»Wissen Sie eventuell, welcher Loge Ihr Gatte angehörte?«

»Der Royal York«, sagte sie leise.

Swanson nickte. Er kannte die Loge und auch einige der Brüder gut. Sie trafen sich unter dem Dach der Vereinigten Großloge von England in der Great Queen Street. »Hat Ihr Gatte in letzter Zeit einmal erwähnt, dass er sich Sorgen um jemanden machte? Oder hatten Sie selbst möglicherweise den Eindruck, er verhielte sich – wie soll ich mich ausdrücken? – anders als sonst?«

»Ja, Chief Inspector«, sagte sie und zum ersten Mal hob sie den Kopf, um ihm direkt in die Augen zu sehen. »Ja, Charles war … er war oftmals in Gedanken versunken seit dem letzten Jahr. Ich fragte ihn natürlich, was ihn so sehr beschäftige, aber er wollte nicht darüber reden.«

»Wie äußerte sich das?«

»Entgegen seinen sonstigen Gewohnheiten blieb er immer sehr lange auf. Lief in seinem Arbeitszimmer auf und ab. Beinahe die halbe Nacht. Und das seit Monaten.«

»Bitte verzeihen Sie mir die indiskrete Frage«, versuchte Swanson es mit Behutsamkeit. »Könnte es sich um Geldschwierigkeiten gehandelt haben?«

»Um ehrlich zu sein, Chief Inspector, das war auch mein erster Gedanke. Das oder ...« Sie schlug die Hände vors Gesicht. »Etwas anderes.«

»Eine andere Frau, meinen Sie?«

Wieder nickte sie. Schwächer diesmal. »Ich hatte diesen Verdacht. Denn so verschlossen habe ich ihn nie zuvor erlebt. Mir ist durchaus bewusst, dass die meisten Männer mit ihren Frauen nicht über das Geschäft sprechen, doch Charles war da ganz anders. Er fragte mich häufig um Rat. Er hielt es wohl für geboten, da ich es war, die das Vermögen mit in die Ehe brachte.« Ein schwaches Lächeln umspielte ihre vollen Lippen. »Auch wenn er es in Gesellschaft natürlich niemals zugegeben hätte.«

»Und das führte Sie zu der Annahme, eine andere Frau könne im Spiel sein, sehe ich das richtig?«

»Ich vermutete es – ja«, gab sie zu. »Man spürt so etwas doch. Er war einfach nicht er selbst. Ständig in Gedanken. So, als sei er gar nicht anwesend, wenn Sie verstehen, was ich meine.«

Swanson verstand sehr wohl. »Ich kann mir denken, wie schwer es für Sie sein muss, darüber zu sprechen, und doch kann es uns womöglich helfen, den Mörder Ihres Mannes ausfindig zu machen.« Er holte tief Luft.

»Hatten Sie eine bestimmte Vermutung, was jene Dame betrifft?«

Sie wandte das Gesicht zum Fenster, blickte durch die dünnen Gardinen ins Nichts. Nach einer ganzen Weile erst sagte sie: »Die hatte ich.«

»Äußerten Sie ihm gegenüber Ihren Verdacht?«, wollte Swanson wissen. »Stellten Sie Ihren Gatten zur Rede?«

»Selbstverständlich stellte ich ihn zur Rede, was denken Sie, Chief Inspector?«

»Wie reagierte er?«

»Charles bestritt vehement, eine außereheliche Beziehung zu haben«, sagte sie. »Er bat mich inständig, ihm zu vertrauen und versicherte mir, das, was er tue, habe auch nicht das allerkleinste bisschen mit einer heimlichen Liebschaft zu tun.«

»Und? Glaubten Sie ihm?« Swanson betrachtete sie genau. Sie war eine äußerst attraktive Frau, wenngleich sie die vierzig auch schon überschritten haben mochte. Er betrachtete ihre vollen, sinnlichen Lippen, sah die ebenmäßigen Gesichtszüge, auf denen sich nun, während sie über seine Frage nachdachte, ein Wechselspiel gemischter Gefühle zeigte, und ihre schlanke, beinahe zerbrechlich wirkende Figur. Und er kam nicht umhin zu denken, dass der Mann, dessen Leiche er im Zug nach York und später im Leichenschauhaus zu Gesicht bekommen hatte, ihr nicht ebenbürtig gewesen war. Offensichtlich hatte sie ihn nicht aus finanziellen Gründen geheiratet, sondern weil echte wahre Liebe sie zusammengeführt hatte. Eine Liebe, die nichts mit Besitz oder Äußerlichkeiten zu tun gehabt haben konnte, denn der tote Apotheker hatte nicht gerade dem gängigen Schönheitsideal entsprochen. Als sie nicht antwortete, sagte Swanson: »Nun?«

»Es tut mir leid«, sagte sie gedankenverloren. »Ich … ich fürchte, ich habe Ihre Frage vergessen.«

Er wiederholte sie.

»Ich wollte ihm glauben, wirklich. Charles hatte es sich zur Ehrenaufgabe gemacht, sich um die Witwe eines Logenbruders zu kümmern. Und da ich weiß, wie nah die Brüder einander stehen, zweifelte ich zunächst nicht an seinen Worten.« Sie schloss kurz die Augen, faltete die Hände im Schoß und meinte dann: »Anfangs machte Charles nur wenige Besuche in ihrem Haus. Aber sie wurden immer regelmäßiger, immer häufiger. Wenn ich ihn deswegen ansprach, erhielt ich die immergleiche Antwort, es sei seine brüderliche Pflicht, sich um die Witwe zu kümmern.«

Verstarb ein Bruder, das wusste Swanson aus eigener Erfahrung, so kümmerte sich die Loge um das Wohlergehen der Witwe, was in einigen Fällen auch eine intensive Betreuung notwendig machte. Nichtsdestotrotz gab es gewisse Grenzen. Er sagte: »Doch Sie hatten Grund zu der Vermutung, es sei mehr zwischen Ihrem Gatten und jener Frau gewesen, als schicklich ist.«

»Das will ich meinen.«

»Was unternahmen Sie?«

»Ich ging ihm nach«, fuhr sie fort. »Und letzten Endes erhielt ich die Bestätigung. Charles suchte sie nicht einfach nur auf, er fuhr mit ihr von London aus in ein Hotel in Rickmansworth, wo er zwei ganze Tage mit ihr verbrachte. Für wie lange er gebucht hatte, erfuhr ich vom Portier. Glauben Sie mir, mehr brauchte ich nicht zu wissen. Ich hatte die Bestätigung. Sie können sich vorstellen, wie erniedrigt ich mich gefühlt habe. Und als Charles zurückkehrte, tischte er mir eine infame Lügengeschichte auf. Keine Rede von Rickmansworth und dem Hotel. Er behauptete, das Wochenende über in Reigate gewesen zu sein und einem todkranken Bruder in seinem Leid Beistand geleistet zu haben.« Sie blickte zu Boden, schüttelte kaum merklich den Kopf, derweil ihre nervösen Hände den Stoff ihres Kleides zerknautschten.

»Das muss Sie schwer getroffen haben«, sagte Swanson.

»Sie machen sich keine Vorstellung davon, Chief Inspector«, versicherte sie. »Ich war am Boden zerstört. All mein Vertrauen in meinen Mann war mit einem Mal dahin. Völlig dahin!« Was die Nachricht vom Tod ihres Mannes nicht vermocht hatte, tat jetzt die Erinnerung an seinen Treuebruch. Mrs Breddon begann hemmungslos zu schluchzen.

Swanson stand auf, trat neben ihren Stuhl und legte ihr eine Hand auf den Rücken. Als sie sich wieder gefangen hatte, fragte er: »Wie reagierten Sie, als Sie ihm sagten, dass Sie ihm auf die Schliche gekommen waren?«

»Ich sagte es ihm nicht«, entgegnete sie.

Swanson war einigermaßen verblüfft. »Sie schwiegen darüber?«

»Es reichte mir, die Wahrheit zu kennen. Daher sprach ich ihn nie darauf an. Charles war ein guter Mann, Chief Inspector. Aber er war auch nur ein Mensch. Wir Frauen müssen eben lernen, mit solcherlei Dingen umzugehen. Was, frage ich Sie, hätte es genützt, ihm eine Szene zu machen?«

»Sie sind eine bemerkenswerte Frau«, sagte Swanson.

Sie schüttelte den Kopf, lebhafter diesmal. »Ich liebte ihn – können Sie das verstehen? Ich liebte ihn, und ich wollte ihn nicht verlieren.« Sie wandte ihr Gesicht wieder ab, schaute abermals zum Fenster hin. »Darf ich Ihnen eine

Frage stellen, Chief Inspector? Und werden Sie sie mir aufrichtig beantworten?«

»Ich will es versuchen, Madam«, sagte er.

»Was hätten Sie an meiner Stelle getan?«

»Ich weiß es nicht«, sagte er. »Ich weiß es wirklich nicht. Können Sie mir sagen, ob Ihr Gatte Feinde hatte?«

»Feinde? Nein. Charles ist ... er war ein ausgesprochen freundlicher Mann. Ich kann mir nicht vorstellen, dass es eine Menschenseele auf der Welt gab, die ihm etwas Böses gewollt hätte.«

»Und dennoch wurde er ermordet«, sagte Swanson, der sich wegen dieser herzlosen Worte am liebsten die Zunge abgebissen hätte; doch sie waren nötig. Mrs Breddon schien ihm trotz der Verfehlungen ihres Mannes ein wenig zu sehr in dem Traumgebilde einer falschen heilen Welt versunken zu sein. Ihren Mann nach seinem Tod zum Heiligen zu machen, war sicherlich keine Lösung. Er zog die Wahrheit vor.

Augenblicklich sah sie zu ihm auf, schaute ihn mit großen, traurigen Augen an, schlug kurz die Hände vor den Mund, nur um sie gleich wieder herabsinken zu lassen. »Wenn er Feinde hatte«, sagte sie leise, »dann habe ich nichts davon bemerkt.«

»Bevor ich Sie verlasse, Madam, muss ich Sie noch bitten, mir eine Fotografie Ihres Gatten zur Verfügung zu stellen«, sagte Swanson.

Ein Funken Hoffnung glomm in ihren Augen auf. »Sie sind sich unsicher, ob er es tatsächlich ist, nicht wahr?«

»Nein, Madam. Bei dem Toten handelt es sich gewiss um Ihren Mann. Das Foto benötige ich für eine Befragung.«

»Ach so.« Sie erhob sich grazil aus dem Sessel und ging zur Anrichte hinüber. Aus der obersten Schublade nahm sie ein Album heraus, blätterte es durch und fand, wonach sie suchte. »Hier, Mr Swanson«, sagte sie und reichte ihm die kleine Fotografie. »Das wurde erst im letzten Monat aufgenommen.«

»Danke, Mrs Breddon. Ich melde mich bei Ihnen, sobald ich etwas mehr weiß.« Swanson war schon fast zur Tür hinaus, als er sich noch einmal umwandte. »Eines würde mich noch interessieren, Madam: Wer war die Witwe, um die Ihr Gatte sich bemühte?«, fragte Swanson.

»Sie war die Nichte des verstorbenen Major Sholto aus Wimbledon«, sagte Mrs Breddon tonlos. »Sie haben sicher von dem Fluch der Dreizehn gehört. Es stand in allen Zeitungen.«

»Nicht in denen, die ich las«, bemerkte er.

»Major Sholto starb nur drei Tage, nachdem er sich im Savoy neben seinen Stuhl gesetzt hatte.« Sie blickte wieder zum Fenster hinaus. »Der Name seiner Nichte war Mary. Lady Mary Carver.«

»Wissen Sie, wo sie wohnt?«

»Aber, Chief Inspector. Lady Carver ist doch bereits vor einem Dreivierteljahr gestorben.«

KAPITEL 12

Später am Nachmittag saßen Swanson und Sergeant Phelps im Büro des Chief Inspectors zusammen und verglichen ihre Ermittlungsergebnisse.

»Die Frau hat von der Untreue ihres Gatten gewusst und nichts dagegen unternommen, Sir?« Sergeant Peter Phelps trank seinen Tee aus und stellte den leeren Becher auf den Schreibtisch zurück. »Das ist doch sehr schwer zu glauben, meinen Sie nicht? Entweder sie ist anders als die Damen, die ich kenne, oder sie lügt.«

»Meinen Sie?« Swanson hatte sich das selbst mehr als einmal gefragt. Allerdings wäre Mrs Breddon nicht die erste Frau, von der er wusste, dass sie sich mit den Amouren ihres Gatten arrangiert hatte.

»Was, wenn sie ihren Mann getötet hat, weil sie Angst haben musste, er würde sie für die jüngere Frau verlassen.«

»Wir wissen noch nicht, ob sie jünger war, Phelps«, stellte Swanson richtig.

»Davon ging ich aus, Sir. Ist das denn nicht meistens so?«

»Ihre Theorie hat allerdings einen Haken, Phelps. Denn Lady Carver stellte bereits seit einem Dreivierteljahr keine Gefahr mehr für Mrs Breddon dar. Das Einzige nämlich, was wir gegenwärtig mit Sicherheit über Lady Carver wissen, ist, dass auch sie nicht mehr lebt. Ich habe Stewart Evans gebeten, mir alles über die Familie zusammenzusuchen, was er finden kann.« Er setzte sich auf die Schreibtischkante. »Allerdings könnte natürlich eine andere Frau im Spiel gewesen sein; eine, deren Namen wir noch gar nicht kennen. Außerdem dürfen wir eines nicht außer Acht lassen: Mrs Breddon war es, die das Geld mit in die Ehe brachte. Ohne das Vermögen seiner Frau hätte Charles Breddon gar nicht die Mittel gehabt, seine Apotheke zu eröffnen. Das Geld wäre bei einer Scheidung natürlich verloren. Nach dem gültigen Gesetz ging das Vermögen durch die Heirat natürlich in den Besitz des Ehemannes über. Sie stünde am Ende völlig mittellos da.«

»Sehen Sie«, meinte Phelps. »Ein ziemlich eindeutiges Motiv, wenn Sie mich fragen.«

»Auf den ersten Blick schon, das will ich zugeben.« Swanson rieb sich das Kinn. »Nur kann ich mir beim besten Willen nicht vorstellen, wie sie es angestellt haben soll. Die explodierende Taschenuhr, der tödliche Dolchstoß. Das sind keine üblichen Waffen, wie eine Frau sie benutzen würde. Gift möglicherweise – aber so etwas?«

»Mir kommen da einige Fälle in den Sinn, wo es anders war, Sir«, gab Phelps zu bedenken. »Die Sache damals mit dem angeblichen Geist in Penzance zum Beispiel. Oder die Hope-Affäre.«

»Das waren Ausnahmen.«

»Wer sagt Ihnen denn, dass wir es hier nicht ebenfalls mit einer Ausnahme zu tun haben?«

Swanson seufzte. Die Vorstellung, diese zurückhaltende Frau habe ihrem Mann kaltblütig einen Dolch in die Brust gestoßen, kam ihm völlig absurd vor. »Sie hätte sich schon als Priester verkleiden müssen, um das zu bewerkstelligen, Phelps«, sagte er. »Wollen Sie mir weismachen, Mrs Breddon hat in ihrer Verkleidung den Zug nach York bestiegen, ihrem Mann im Abteil gegenüber gesessen, ohne dass er sie erkannte, und ihn dann genau zum richtigen Zeitpunkt getötet – nämlich als sich der Zug auf einem für die Flucht günstigen Streckenabschnitt befand? Nein,

Phelps, das funktioniert nur bei Conan Doyle. Und sie ist anschließend über die Felder zur Straße geflohen, wo sie eine Droschke in die Innenstadt nahm? Woher hat sie denn gewusst, wohin sie laufen musste, Phelps?«

»Vielleicht hat sie einfach nur verdammtes Glück gehabt, Sir.«

»Nein, nein. Dort hätte ja alles Mögliche sein können – ein Fluss beispielsweise, oder ein unüberwindbarer Zaun. Nein, wenn Mrs Breddon die Mörderin wäre, hätte sie alles bis ins kleinste Detail planen müssen. Sie hätte sich mit den Örtlichkeiten vertraut machen müssen. So etwas muss Monate gedauert haben. Und dann dieser Sprengsatz in der Uhr. Das passt einfach nicht zu einer Frau.«

»Im Gegenteil, Sir. Genau das, was ich von einer eifersüchtigen Frau erwarten würde, die Rache nimmt.« Phelps verschränkte die Arme vor der Brust. »Selbstverständlich plante sie alles sehr genau. Sie wollte ihn ebenso leiden sehen, ehe er starb, wie sie all die Monate zuvor selbst gelitten hatte.«

»Ja, Phelps. Ja.« Swanson stand von der Schreibtischkante auf. »Die Möglichkeit besteht, sicher. Nur eines will mir nicht in den Kopf: Woher hatte sie die Kontakte?«

»Die Kontakte, Sir? Ich verstehe nicht.«

»Wo hat sie die Uhr mit dem Sprengsatz anfertigen lassen? Das ist die Frage, die mich umtreibt.« Und als der Sergeant sich zurücklehnte und nachdenklich nickte, fuhr Swanson fort: »Sie und ich, Phelps, wir würden vermutlich jemanden kennen, der imstande ist, eine Sprengvorrichtung wie diese herzustellen. Aber wir sind Polizisten – wir kennen die Unterwelt. Doch Mrs Breddon? Das ist sehr schwer vorstellbar für mich.«

»Aber nicht unmöglich, Sir«, beharrte Phelps, allerdings klang er nicht mehr ganz so überzeugt. »Aber nicht unmöglich.«

»Wir sollten uns gegenwärtig nicht zu sehr auf Mrs Breddon versteifen, Phelps. Was haben Sie in der Zwischenzeit über ihren Gatten, den Apotheker, herausgefunden?«

Der Sergeant schlug die entsprechende Seite seines Notizblocks auf und las vor: »Nun ja. Der Mann war 58 Jahre alt. Verheiratet, wie wir wissen. Keine Kinder. Den Aussagen seiner beiden Assistenten zufolge trug er sich mit dem Gedanken, sich zur Ruhe zu setzen. Verbrachte seit einigen Wochen seine Freizeit im Bartitsu Club in der Shaftesbury Avenue, um sich körperlich zu ertüchtigen.«

»Offensichtlich ein Gesundheitsfanatiker«, meinte Swanson. »Nun, Phelps, Sie haben mit den Leuten in der Apotheke von Angesicht zu Angesicht gesprochen. Was ist Ihr Eindruck: Kann einer von ihnen etwas mit Breddons Tod zu tun haben? Hegte jemand einen Groll gegen ihn?«

»Schwer zu sagen, Sir.« Phelps rieb sich mit Daumen und Zeigefinger über die Stirn. »Wirklich schwer zu sagen. Ich meine, sicher hätten sie ein Motiv gehabt – Breddon war im Begriff die Apotheke zu verkaufen, aber …«

»Aber?«

»Er hatte vorgesorgt.«, sagte Phelps. »Wie ich feststellen konnte, hatte er für beide Assistenten bereits Stellen in anderen Apotheken gefunden. Mr Breddon scheint ein sehr umsichtiger Mann gewesen zu sein, der seine Angestellten nicht nur als Arbeitskräfte ansah. Er hatte vorgesorgt. Beinahe wie ein Vater.«

Swanson nickte. »War den Männern das bewusst?«, fragte er. »Ich meine – war ihnen klar, dass sie nicht auf der Straße stünden, wenn er die Apotheke aufgab?«

»Ja, sie wussten Bescheid, Sir.« Phelps schüttelte den Kopf. »Das ist das Problem. Es wäre ja auch zu einfach gewesen, was?«

»Nehmen wir trotzdem einmal an, einer oder beide hätten ihn getötet; was hätten sie dabei gewonnen?«

»Gar nichts, Sir«, gab der Sergeant zu. »Doch wenn sie glaubten, Breddon würde ihnen nach all den Jahren, die sie sich für ihn und die Apotheke aufgeopfert hatten, deutlich mehr schulden als bloß eine neue Stelle, könnte womöglich doch Rache eine Rolle gespielt haben.«

Swanson verließ seinen Platz beim Schreibtisch, trat ans Fenster und blickte auf die Themse hinaus. Der Fluss, die ewige Konstante. Schon zu Zeiten der Römer hatte die alte Mutter Themse ihren Weg gemacht, unbeeindruckt von den Schicksalen, die sich rechts und links ihres Ufers abspielten, floss sie träge dahin. Manchmal fragte Swanson sich, ob all das, was sie hier im Yard taten, überhaupt einen Sinn ergab. Wer würde sich in fünfzig oder hundert Jahren noch dafür interessieren, ob Maud Miller ihren Ehemann erstochen oder Tom Duddley letzte Erlösung in den trüben Wassern des Flusses gesucht hatte. Sie alle verbrachten nur eine begrenzte Zeit auf dieser Erde. Und wenn man Mantell und Owen Glauben schenken konnte, so war die Existenz des Menschen nur ein Wimpernschlag, verglichen mit den Jahrmillionen, die die Dinosaurier über den Planeten geherrscht hatten. Und mal ehrlich – wer scherte sich heute noch darum, ob irgendein Tyrannosaurus irgendwann einmal ein Iguanodon getötet hatte.

Die Zeit relativierte alles, dachte Swanson. Wir nehmen uns entschieden zu wichtig. Wer sagte denn, dass es den Menschen nicht vielleicht ebenso erging? In 20 Millionen

Jahren würde sicher kein Hahn mehr danach krähen, wer den Mann im Zug nach York erstochen hatte.

Der Chief Inspector musste sich zwingen, diese Gedanken abzuschütteln.

»Kommen Sie, Phelps. Schnappen Sie sich Ihren Hut und den Notizblock. Wir müssen uns ein paar Hotels ansehen.«

»Aber ich habe meinen Tee noch nicht ausgetrunken.«

»Es ist nicht gesund, ihn so heiß zu sich zu nehmen«, sagte Swanson und angelte nach seinem Armeemantel. »Fragen Sie Sergeant Penwood.«

Das erste der beiden Hotels, die sie aufsuchten, war das Jeremia Stone.

Und sie hatten Glück: Der Empfangschef erkannte den Mann auf dem Foto wieder, das Swanson ihm zeigte. Er sei zwar kein Stammgast gewesen, aber im vergangenen Jahr zwei, drei Mal in Begleitung seiner Schwester dort eingekehrt. Allerdings hatte er sich nicht Breddon, sondern Lord Arthur Savile genannt.

»Das ist schon eine ganze Weile her«, sagte Swanson. »Und dennoch erinnern Sie sich an den Mann?«

»Er war ja erst kürzlich wieder hier«, meinte der Empfangschef. »Vor drei Tagen ungefähr.«

»Doch nicht erneut in Begleitung seiner Schwester?«, wollte Phelps wissen.

»Allein. Er holte ein Geschenk ab, das jemand für ihn dagelassen hatte.«

»Ein Geschenk.« Swanson wurde nachdenklich. »Haben Sie zufällig gesehen, um was es sich dabei handelte?«

»Ich bitte Sie, Sir! Wo denken Sie hin?« Er machte vor

lauter Empörung einen Schritt rückwärts. »Wir legen größten Wert auf Diskretion.«

»Ich überschreite die Grenzen des Anstands, dessen bin ich mir im Klaren.« Swanson legte den Kopf schief. Die Stimme zu einem Flüstern gesenkt, sagte er: »Dummerweise überschreitet es die Grenzen des Anstands noch mehr, jemanden zu ermorden. Und der Mann, der sich Lord Arthur Savile nannte, wurde ermordet. Ich bin sicher, er wäre Ihnen sehr verbunden, wenn Sie ihm zu Liebe einmal auf die Diskretion pfeifen würden. Also? War es groß oder eher klein?«

Der Empfangschef kniff die Augen zusammen und begann sich zu krümmen und zu schwitzen, als litte er körperliche Schmerzen. »Klein«, stöhnte er. »Es war klein. Mit einer roten Schleife umwickelt. Ein Botenjunge brachte es. Ich persönlich nehme an, es war eine Taschenuhr darin.«

»Wie kommen Sie darauf?«, fragte Phelps, dessen Bleistift eifrig in seinem Block herumkratzte.

»Na, weil es tickte«, entgegnete der Empfangschef. »Und eine Bombe wird es ja wohl kaum gewesen sein.«

Mr Carte, der Direktor des Savoy Hotels am Strand, schien nicht sonderlich erfreut über den Besuch der Scotland-Yard-Beamten zu sein. Er stand mit zusammengekniffenen Lippen vor ihnen und rang die Hände.

»Wir sprachen vor einigen Monaten bereits miteinander«, sagte Swanson.

»Oh, ja, ich erinnere mich.« Und Cartes Gesichtsausdruck machte unverhohlen deutlich, dass es sich nicht um eine schöne Erinnerung handelte. »Es war nach dem fürchterlichen Brand im Zimmer dieses Zauberkünstlers.

Allerdings nahm ich an, die Sache hätte sich damals rasch aufgeklärt. Hat man nicht jemanden verhaftet?«

»Der Verantwortliche wurde überführt und verurteilt«, sagte Swanson. »Dieser Mord ist etwas, das uns nicht mehr beschäftigt. Unser Besuch heute hat andere Gründe.«

»Wie schön, das zu hören, Chief Inspector.« Die Gesichtszüge des Hoteliers entspannten sich etwas. Sogar ein leichtes Lächeln schlich sich hinein. »Womit kann ich Ihnen heute dienen? Gehe ich recht in der Annahme, dass Sie nicht hier sind, um eine Suite zu mieten?«

»Der Club der Dreizehn«, sagte Swanson.

»Der Club?«

Der Club der Dreizehn war ein merkwürdiger Herrenclub, der sich seit Generationen im Savoy zum Essen traf, wie Swanson während seiner Ermittlungen im Fall der Adelphi-Theater-Morde erfahren hatte. Diese Männer waren sehr eigen. Sie kamen nur zusammen, wenn alle dreizehn Mitglieder vollzählig anwesend waren und nahmen stets gleichzeitig zum Essen Platz. Auf ein Zeichen hin standen sie nach dem Mahl auch gleichzeitig wieder auf. Damals jedoch war diese seltsame Tradition unterbrochen worden und sämtliche Mitglieder hatten daraufhin fluchtartig das Hotel verlassen. »Sie erwähnten ihn damals. Es gab einen Zwischenfall, der Ihnen zu schaffen machte. Sie erinnern sich?«

»Major Sholto, ja, ja.«

»Der Major setzte sich neben seinen Stuhl. Sie erzählten uns davon. Dummerweise schenkte ich dem kuriosen Umstand zu jener Zeit keinerlei Beachtung, denn ich hielt ihn für völlig nebensächlich. Nun jedoch …«

Carte starrte ihn mit großen sorgenvollen Augen an. »Nun jedoch …?«

»Nun jedoch glaube ich, das vermeintliche Missgeschick des Majors könnte etwas mit unserem aktuellen Fall zu tun haben, Mr Carte«, fuhr Swanson fort. »Könnten wir bitte den Raum sehen, in dem die Gesellschaft damals zu Abend gegessen hat?«

Sie wurden in einen großen fensterlosen Raum im zweiten Stock des Gebäudes geführt. Swanson sah sich um. Die Mitte des Zimmers beherrschte eine lange Tafel, an der dreizehn Stühle standen. Die Wände waren holzgetäfelt und an der Decke hingen drei glitzernde elektrische Kronleuchter.

»Sie denken, es war kein Versehen, sondern jemand tat es mit Absicht«, fragte Phelps. »Um ihn zu erschrecken?«

Swanson zuckte die Achseln. »Das möchte ich herausfinden.«

»Jemand könnte zum Beispiel einen starken Faden an seinem Stuhl befestigt und daran gezogen haben, kurz bevor der Major sich setzen wollte«, überlegte der Sergeant. »Das hätte ihn wohl mächtig beunruhigt, denn nach der Tradition des Clubs geschieht ja etwas Furchtbares, wenn nicht alle gleichzeitig Platz nehmen. Könnte sein, man sieht noch etwas. So ein Faden hätte sicherlich eine Kerbe im Holz hinterlassen. Soll ich mal nachsehen, Sir?«

»Bitte. Tun Sie das, Phelps«, sagte Swanson. »Schaden kann es jedenfalls nicht.«

»Sie müssen nicht einmal lange danach suchen. Sämtliche Stühle sind mit Namen versehen.« Carte zeigte Phelps die dezenten messingfarbenen Schilder, in die der Name des jeweiligen Besitzers eingraviert war. »Nach dem Tod des Majors hat sich der Club noch nicht zusammengefunden. Die Stühle stehen noch genauso wie an jenem Abend.«

Phelps, der die Stuhlbeine einer genaueren Untersuchung unterzogen hatte, stand wieder auf. »Nichts, Sir. Keinerlei Spuren.«

»Waren Sie dabei, als es passierte, Mr Carte?«, wollte Swanson wissen.

»Nein, Chief Inspector. Doch nach allem, was mir die Mitglieder des Clubs erzählten, war es mehr oder weniger ein Missgeschick. Major Sholto war nicht gerade bester Stimmung, als er herkam. Ganz anders als sonst. Er muss sich über etwas stark erregt haben, denn er war furchtbar zerstreut. Und als er sich setzte, verfehlte er den Stuhl.«

»Verständigten Sie einen Arzt?«

»Nein, Chief Inspector. Wie Major Sholto mir versicherte, war er ganz und gar unverletzt«, sagte Carte. »Wir ließen ihn zu seinem Haus in Wimbledon bringen. Aber bevor er ging, sagte er mir noch, es würde ein schreckliches Unheil geschehen. Und dann gab es das Feuer. Und er bestürmte mich, das Hotel vorübergehend zu schließen. Was selbstredend ganz außer Frage stand. Und dann starb der Major. Nur drei Tage nachdem er sich neben den Stuhl gesetzt hatte.« Er schloss die Augen und massierte theatralisch seine Schläfen. »Ich muss zugeben, ich bin fast selbst geneigt, an diesen Fluch der Dreizehn zu glauben, Chief Inspector.«

»Ich ziehe die Wirklichkeit vor«, meinte Swanson. »Hat Sholto möglicherweise erwähnt, was ihn dermaßen erregte, ehe das Unglück geschah?«

»Nein, nichts.« Carte zog die Stirn in Falten. »Oh, eines doch, Sir. Er sagte tatsächlich etwas, als er ging. Er sagte: Dieser Breddon ist ein toter Mann! Und kurz darauf liegt der Major selbst unter der Erde. Unfassbar!«

»War Mr Breddon an jenem Abend ebenfalls anwesend?«

»Das ist ja das Merkwürdige. Ich kenne überhaupt keinen Mr Breddon. Ein Mann dieses Namens gehört zumindest nicht dem Club der Dreizehn an.«

Swanson zog das Porträtfoto Charles Breddons aus der Tasche und hielt es Mr Carte hin. »Würden Sie bitte einen Blick darauf werfen?«

Er betrachtete die Fotografie kurz und sagte: »Den Gentleman habe ich nie zuvor gesehen, tut mir leid.«

»Dann hat Sholto den Mann womöglich getroffen, ehe er den Club aufsuchte«, schlug Phelps vor. »Was, wenn er etwas über die heimliche Liaison seiner Nichte mit Breddon herausgefunden hatte? Immerhin war der ein verheirateter Mann.«

»Diese Aufregung, über den Tod der Nichte hinaus?« Swanson war nicht überzeugt. »Es muss etwas anderes gewesen sein, was Sholto dermaßen aus der Fassung brachte, etwas, das zeitlich näher lag.«

Mr Carte, der sich augenscheinlich überflüssig vorkam oder Wichtigeres zu erledigen hatte, trippelte von einem Bein auf das andere. »Benötigen Sie mich noch, Gentlemen?«

»Nein, Sir. Danke.« Swanson reichte ihm die Hand. »Wenn wir noch Fragen haben, melden wir uns.«

Es war bereits dunkel, als Swanson und Phelps das Hotel um halb sechs verließen. Draußen auf dem Vorplatz des Savoy herrschte noch immer reger Betrieb. Es war ein ständiges Kommen und Gehen. Swanson wartete eine Droschke ab, deren Fahrgäste eben ausstiegen, und winkte dem Kutscher.

»Was sagten Sie noch gleich, Phelps, was Breddon in seiner Freizeit trieb?«, fragte Swanson, als der schaukelnde

Einspänner von der Einfahrt des Hotels rollte, nach links in den Strand einbog und sich zwischen den Hansoms, eleganten Broughams und von mächtigen Gäulen gezogenen Bierwagen in den Verkehr einfädelte, der zäh in Richtung Whitehall rollte.

»Bartitsu, Sir«, erwiderte der Sergeant nach einem Blick in seinen Notizblock. »Er betrieb es seit einigen Wochen. Wahrscheinlich einer von diesen neumodischen afrikanischen Tänzen.«

»Lassen Sie uns hinfahren und sehen, was man uns dort über Breddon erzählen kann. Haben Sie die Adresse?«

Sergeant Phelps klopfte an das kleine Fenster zum Kutschbock und rief »Nummer 67b Shaftesbury Avenue!« zum Kutscher hinauf.

Donald Swanson schaute wehmütig den Zylinder tragenden Gentlemen in ihren teuren schwarzen Anzügen nach, die auf den Trottoirs zu den Theatern und Restaurants flanierten; Arm in Arm mit ihren eleganten, in kostbare Seide gekleideten Damen.

Er dachte an Schottland. Und er dachte an Annie.

Aus dem Augenwinkel bemerkte er Phelps' sorgenvolle Blicke. »Irgendwelche Fragen, Sergeant?«

Peter Phelps legte Swanson die Hand auf den Arm. »Geht es Ihnen gut, Sir?«

»Natürlich, Sergeant. Bestens«, sagte er brüsk. Doch es hätte nicht viel gefehlt und er wäre in Tränen ausgebrochen.

VIERTER TEIL

Die wehrhaften Gentlemen

» Ein Freimaurer wird für die Allgemeinheit stets ein Problem bleiben, welches man nicht ergründen kann, bevor man selber Maurer geworden ist. «

Ein französischer Freimaurer im 18. Jahrhundert

KAPITEL 13

Das Haus in der Shaftesbury Avenue war ein unscheinbares Ladenlokal mit verschmierten Fensterscheiben, das auf Swanson den Eindruck machte, als ginge dort niemand seinen Geschäften nach. Eine unbeleuchtete enge Gasse führte rechts am Gebäude vorbei. Erst auf der Rückseite verriet ein handgemaltes Plakat, dass Professor Edward Barton-Wright hier die männliche Kunst der modernen Selbstverteidigung unterrichtete.

»Das sieht mir sehr zwielichtig aus, Sir«, sagte Phelps und schlug seinen Mantelkragen hoch. »Sind Sie sicher, Sie wollen da reingehen?«

»Tun wir es für das Empire«, sagte Swanson und hielt dem Sergeant die marode Holztür auf. »Scheint, als wären wir hier genau richtig.«

Ein weiterer enger Gang, der mit Gerümpel, Obstkisten und anderem Unrat vollgestellt war, führte Swanson und Phelps in eine Art Lagerhalle. Sie war hell erleuchtet. Von der Decke hingen Hanfseile und schwere lederne Boxsäcke, auf dem Fußboden lagen weiche Matten aus Rinderleder, auf denen rund ein Dutzend Männer mit Degen, Knüppeln oder den blanken Fäusten aufeinandereindroschen. In der Mitte des großen Raumes befand sich ein Boxring. Zwei Männer in kunstvoll geschneiderten Kampfanzügen und ohne Handschuhe standen sich darin gegenüber. Ein großer Mann mit Händen, so mächtig wie Galloway-Rinderschinken und ein zierlicher Asiate, der ein Stirnband trug. Es roch nach Schweiß, Blut und Leder.

Der große, schwerfällige Mann mit den mächtigen Händen hüpfte im Ring auf und ab und versuchte den Angriffen des kleinen Asiaten auszuweichen, der leichtfüßig vor ihm herumtänzelte und die Zähne bleckte.

Ein anderer Gentleman, dessen Oberlippe ein eindrucksvoller, gewachster Schnurrbart zierte, stand am Rand des Rings und feuerte die beiden an.

»Sie machen sich, Arthur«, rief der Mann mit dem Schnurrbart. »Und du pass auf deine Deckung auf, Ling!«

Swanson und Phelps traten an den Ring heran und sahen eine Weile zu.

Der Sergeant stieß Swanson mit dem Ellenbogen in die Seite. »Das ist Mr Conan Doyle«, sagte er.

Jedes Mal, wenn sich der Asiate näherte, gab Conan Doyle ihm eine leichte Ohrfeige. Der Asiate schüttelte sich kurz und tänzelte dann weiter um den großen Literaten herum.

Ein großer Gong auf einem Holzgestell stand unweit des Rings. Swanson nahm den Schlegel, der daneben hing, und schlug ihn. »Wenn Sie nach dem Training etwas Zeit hätten«, rief Swanson, »würde ich gerne ein, zwei Worte mit Ihnen wechseln, Mr Conan Doyle.«

»Ich kann jederzeit aufhören«, sagte der Schriftsteller. Er duckte sich unter einem Handkantenschlag weg und wich für einen Mann seiner Größe mit besonderer Leichtfüßigkeit einem Tritt gegen sein Knie aus. Dann sprang er vorwärts und tippte dem Japaner sanft mit dem Zeigefinger auf die Nase. »Wollen Sie, dass ich den Kampf zügig beende, Chief Inspector?«

»Wenn es Ihnen nichts ausmacht. Es dauert nicht lange und ich verspreche Ihnen, Sie können anschließend gleich wieder in den Ring steigen. Ich sehe ja, wie viel Vergnügen es Ihnen bereitet.«

»Es sind die kleinen Freuden im Leben, die es so lebenswert machen«, sagte Conan Doyle und streckte den Japaner mit einem geraden Faustschlag nieder. Er kletterte aus dem Ring und stemmte keuchend die Hände in die Hüften. Er begrüßte Swanson und Phelps. Dann meinte er: »Wissen Sie, meine Frau ist krank. Ich komme gerade aus Davos zurück, wo ich sie zur Kur in ein Sanatorium gebracht habe, und meine neuen Bücher laufen nicht so recht. Da muss ich mich ein wenig ablenken und etwas Schönes tun, was mich für all das Schlechte entschädigt. Und das geht nun einmal ganz hervorragend mit Baritsu.«

»Bartitsu«, sagte der Mann mit dem imposanten Schnurrbart, der sofort herbeigeeilt war. Er stellte sich ihnen als Edward Barton-Wright vor.

Conan Doyle sah ihn fragend an. »Was?«

»Es heißt Bartitsu, Arthur. Nicht Baritsu.«

»Wie dem auch sei.« Conan Doyle wischte sich mit dem Handrücken die Schweißperlen von der Stirn und aus den Augen. »Am Ende ist es doch ganz gleich, nicht wahr?«

»Nicht für mich, mein Guter.« Der Leiter der Kampfkunstschule verschränkte die Arme vor der breiten Brust. »Das System habe ich nach mir benannt. Barton mit einem T. Es muss also Bart-Itsu, nicht Bar-Itsu heißen.« Er lächelte gekünstelt.

Conan Doyle winkte ab. »Im Grunde handelt es sich um reines Wing Chun«, sagte er. »Nur kann Edward das natürlich seinen japanischen Instruktoren nicht erzählen, denn dieser Kampfkunststil stammt aus China. Im Grunde wissen es alle, aber aus Rücksicht sprechen wir nicht offen darüber. Habe ich recht?« Und einer der Galloway-Schinken landete auf Barton-Wrights Rücken.

Swanson zog sich mit Conan Doyle in eine weniger lebhafte Ecke des Dojos zurück. Nachdem sie auf einer gepolsterten Ledermatte Platz genommen und sich jeder ein Kissen in den Rücken gestopft hatten, fragte der Chief Inspector: »Sagt Ihnen der Name Charles Breddon etwas?«

»Nein. Sollte er?« Conan Doyle kratzte sich am Hinterkopf.

»Er trainierte hier«, erklärte Swanson. »Wir wissen noch sehr wenig über ihn, daher wollte ich zunächst Ihre Einschätzung hören. Breddon kam, soweit ich das feststellen konnte, seit einigen Wochen her, um zu trainieren. «

»Kann kein außergewöhnlich guter Kämpfer gewesen sein«, sagte Conan Doyle. »Sonst wäre er mir aufgefallen und ich hätte ihn herausgefordert. Was hat der Bursche denn ausgefressen?«

»Er wurde ermordet. Vor einigen Tagen. Im Zug von London nach York. Und er war ein Bruder.« Swanson griff in die Tasche seines Armeemantels und reichte Conan Doyle das Foto. »Haben Sie ihn schon mal hier gesehen?«

»Das ist Arthur«, rief Conan Doyle überrascht aus. »Natürlich kenne ich ihn. Wir scherzten oft, weil wir dieselben Vornamen trugen. Ich nannte ihn Arthur Zwei. Er nannte mich Arthur Eins.« Conan Doyle gab Swanson die Fotografie zurück. »Armer Kerl. Wie ist er gestorben?«

»Er wurde erstochen. Und in seiner Tasche entdeckte ich einen verschlüsselten Brief, der in unserem Geheimcode verfasst ist.«

»Sie meinen den Winkelcode?«

Swanson nickte. »Wie war Breddon? Hat er sich merkwürdig verhalten in letzter Zeit? Hatte er vor jemandem Angst? Traf er sich womöglich mit zwielichtigen Gestalten? Mit einem Priester vielleicht, der einen Wilkie-Collins-Bart trug? Das sind die Fragen, die mich beschäftigen.«

Conan Doyle lehnte sich in die weichen Kissen zurück,

das Kinn auf die Fingerspitzen seiner zusammengelegten Hände gestützt und saß eine Weile mit geschlossenen Augen und in Gedanken versunken da. Dann klappten die schweren Lider hoch und er sagte: »Aber natürlich. Arthur Zwei erwähnte, er müsse für den Notfall gewappnet sein. In der heutigen Zeit könne man sich nicht einmal mehr sicher sein, wer Freund und wer Feind sei. Und er sprach von Kain und Abel.«

»Aus dem alten Testament?«

»Davon ging ich aus.«

»Zwei Brüder«, sagte Swanson. »Halten Sie es für möglich, dass er glaubte, ihm drohe von jemandem Gefahr, der ihm sehr nahe stand?«, fragte er. »Von jemandem, der ihm wie ein Bruder war?«

»Einem Bruder Freimaurer, meinen Sie?«

»Das ging mir durch den Kopf.«

»Schwarze Schafe gibt es überall«, meinte Conan Doyle. »Doch warum sollte ihm einer der Brüder nach dem Leben getrachtet haben? Das kommt mir doch sehr abwegig vor, Mr Swanson.«

»Aber nicht unmöglich«, wandte er ein. Ein Satz, den er bei Sergeant Phelps aufgeschnappt hatte. »Oscar Wilde sagte einmal zu mir, man könne einen Mann nicht einfach deshalb als Verdächtigen ausschließen, nur weil er ein Bruder sei. Wir sind alle bloß Menschen. Palmer und Pritchard waren Ärzte, wie Sie, Mr Conan Doyle. Und sie waren Mörder. Schwarze Schafe, wenn Sie so wollen.«

»Ich hatte eher den Verdacht, es ginge um eine Frau«, sagte Conan Doyle.

»Nannte Breddon ihren Namen?«

»Nicht dass ich wüsste. Ich glaube, er sprach von einer Freundin, die gestorben sei.«

Was, wenn Mr Breddon den Verdacht hatte, Lady Carver sei keines natürlichen Todes gestorben?, überlegte Swanson. Und weiter: Was, wenn er den Schuldigen kannte, oder sich sehr sicher war, ihn zu kennen? Hatte er womöglich Angst, ihm drohe selbst Gefahr? Laut sagte er: »Sagt Ihnen der Name Carver etwas? Lady Carver?«

»Die Carvers aus Wimbledon?« Conan Doyle nickte zustimmend. »Ich kannte Major Sholto tatsächlich recht gut. Verrückter alter Knabe. Gehörte dem Club der Dreizehn an. Erlaubte mir damals, seinen Namen für den Bösewicht in meinem Roman *Das Zeichen der Vier* zu benutzen. Ich weiß noch, dass er am Boden zerstört war, als seine Nichte letztes Jahr verstarb. Sie war eine zauberhafte Frau und bildhübsch. Das schwärzeste Haar, das ich je gesehen habe.« Er hielt inne, die Augen entsetzt geweitet. »Sie sind doch nicht der Ansicht, Lady Carver wurde ebenfalls ermordet, Mr Swanson? Und das von einem Bruder Freimaurer?«

»Das würde zumindest den Inhalt des Briefes erklären, den ich bei Mr Breddon fand. Der Verfasser erwähnt ihren Namen.«

»Dann werden Sie ihre Leiche exhumieren lassen müssen«, sagte Conan Doyle.

»Ja«, pflichtete Swanson ihm bei. »Das war mein Gedanke. Und ich werde nicht umhinkommen, mich in Breddons Loge umzuhören. Unter Umständen vertraute er sich wegen der Sache einem der Brüder an.«

»Heute bin ich ganz und gar unabkömmlich«, sagte Conan Doyle. »Aber die Sache beginnt mich zu interessieren. Was halten Sie davon, wenn wir uns morgen Abend auf ein Bier treffen und den Fall diskutieren würden, Chief Inspector?«

»Ich bin wirklich gespannt auf Ihre Einschätzung«, sagte Swanson.

»Um sieben im Red Lion in der Parliament Street? Was meinen Sie?«

»Ich freue mich auf einen brüderlichen Gedankenaustausch«, sagte Swanson. »Zumal der Fall einen unschönen Beigeschmack hat, der kein gutes Licht auf unseren Orden zu werfen droht.«

»Ich fürchte, es regnet, mein lieber Swanson«, sagte Conan Doyle, als er Sergeant Phelps bemerkte, der eben um die Ecke gebogen war und nun an ihr Lager aus Leder und Kissen trat.

»Tatsache«, sagte Swanson. »Ich frage mich, wann der Frühling endlich kommt.«

»Das ist kein Regen, Sir«, widersprach Phelps. »Das ist bloß der Schweiß der Männer, der von der Decke tropft.«

Seit Swanson und Sergeant Phelps den Bartitsu Club verlassen und sich zu Fuß auf den Weg zum Yard gemacht hatten, wurde der Chief Inspector das Gefühl nicht los, jemand folge ihnen. Zunächst war es nur eine Ahnung. Doch als er Phelps am Trafalgar Square am Arm in eine Seitengasse zog, um seinen Verdacht zu überprüfen, war er sich sicher. Die Gestalt, die er gesehen hatte, folgte ihnen. Swanson bugsierte den Sergeant hastig in einen Hauseingang.

»Was haben Sie, Sir?«

Er verschloss ihm mit der Hand den Mund. »Pssst! Seien Sie still«, flüsterte er.

Und als der Mann, der ihnen nachstellte, am Hauseingang vorüberhastete, sprang Swanson vor und packte ihn von hinten bei den Schultern. Er wirbelte ihn herum, schmetterte den Mann gegen die Hauswand und presste ihm den Unterarm gegen den Hals.

Es war Stephen Knight, der Journalist.

»Was wollen Sie von uns?« Swanson drückte noch stärker zu. »Ich dachte, Sie hätten in York zu tun!«

»Lassen … lassen Sie mich … los!«, krächzte Knight. »Ich werde Sie anzeigen!«

»Und ich werde Ihnen jeden Knochen im Leib zerbrechen, wenn Sie mir nicht auf der Stelle erzählen, weshalb Sie uns hinterherschleichen!«

»Sie stecken mit denen unter einer Decke, Swanson.« Knight rang keuchend nach Luft, und Swanson lockerte den Druck etwas.

»Was reden Sie da für einen Schwachsinn?« Er nahm den Arm herunter und packte stattdessen mit beiden Händen Knights Mantelkragen. »Also los! Was wollen Sie?«

Phelps stand schweigend und staunend daneben. Noch immer viel zu überrascht, um etwas zu sagen.

»Das ist ein freies Land, Sir!«, knurrte Knight verächtlich. »Ich kann gehen, wohin ich will. Noch haben Sie nicht alles unter Ihrer Kontrolle.«

Swanson stieß einen tiefen Seufzer aus. »Gut, Mann«, sagte er. »Ich werde Sie jetzt loslassen. Meinetwegen können wir auch vernünftig miteinander reden. Aber ich verlange eine Erklärung!«

»Der Mann, der im Zug gestorben ist«, sagte Knight, rieb sich den Hals und blinzelte Swanson mit zusammengekniffenen Augen an. »Er war Freimaurer, nicht wahr? So wie Sie!«

»Und wenn dem so wäre?«, fragte Swanson. »Würde das einen Unterschied machen?«

Knight schwieg eine Weile, dann huschte plötzlich ein

kleines Lächeln über seine Züge. »Sie müssten das besser wissen als ich, Sir.«

»Ich habe nicht die geringste Ahnung, was Sie meinen.« Swanson ließ den Kragen los und trat einen Schritt zurück. »Sind Sie uns deswegen hinterhergelaufen, um herauszufinden, ob ich der Bruderschaft angehöre, Knight? Wenn es das war, hätten Sie sich die Mühe sparen können. Sie hätten mich einfach nur freundlich und mit der gebotenen Höflichkeit zu fragen brauchen, und ich hätte Ihnen eine ehrliche Antwort gegeben. Sie hingegen bringen nichts weiter vor als Anschuldigungen. Und das in einer äußerst rüpelhaften Art und Weise.«

Der Journalist sah aus, als wäre ihm die Antwort egal. Alles, was er wollte, war die Bestätigung seiner hanebüchenen Theorien, dachte Swanson. Männer dieses Schlages gab es jede Menge. Ihnen mit Tatsachen oder auch nur mit dem gesunden Menschenverstand beizukommen, war nahezu unmöglich. Nichts war schlimmer als eine verfestigte Meinung im Kopf eines von seinem überlegenen Intellekt überzeugten Mannes.

Knight steckte die Hände in die Taschen. »Finden Sie es nicht merkwürdig, dass man einen Freimaurer damit betraut, den Mord an einem anderen Freimaurer aufzuklären?« Er lächelte vielsagend.

»Also gut.« Swanson verschränkte die Hände hinter dem Rücken. »Was möchten Sie mir erklären, Mr Knight?«

»Dass ich es für ausgesprochen sonderbar halte, in diesem Fall einen Eingeweihten mit den Ermittlungen zu beauftragen.«

Swanson runzelte die Stirn. »Was meinen Sie mit: einen Eingeweihten?«

»Ich habe meine Quellen, Mr Swanson. Ich weiß mit

Bestimmtheit, dass Sie Freimaurer sind«, sagte Knight. »Außerdem: Leute wie Sie kann ich zehn Meilen gegen den Wind riechen.« Sein verächtlicher Gesichtsausdruck machte mehr als deutlich, was er von Freimaurern hielt. »Sie wissen genauso gut wie ich, dass Ihre Logen schon immer in die barbarischsten Verbrechen verstrickt waren.«

»Ich empfehle Ihnen sehr, diese Beleidigungen zu unterlassen, Sir.«

»Ist das eine Drohung?«

»Nein«, entgegnete Swanson. »Es ist eine Empfehlung.«

»Nehmen Sie nur die Ripper-Morde. Wir beide wissen, wer sie verübt hat, nicht wahr?«

Swanson wusste es in der Tat. Doch er bezweifelte sehr, dass dieser Mann den geringsten Schimmer davon hatte.

»Sie sind ein wenig vom Thema abgekommen«, sagte Swanson. »Was genau haben Sie nun gegen meine Ermittlungen einzuwenden, Mr Knight?«

»Sie sind natürlich voreingenommen, Chief Inspector«, entgegnete Knight und verschränkte die Arme vor der Brust. »Ich kenne mich mit der Bruderschaft aus. Ihr haltet zusammen wie Pech und Schwefel. Und Sie sind Freimaurer. Das Opfer war einer Ihrer Brüder. Wie wollen Sie da unvoreingenommen bleiben?«

Swanson fragte sich, ob Knight sich darüber im Klaren war, dass er ihm in die Hände spielte. »Was Sie andeuten, Mr Knight«, sagte er, »ist Folgendes: Sie behaupten, die Verbindung zu einem Mitglied unserer Bruderschaft würde mein Urteilsvermögen eintrüben, habe ich recht?«

»Sie sagen es.«

»Dann dürften Sie es mir – würde ich Ihrer Argumentation folgen – nicht negativ auslegen, dass ich in dem Fall ermittle, sondern es im Gegenteil sogar begrüßen.

Immerhin ist nicht der Mörder einer von uns, sondern das Opfer.«

»Das sagen *Sie*. Und ich weiß aus zuverlässiger Quelle, dass es gar nicht in Ihrem Interesse liegt, diesen Fall aufzuklären.«

»Wollen Sie damit andeuten ...« Swanson verstummte. Er warf den Kopf zurück und sah den Journalisten von der Seite her an.

»Ich will rein gar nichts andeuten, Chief Inspector«, sagte Knight mit einem bösartigen Lächeln. »Rein gar nichts.«

»Wer immer Ihre Quelle ist, sie ist falsch informiert, Mr Knight«, sagte Swanson, obgleich ihm klar war, dass er argumentieren konnte, wie er wollte, der Journalist würde in jedem Fall darauf bestehen, dass etwas mit den Ermittlungsarbeiten nicht stimmte, nur weil der ermittelnde Beamte selbst dem Bund der Freimaurer angehörte. Letztlich sagte er: »Wir beide sind fertig, Mr Knight, *Sir*. Ich sehe keinerlei Veranlassung, mich weiter mit Ihnen zu unterhalten.«

Knight stieß einen verhaltenen Lacher aus. »Das war mir klar. Sobald Sie zu schwimmen anfangen, ist die Diskussion beendet.«

»Nein. Nein, mein verehrter Mr Knight«, sagte Swanson ernst, wobei er jedes einzelne Wort genau betonte. Er trat ganz nahe an Knight heran, blickte ihm fest in die Augen und hielt ihm den Zeigefinger unter die Nase. »Sie sind derjenige, der ins Schwimmen gerät. Sie glauben so viel zu wissen. Sie glauben, Sie könnten sich komplizierte Zusammenhänge allein dadurch erklären, dass Sie sehr einfache Wahrheiten dafür erfinden. Und dabei halten Sie sich auch noch für besonders weltmännisch und offen. Tatsächlich aber sind Sie dermaßen verblendet von Ihren Vorurteilen, dass Sie es selbst nicht einmal bemerken.«

Knight grinste. »Wir sehen uns wieder, Mr Swanson. Dessen bin ich sehr sicher. Ich weiß, was Sie getan haben. Und ich werde es beweisen.«

Ohne es zu wollen, ballte Swanson die Fäuste.

»Lassen Sie gut sein, Sir«, bemerkte Phelps. »Der Mann ist den Ärger nicht wert.«

Über sich selbst entsetzt streckte Swanson rasch die Finger und steckte die Hände in die Hosentaschen.

Dann wandte er sich zähneknirschend um und ging ohne ein weiteres Wort davon. Sergeant Phelps musste sich beeilen, um mit ihm Schritt zu halten.

Als Donald Swanson in der Nacht allein in den Yard zurückkehrte, kam ihm Sergeant Penwood entgegen, der seinen Dienst beendete und bereits Zivilkleidung trug.

»Entschuldigung, Sir«, sagte er und blinzelte knopfäugig hinter seiner Brille hervor. »Ein Mr Knight war am Nachmittag hier, während Sie weg waren. Ich dachte, Sie kämen schneller wieder zurück, da ließ ich ihn warten.«

»Knight?« Swanson glaubte, sich verhört zu haben. »Stephen Knight?«

»Ja, Sir.«

»Was hat er getan, während er wartete?«

»Hat bloß ein bisschen dagesessen, Tee getrunken und auf seinem Notizblock herumgekritzelt.«

Swanson ahnte nichts Gutes. »Haben Sie ihn in meinem Büro alleingelassen, Penwood?«

»Na ja, Sir, klar. Ich hatte doch zu tun. Hab ihm einen Tee aufgebrüht und dann die Akten sortiert, wie Dew es gesagt hat.«

»Wie lange war er allein?«

»Eine Viertelstunde, vielleicht eine halbe. Hat seinen Tee ausgetrunken und ist dann wieder gegangen. Hab ich was falsch gemacht, Sir?«

»Nein, Penwood«, log Swanson. »Schon gut. Es ist nur so, dass der Mann Journalist ist und nicht gerade ein Freund von mir. Sollte er noch einmal auftauchen, gehen Sie nicht aus dem Zimmer.«

»Hat der verfluchte Kerl rumgeschnüffelt?« Penwoods winzige Knopfaugen weiteten sich. »Dann kann er aber was erleben, Sir, das sage ich Ihnen.«

»Ich werde das überprüfen«, sagte Swanson. »Gute Nacht, Penwood. Ich denke, Ihre Frau wartet mit dem Nachtessen auf Sie.«

»Wollen Sie denn nicht auch nach Hause gehen, Sir?«

Allein der Gedanke an das große leere Haus in Kennington erfüllte Swanson mit Wehmut. »Ich kann ohnehin nicht schlafen«, sagte er. »Gute Nacht.«

Und als Clarence Penwood gegangen war, sah sich Swanson in seinem Büro um. Es schien alles in bester Ordnung zu sein, obgleich er sich nicht sicher war, ob nicht doch der eine oder andere Bleistift fehlte. Der leere Wandhaken neben der Tür, an dem einmal sein Schlagstock gehangen hatte, entging ihm jedoch.

Swanson schüttelte die kratzige Pferdedecke auf und legte sich angezogen, wie er war, zum Schlafen auf die schwankende Pritsche. Morgen würde er mit Charles Arthur Breddons Logenbrüdern sprechen, und dann musste er unbedingt diesen vermaledeiten Armeemantel nach York zurückschicken. Der musste ihn mittlerweile ein kleines Vermögen kosten.

KAPITEL 14

»Dieser Knight hat gesagt, der Mord im Zug habe etwas mit der Freimaurerei zu tun, Sir«, bemerkte Sergeant Peter Phelps am folgenden Morgen. »Wie kommt er bloß darauf?«

»Wegen dieses Briefes«, sagte Swanson und reichte Phelps das seltsame Schreiben. »Ich fand ihn bei dem toten Mr Breddon.«

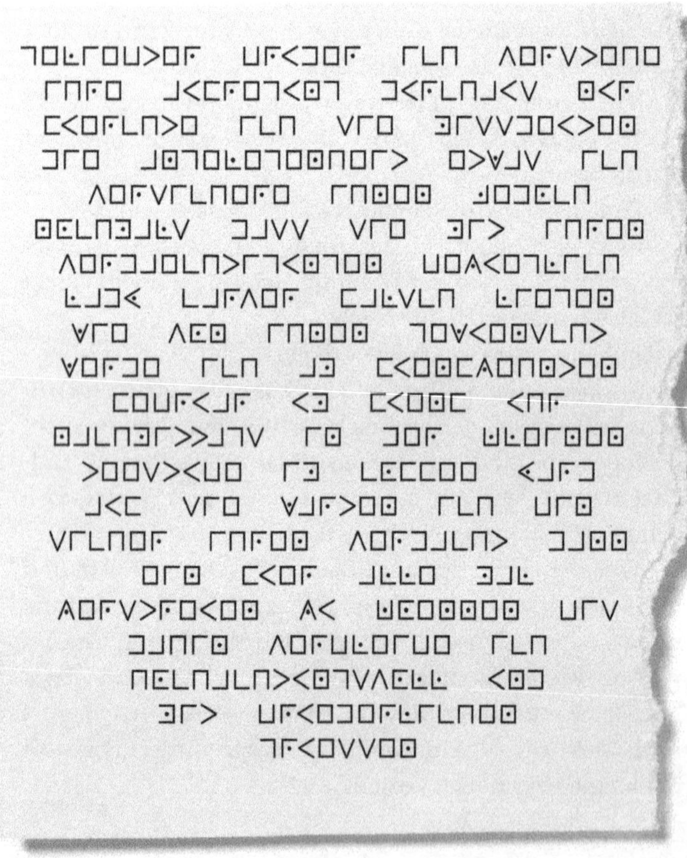

»Heiliger Bimbam!« Phelps hielt das Blatt mit spitzen Fingern fest, und starrte so entgeistert darauf, als habe er Sorge, es könne im nächsten Moment in Flammen aufgehen. »Was, zum Henker, soll das sein?«

»Eine alte, freimaurerische Geheimschrift«, klärte Swanson ihn auf. »Allerdings ist sie heute kaum noch gebräuchlich.«

»Und was bedeutet sie?«

»Sinngemäß sagt der Schreiber dieser Zeilen, er sei Freimaurer, und er wolle sich mit dem Empfänger treffen, um einen Verdacht bezüglich Lady Carver auszuräumen.«

»Aber dann ist ja alles klar.« Phelps reichte Swanson den Brief zurück. »Charles Breddon war Freimaurer, wie dieser Knight gesagt hat, sonst hätte er den Brief nicht lesen können. Und der, der ihm den Brief geschickt hat, muss ebenfalls einer gewesen sein. Damit steht zumindest fest, dass Knight recht hat. Der Mord hat mit dieser seltsamen Geheimgesellschaft zu tun. Wenn eines sicher ist, dann das.«

»Sicher kann man sich da nie sein«, entgegnete Swanson in nachdenklichem Ton. »Es wäre entschieden zu voreilig, sich auf einen vermeintlichen Sündenbock einzuschießen.«

»Aber ich bitte Sie, Sir!« Phelps verschränkte die Arme vor der Brust und sah den Chief Inspector mit gerunzelter Stirn an. »Breddon und der Absender der Nachricht waren beide Freimaurer, so viel steht fest. Die Nachricht spricht für sich. Es sei eine Geheimschrift der Freimaurer – das haben Sie gerade selbst gesagt.«

»Und trotz allem müssen diese Verbrechen nichts mit der Freimaurerei an sich zu tun haben«, beharrte Swanson. »Nur weil zwei Pfarrer das Leben verloren haben, würden

Sie auch nicht die Kirche zur Verantwortung ziehen, habe ich recht?«

»Ich weiß nicht, ob das ein besonders guter Vergleich ist, Sir.«

»Er ist es«, sagte Swanson. »Kommen Sie, Phelps, wir haben zu arbeiten. Lassen Sie uns sehen, was wir haben.«

Sergeant Phelps hüpfte von der Tischkante, rollte die alte Schultafel, die ihnen schon so oft gute Dienste geleistet hatte, in die Mitte des Zimmers und zog die staubige Packdecke herunter, die zum Schutz darüberhing. Dann kramte er seinen Notizblock hervor, leckte den Daumen an und blätterte die Seiten um. »Kann losgehen, Sir.«

Swanson trat an die Tafel und nahm die Kreide in die Hand. »Da hätten wir zunächst Mr Charles Arthur Breddon«, begann er und schrieb den Namen in die linke obere Ecke der Tafel. »Ein Apotheker aus Mayfair. 58 Jahre alt, verheiratet, keine Kinder. Er starb im Zug nach York, wo er sich mit einem Unbekannten zu treffen beabsichtigte.«

»Und er war Freimaurer, Sir.«

»Natürlich, natürlich«, sagte Swanson und zeichnete das Zirkel-&- Winkel-Symbol neben dessen Namen. »Das sollten wir keinesfalls unterschlagen.« Er schmunzelte.

Phelps nickte zufrieden. Er blätterte eine Weile in seinen Aufzeichnungen, dann sagte er: »Soweit wir wissen, nahm er vergangenen Dienstag den 16 Uhr 50 Zug ab Paddington, um nach York zu reisen – genau wie Sie und Ihre Familie.«

»Reicht es Ihnen, wenn ich mich selbst dazuschreibe, Phelps?«, fragte Swanson mit einem Lächeln. »Oder bestehen Sie auch auf Annie und die Kinder?«

»Das ist nicht witzig, Sir!«

»Sicher nicht. Weiter.«

»Breddon wird durch eine Taschenuhr verletzt, die in seiner Westentasche explodiert, und anschließend durch einen Dolchstoß getötet. Wie wir nun wissen, erhielt er die Uhr sehr wahrscheinlich als Geschenk. Sie wurde ihm durch einen Boten zum Jeremia Stone Hotel geschickt, wo er sie vermutlich kurz vor seiner Abreise nach York abholte. Breddon war vermögend. Auch wenn er erst durch die Heirat zu Geld kam.« Phelps hielt inne. »Wir sollten Mrs Breddon auf die Liste setzen, Sir. Sie hätte ein Motiv für den Mord an ihrem Gatten gehabt, weil Breddon in außerehelichen Gewässern fischte.«

Swanson schrieb ihren Namen auf die Tafel. Dann sagte er: »Lady Carver, die fragliche Nebenbuhlerin, starb jedoch bereits vor einiger Zeit, was das Ganze wieder relativiert.«

»Bleibt noch immer Rache als Motiv.«

»Doch Mrs Breddon liebte ihren Mann«, sagte Swanson. »Von Seiten der Geliebten drohte keine Gefahr mehr; sie war tot. Die Sache war ausgestanden. Warum hätte sie ihren Gatten noch töten sollen?«

»Was, wenn er ein richtiger Schürzenjäger war?«, überlegte der Sergeant. »Die Welt ist voller Lady Carvers.«

»Da haben Sie recht, Phelps.« Swanson malte ein Ausrufezeichen hinter Mrs Breddons Namen.

Phelps lehnte sich in seinem Stuhl zurück und verschränkte die Hände im Nacken. »Was ist mit den beiden Leuten, die im Abteil waren, als Breddon starb?«

»Die beiden können wir vergessen, denke ich«, meinte Swanson. »Wir sollten uns auf den Pfarrer konzentrieren. Ganz augenscheinlich zog er die Notbremse, tötete Breddon und verließ dann fluchtartig den Zug. Er verständigte nicht die Polizei und löste sich anschließend in Luft auf. Ab da tappen wir im Dunkeln.«

»Bleibt also wieder nur dieser merkwürdige Brief«, sagte Phelps. »Am Ende kommen wir wieder und wieder auf die Freimaurer zurück.«

»Was wissen Sie eigentlich über die Freimaurer, Phelps?«

»Nur das, was alle wissen.«

»Und das wäre?«

»Dass sie mit dem Bösen im Bunde sind, Sir. Sie treffen sich im Geheimen in ihren Tempeln und huldigen dem Teufel. Oder Baphomet oder sonst wem mit einem Pferdefuß.«

Swanson lachte. »Was würden Sie sagen, wenn ich Ihnen erzählte, dass Knight recht hat, wenn er behauptet, ich gehöre ebenfalls der Bruderschaft an.«

»Dann würde ich glauben, Sie wollen mich auf den Arm nehmen, Sir«, entgegnete Phelps.

»Aber es stimmt«, sagte Swanson. »Ich bin Freimaurer.«

»Sie beten den Teufel an?« Phelps war entsetzt.

»Wie lange kennen Sie mich jetzt schon?«

»Eine ganze Weile, Sir. Fast zehn Jahre.«

»Mache ich auf Sie den Eindruck, als würde ich Dämonen beschwören oder den Leibhaftigen anbeten?«

»Nein, Sir, ehrlich gesagt, nicht«, sagte Phelps. »Aber was ist mit den Ritualen. Ist das alles Unsinn?«

»Wir haben Rituale, Phelps«, sagte Swanson. »Doch die hatte Ihre Mutter auch, wenn Sie Ihnen damals eine Gute-Nacht-Geschichte vorgelesen hat.«

»Das ist nicht dasselbe. Wenn da wirklich nichts Schlimmes in den Logen geschehen würde, könnten Sie doch darüber reden.«

»Die Rituale sind doch längst bekannt«, sagte Swanson. »Schon im letzten Jahrhundert wurden sie von einem Mann namens Pritchard veröffentlicht.«

»Es gab einen Abtrünnigen?« Phelps' kriminalistischer Spürsinn schien einstmals begangenes Unrecht zu wittern.

»Nun, einige würden ihn wohl auch heute noch als solchen bezeichnen.«

»Hat man den Mann denn …?« Phelps machte eine bedeutungsvolle Geste mit der Hand an seinem Hals.

»Natürlich nicht.« Swanson steckte die Hände in die Hosentaschen. »Denn trotz anderslautender Gerüchte laufen wir nicht herum und begehen Ritualmorde, Phelps. Nicht mal dann, wenn man unser Vertrauen missbraucht, so wie Pritchard es gemacht hat. Sehen Sie, letztlich hat er den britischen Freimaurern sogar einen großen Gefallen getan, denn mit seinem Buch war es auch den Brüdern zum ersten Mal möglich, den Ritualtext nachzulesen und auswendig zu lernen.«

»Und was steht drin?«

»Darüber kann ich leider nicht sprechen«, sagte Swanson und breitete die Arme aus. »Es steht Ihnen jedoch frei, jederzeit in die Bibliothek des britischen Museums zu gehen und es selbst nachzulesen.«

»Tatsache, Sir?« Phelps war erstaunt.

»Ganz recht. Sie sehen also, es gibt nichts wirklich Geheimnisvolles mehr an der Freimaurerei.«

»Aber trotz allem wollen Sie mir nichts darüber erzählen.«

»Ich kann mit Ihnen nicht darüber sprechen, so leid es mir tut.«

»Das verstehe ich nicht. Wenn es angeblich keine Geheimnisse mehr gibt«, sagte Phelps, »wenn diese Rituale, oder wie auch immer Sie das Ganze nennen, ohnehin bereits bekannt sind, begreife ich nicht, warum Sie nicht darüber sprechen.«

Swanson dachte einen Augenblick nach. Es war nicht ganz einfach, diese Frage zu beantworten. Wenn er an Knight mit seinen unverrückbaren, in Stein gemeißelten Meinungen dachte, wurde ihm klar, dass es entweder einer sehr guten Erklärung oder einer offenen Geisteshaltung bedurfte, um diese Verschwiegenheit zu begreifen. Er hoffte, dass Phelps zumindest über Letzteres verfügte. Schließlich sagte er: »Ich nehme an, Sie sind mit den Geheimnissen der menschlichen Fortpflanzung vertraut, Sergeant?«

»Nun, Sir …« Phelps errötete. »Sicher, aber …«

»Sehen Sie – und doch würden Sie wohl kaum eine wohlwollende Antwort erhalten, wenn Sie Penwood oder Wilson danach fragten, was genau sie denn mit ihren Gattinnen im Schlafzimmer tun.«

»Das … das ist doch etwas ganz und gar anderes!«

»Oh, finden Sie?« Swanson schüttelte den Kopf. »Ich denke nicht. Im Grunde hat alles mit Vertrauen zu tun. Und mit Anstand und Respekt. Glauben Sie mir, wenn ich Ihnen sage, dass wir nichts weiter wollen, als anständige Menschen zu sein?«

»Ihnen schon, Sir.« Der Sergeant zog ein unglückliches Gesicht. »Wenn Knight unrecht hat, was ist dann mit all diesen Geheimwörtern und Zeichen, von denen ich gehört habe? Normale Menschen benutzen so etwas nicht, Sir. Es muss ja irgendetwas Okkultes dahinterstecken. Sonst gäbe es die ja nicht.«

»Die meisten dürften mittlerweile ebenfalls bekannt sein«, sagte Swanson. »Und wenn ich sie Ihnen verriete, wären Sie doch nicht mit einem Mal Freimaurer.«

»Wozu braucht man sie dann?«

»Um sich in Verschwiegenheit zu üben, Phelps. Zu

nichts weiter. Nehmen wir an, wir beide würden uns – nur so zum Spaß – ein Losungswort ausdenken. Ein Wort, mit dem wir uns hier im Yard jeden Tag bei Dienstantritt begrüßten. Ein Wort, das wir geloben, an niemanden sonst weiterzugeben.« Er hob den Zeigefinger. »Und nehmen wir weiter an, ich würde es eines Tages an Dew oder Wilson verraten, weil die beiden mich ständig fragen, was wir uns jeden Tag bei der Begrüßung zuflüstern würden.« Er hielt inne und sah den Sergeant eindringlich an. »Was, meinen Sie, Phelps, würde das über mich aussagen?«

»Ich würde wohl ganz zu Recht annehmen, dass Sie Ihren verdammten Mund nicht halten können«, sagte Phelps und fügte rasch »ich bitte vielmals um Entschuldigung, Sir« hinzu.

»Sehen Sie? Wenn ich nicht einmal in der Lage bin, etwas so Unwichtiges wie unser Spaßgeheimwort für mich zu behalten, würden Sie dann tatsächlich das Risiko eingehen, mir etwas wirklich Wichtiges anzuvertrauen? Seien Sie ehrlich mit sich. Ich denke, nein, Phelps.«

»Ich glaube, jetzt verstehe ich, was Sie meinen«, sagte Phelps. »Danke, Sir.«

»Das freut mich.« Swanson rieb sich die Schläfen. All die falschen Fährten hatten ihm mehr zu schaffen gemacht, als er sich selbst einzugestehen bereit gewesen war. »Kommen wir zu unserem Problem zurück, Phelps. Wir haben es mit einem Freimaurercode zu tun. Und lassen wir dabei all die Gerüchte, die Sie irgendwann einmal gehört haben mögen und an die Knight so sehr glaubt, einstweilen außer Acht.«

»Sehr gern, Sir«, sagte Phelps und straffte sich. »Was hat es mit der Botschaft auf sich?«

Swanson rieb sich nachdenklich über die Stirn. »Womöglich ist sie der Schlüssel zu dem ganzen Fall.«

Phelps sah ihn erwartungsvoll an. »Wie liest man sie denn, Sir?«

»Nun, ich könnte es Ihnen natürlich sagen, mein Junge«, meinte Swanson und blickte den Sergeant sehr ernst an, »aber dann würde ich Sie natürlich anschließend töten müssen.«

»Sir ... ich ...« Phelps wich instinktiv einen Schritt zurück.

»Ich mache bloß Spaß, mein lieber Phelps«, sagte Swanson und klopfte ihm schmunzelnd auf die Schulter.

»Das ... ist einigermaßen beruhigend, Sir.« Der Sergeant sah noch immer etwas blass um die Nase aus. »Kann ich mir bei Ihnen auch gar nicht vorstellen.«

»Kommen Sie her, ich will es Ihnen erklären«, sagte Swanson. Er griff in die Brusttasche seines Jacketts, zog abermals den Zettel heraus, faltete ihn auseinander und strich ihn auf dem Tisch glatt. »Sehen Sie sich den Brief noch einmal an.«

Phelps tat es. Doch es half ihm nicht viel. »Heißt das, Sie wollen mir verraten, wie man diesen Code entschlüsselt?«

»Ja, Phelps. Allerdings nur, wenn Sie mir versprechen, ihn für sich zu behalten und den ganzen Unsinn zu vergessen, den Knight allenthalben über die Freimaurer verzapft.«

Phelps winkte ab. »Von wegen auf Ziegen reiten und dergleichen?« Er kicherte.

»Genau.«

»Es stimmt doch wirklich alles nicht, oder?«

»Phelps!«

»Bitte entschuldigen Sie, Sir.«

»Der Code basiert auf einem System aus Quadraten und Winkeln. Für jeden Buchstaben gibt es ein Symbol.« Er nahm ein Blatt Papier und zeichnete zwei quadratische Kästen darauf, die er in neun gleiche Kästchen unterteilte. Darunter zwei liegende Kreuze. Dort hinein schrieb er die Buchstaben des Alphabets. »Sehen Sie, Phelps. So einfach ist das.«

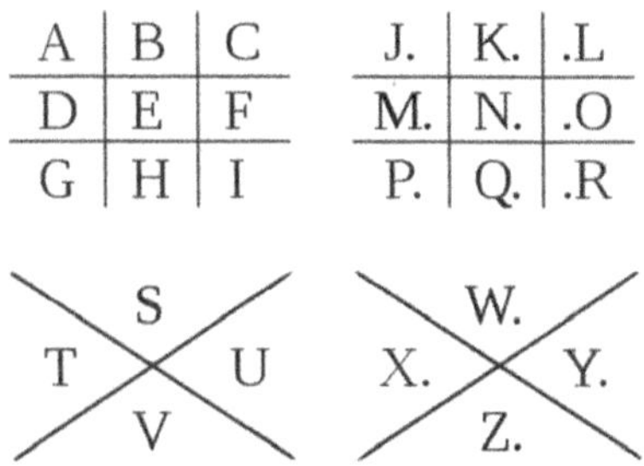

Phelps hob den Blick und zuckte mit den Schultern. »Wenn man es weiß, ist es wirklich ganz einfach.«

»Nicht wahr?« Swanson erhob sich. »Wir werden jetzt gemeinsam einen Besuch machen.«

»Und wohin gehen wir?«

»Great Queen Street. Zum Hauptsitz der Vereinigten Großlogen von England.« Er angelte Phelps' Mantel vom Stuhl und warf ihn dem verblüfften Beamten zu. »Schnappen Sie sich Ihren Hut, Sergeant.«

KAPITEL 15

Eine Dreiviertelstunde darauf stiegen Chief Inspector Donald Swanson und Sergeant Peter Phelps vor dem imposanten Gebäude der Vereinigten Englischen Großlogen aus der Droschke, die sie in die Great Queen Street gebracht hatte.

»Ehe wir dort hineingehen, Sir ...« Peter Phelps trat nervös von einem Fuß auf den anderen. »Muss ich irgendetwas beachten?«

»Nein, nein, Phelps, keine Sorge«, entgegnete Swanson. »Seien Sie einfach ganz Sie selbst. Aber überlassen Sie das Reden mir.«

»Sicher, Sir.«

»Ach, und wenn Sie einem Bruder vorgestellt werden, legen Sie bitte die Fingerspitzen beider Hände an die Schläfen.«

»Schon klar, Sir. Kein Problem«, sagte Phelps. »Die Daumen auch?«

»Du lieber Himmel, nein! Niemals die Daumen, merken Sie sich das«, sagte Swanson, der sich bemühte, ein halbwegs ernsthaftes Gesicht aufzusetzen. »Das würde uns beide in Teufelsküche bringen.«

»Ich werd's beherzigen, Sir. Noch etwas?«

»Eine letzte Kleinigkeit.« Swanson hob den Zeigefinger. »Wenn wir uns verabschieden, klatschen Sie auf mein Zeichen hin zwei Mal in die Hände und verlassen Sie dann zügig das Gebäude, ohne sich umzusehen. Aber warten Sie vor dem Eingang auf mich.« Er schenkte ihm ein aufmunterndes Lächeln. »Doch vor allem: Seien Sie einfach Sie selbst.«

»Das erscheint mir …«, Phelps zögerte, »… nicht besonders schwierig zu sein«, sagte er schließlich, wenngleich

Swanson den Verdacht und die Hoffnung hatte, sein Sergeant hätte lieber etwas anderes gesagt.

Sie durchschritten die hohe marmorne Eingangshalle und kamen an einem reich verzierten bronzenen Tor vorüber, vor dem ein Mann mit einem Schwert in der Hand Position bezogen hatte. Er trug einen Zylinder, weiße Handschuhe und eine Schärpe um den Bauch.

Phelps sprach Swanson an und fragte ihn, was der Mann denn dort bewache.

»Die Ställe«, entgegnete Swanson, während er weitereilte.

»Ställe, Sir?«

»Für die Ziegen, Phelps.« Er grinste verschmitzt. »Für die Ziegen.«

Schließlich gelangten sie in einen gemütlich eingerichteten Clubraum im zweiten Stock des Gebäudes. Einige ältere Gentlemen saßen in ihren Ledersesseln und lasen in der Times. Im Kamin brannte ein knisterndes Feuer und an der Theke lehnte ein weiterer Herr, der gut gelaunt mit dem Barmann scherzte und nebenher an seinem Brandy nippte.

Swanson steuerte auf einen Herrn zu, der mit einer Ausgabe des Pink 'Un auf dem Schoß in seinem Sessel döste. Er tippte ihn vorsichtig an, bis der die Augen aufschlug.

»Swanson, alter Knabe«, rief er erfreut. »Sie habe ich ja seit einer Ewigkeit nicht mehr gesehen.«

»Die Arbeit«, meinte Swanson. »Man kommt ja fast zu nichts anderem mehr. Wie stehen die Wetten, Carstairs?«, fragte er.

Carstairs nickte verständnisvoll. »Oh! Wie ich sehe, haben Sie Besuch mitgebracht.«

»Das ist Peter Phelps«, stellte Swanson seinen Sergeant

vor, dessen Hände pflichtschuldig zu den Schläfen hochschossen. »Wir arbeiten seit fast zehn Jahren zusammen.«

»Großartig!« Carstairs hielt ihm die Hand hin und Phelps streckte statt seiner Hand den Ellenbogen aus. »Sehr erfreut.«

»Ich bin hier, weil ich in einem Mordfall ermittle«, sagte Swanson. »Ich muss Ihnen einige Fragen stellen.«

»Ein Mordfall?« Carstairs blickte ihn betroffen an. »Es ist doch aber keiner der Brüder involviert, was?«

»Das werde ich feststellen müssen«, sagte Swanson. »Das Opfer war Mitglied der Loge Royal York. Sein Name ist Charles Arthur Breddon.«

»Großer Gott! Breddon ist ermordet worden?«

»Leider ja. Kannten Sie ihn?«

»Selbstverständlich kannte ich ihn«, antwortete Carstairs. »Er war mein Apotheker. Mixte mir jede Woche eine Tinktur gegen Haarausfall. Sie sehen mich schockiert, Swanson. Wirklich, schwer schockiert. Er war solch ein angenehmer Mann. Und er machte gute Preise.«

»Wann haben Sie zuletzt mit ihm gesprochen?«

»Ist noch nicht lange her«, sagte er. »Letzte Woche. Er hatte sich gerade ein neues Paar Ziegenlederhandschuhe von erlesener Qualität gekauft und versprach, mir auch eines zu besorgen.« Er blies die Wangen auf. »Tragisch. Äußerst tragisch.«

»Kam er Ihnen in letzter Zeit anders vor als sonst?«

»Nein. Er war wie immer. Obwohl …«

»Obwohl?«

»Jetzt, wo Sie mich fragen. Breddon sprach davon, in einem Gewissenskonflikt zu stecken«, meinte Carstairs, rollte seine Wettzeitung zusammen und klopfte damit auf seinen Knien herum. »Dummerweise war ich damals etwas in Eile und verwies ihn an Bryant, unseren Sekretär. Er hat reichlich Erfahrung, wie Sie ja wissen. Ist Altstuhlmeister.«

»Ist Bryant hier?«, erkundigte Swanson sich.

»Wahrscheinlich in der Bibliothek«, sagte Carstairs. »Er hat gewisse Ambitionen.« Und er schmunzelte vielsagend.

»Ich will mal sehen, ob ich ihn finden kann.« Und Swanson bedeutete Peter Phelps, ihm zu folgen.

Die Bibliothek war ein kleiner, bis unter die Decke mit Bücherregalen vollgestopfter Raum im selben Stockwerk. Sir Owen Bryant stand auf der rollbaren Leiter und hatte ein aufgeklapptes Buch in der Hand. Phelps, der die Hände heruntergenommen hatte, während sie gingen, nahm sie gleich wieder an die Schläfen, als Swanson den Mann ansprach und seinen Sergeant abermals vorstellte.

Ja, Breddon hatte mit ihm gesprochen, versicherte Bryant. Er habe sich mit einem schwerwiegenden Problem an ihn gewandt.

»Fragte mich, inwieweit das Gebot der Verschwiegenheit seine Gültigkeit habe und ob es meiner Meinung nach Dinge gäbe, für die es nicht gelte«, sagte Bryant, klappte das Buch zu und schob es ins Regal zurück. Dann stieg er von der Leiter herunter und beäugte Sergeant Phelps, der noch immer mit den Fingern an den Schläfen neben Swanson stand. »Offenbar machte er sich Gedanken über etwas, das ein Bruder ihm anvertraut hatte, und kam deswegen in einen Gewissenskonflikt.«

»Was haben Sie ihm geraten?«, fragte Swanson.

»Ich sagte Breddon, alles hätte seine Grenzen. Wenn mir einer meiner Brüder zum Beispiel einen Mord gestehen würde, erklärte ich ihm, müsste ich trotz allem zur Polizei gehen, denn wir dürften unsere Interessen niemals und unter keinen Umständen über die des Gesetzes stellen.«

»Verstehe«, sagte Swanson. »Wie reagierte er?«

»Bedankte sich für das Gespräch und ging«, antwortete Bryant. »Doch er schien anschließend noch bedrückter zu sein als vorher.«

»Ich danke Ihnen, Sir Owen«, sagte Swanson.

Bryant kniff die Lippen zusammen. »Steckt Breddon etwa in Schwierigkeiten?«, fragte er.

»Nicht mehr«, sagte Swanson, bedankte sich erneut und ging mit Phelps hinaus.

»Haben Sie Bryant gefunden?« Carstairs lehnte an der Bar, als Swanson und Phelps den Clubraum durchquerten.

»Er hat uns sehr geholfen, danke.« Swanson reichte ihm die Hand und Phelps streckte wieder den Ellenbogen aus.

Und als Swanson Phelps zunickte, klatschte der zweimal kräftig in die Hände, drehte sich wortlos auf den Fersen um und eilte hinaus auf den Gang.

»Armer Teufel«, sagte Carstairs und reichte Swanson die Hand. »Nicht ganz gesund, will ich meinen.«

»Im Gegenteil, Arthur«, antwortete Swanson. »Ein mehr als vielversprechender Mann. Nur nach wie vor voller Standesdünkel und Obrigkeitsgehorsam. Aber das ist seiner Jugend und unserem Beruf geschuldet, fürchte ich.«

»Ah, verstehe! Sie haben ihn angewiesen, all das absurde Zeug zu tun.« Carstairs lachte.

»Den guten Ruf besitzt er schon«, meinte Swanson und klopfte Carstairs zum Abschied auf den Rücken. »Nun muss er noch lernen, ein freier Mann zu werden.«

Sergeant Phelps kickte gedankenverloren einen kleinen Stein auf dem Fußweg hin und her, als Swanson vor dem Logenhaus wieder zu ihm stieß. Er sah ihn zähneknirschend an und meinte: »Das war alles Unsinn, nicht wahr, Sir? Das ganze Theater mit den Händen an den Schläfen und dem Klatschen, habe ich recht?«

»Natürlich, Phelps«, sagte Swanson. »Oder hatten Sie den Eindruck, Sie seien da drin ganz Sie selbst gewesen?«

»Nein, Sir. Ich habe mich gehörig zum Affen gemacht.«

»Sehen Sie?«

Phelps blickte ihn fragend an. Doch mehr als diese Antwort bekam er nicht.

Von Carstairs und Bryant hatte Swanson erfahren, dass Charles Breddon einen schweren Gewissenskonflikt mit sich ausgefochten hatte. Getreu seinem Gelübde, ein ihm von einem Bruder anvertrautes Geheimnis für sich zu behalten, hatte er offenbar trotz seines Verdachts geschwiegen. Wenn das stimmte, hatte ihn das vermutlich das Leben gekostet.

Nun wusste Swanson einige Dinge beinahe sicher. Derjenige, der hinter Breddons Ermordung steckte, hatte über einen längeren Zeitraum mit ihm korrespondiert und ihn schließlich zu einer letzten Aussprache nach York gelockt. Der Mörder war im selben Zug gereist, hatte sich als Geistlicher verkleidet in Breddons unmittelbarer Nähe aufgehalten und war mit der Person identisch, die die Verabredung in der Teestube arrangiert hatte – denn nur der Täter selbst hätte wissen können, dass Breddon nicht mehr in der Lage sein würde, diese Verabredung wahrzunehmen. Und Swanson war noch etwas klar geworden: Der Mörder war ein Logenbruder. Das machte die Sache äußerst brisant. Ein fehlgeleiteter, vom Pfad der Tugendhaftigkeit und der winkelrechten Lebensweise abgefallener Mann, der dem ehrenhaften Bund der Freimaurer angehörte, auch wenn er im Herzen ein Teufel sein mochte.

Er, Donald Swanson, würde diesen Mann ausfindig machen und seiner gerechten Strafe zuführen – koste es, was es wolle.

Jetzt benötigte er schleunigst einen richterlichen Beschluss. Denn er würde den Leichnam Lady Mary Carvers exhumieren und kriminaltechnisch untersuchen lassen.

FÜNFTER TEIL

Verdacht

» Nichts auf der Welt ist so mächtig wie eine Idee, deren Zeit gekommen ist. «

Victor Hugo

KAPITEL 16

Um vier Uhr an diesem Nachmittag hatte Swanson den Beschluss zur Exhumierung der Leiche von Lady Mary Carver, und zwei Stunden darauf befand er sich bereits auf dem Friedhof. In Begleitung der Sergeants Penwood, Wilson und Phelps war er jetzt damit beschäftigt, im Mausoleum des alten Friedhofs von Highgate die Exhumierung zu überwachen. Ein älterer Friedhofswärter namens Crouch, den Swanson auf 120 Jahre schätzte, hatte sie zum Mausoleum hinaufgeführt und ihnen das jahrhundertealte, rostzerfressene Tor aufgesperrt.

Feuchte, abgestandene Luft schlug ihnen entgegen, durchsetzt vom süßlichen Geruch der verwesenden Körper ringsum.

»Was genau wollen Sie denn sehen?«, fragte Crouch, der ihnen das Tor aufhielt und es anschließend sorgsam wieder hinter ihnen schloss. »Wenn Sie Gräber aufmachen wollen, muss ich die Erlaubnis sehen. Ich muss ja sicher gehen, dass Sie überhaupt dazu befugt sind.«

»Sind wir«, sagte Sergeant Phelps und reichte ihm, ohne eine Miene zu verziehen, das fragliche Dokument. »Von Lord Oberrichter Denning verbrieft und gesiegelt. Wo genau liegt das Grab?«

»Welches wollen Sie denn sehen?«, fragte Crouch. »Das müssten Sie mir schon sagen.«

»Das von Lady Mary Carver«, sagte Swanson.

Der Friedhofswärter steckte den riesigen Schlüsselbund in seine Manteltasche. Swanson fand, dass der Mantel selbst aussah, als sei er aus Leichenteilen geschneidert. »Was stimmt denn nicht mit ihr?«

»Abgesehen davon, dass sie tot ist«, meinte Wilson,

»wissen wir das leider auch erst, wenn wir die Leiche vor uns haben.«

Sie fanden das Grab. Eine Art Regalfach, in dem ihr Sarg stand. Phelps, Wilson und Penwood zogen ihn mit vereinten Kräften heraus und stellten ihn auf dem Boden der Gruft ab. Den Sarg zu öffnen oblag dem Friedhofswärter.

Swanson kam nicht umhin zu bemerken, wie gut erhalten die Leiche nach all den Monaten noch immer aussah. Eine blasse, blonde Frau mit ebenmäßigen Zügen. Im Leben musste sie eine Schönheit gewesen sein. Der Chief Inspector wies die Sergeants an, den Sarg wieder zu verschließen und ihn zum Yard zu transportieren. Wenn Lady Carver eines unnatürlichen Todes gestorben war, würden Charly Stedman und seine Mannen es mit Sicherheit feststellen.

»Hat es was mit dem Kerl zu tun, der im Winter das Tor aufgebrochen hat?«, fragte Crouch.

»Jemand brach das Tor zum Mausoleum auf?« Swanson war hellhörig geworden. »Wann war das?«

»Am 13. Januar«, antwortete Crouch. »Keine Ahnung, was der Kerl wollte. War ein komischer Vogel. Ich stellte ihn zur Rede und lieferte ihn bei unserem Constable ab.«

»Sie schnappten den Mann?«

»Ganz recht, Sir«, sagte Crouch. »War ein Verrückter. Arbeitete wohl beim Theater und schrieb angeblich ein Buch. Den Namen von dem Kerl hab' ich vergessen. Wie gesagt: Lieferte ihn bei der Polente ab. Erzählte was von zwei Männern, die er beobachtet hätte. War natürlich nur 'ne Ausrede. Ich kenn' sie alle, das können Sie mir glauben.«

Eine Nachfrage auf der Polizeiwache von Highgate erbrachte rasch den Namen des Mannes, der angeblich im

Winter versucht hatte, in das Mausoleum einzudringen. Abraham Stoker, ein Angestellter des Lyceum Theaters in London. Man hatte ihn einen Tag in Verwahrung genommen und anschließend auf eine Anzeige verzichtet, da er einen festen Wohnsitz in London hatte vorweisen können.

Jetzt stand Swanson dem Mann in seinem Büro im Lyceum Theater gegenüber. Stoker war ein harmlos wirkender, gepflegter Mann mit einem akkurat gestutzten Bart, der eher wie ein überpenibler Büroangestellter oder Anwaltsgehilfe aussah. Schwer vorstellbar, dass dieser Mann nachts auf Friedhöfen herumschlich und Grabgewölbe aufbrach.

»Was genau haben Sie damals auf dem Friedhof beobachtet, Mr Stoker?«, fragte Swanson.

»Zwei Männer«, antwortete er. »Ich glaube, sie machten sich an dem Tor zur Gruft zu schaffen.«

»Und was hatten Sie selbst dort zu schaffen?«

»Ich … ich spazierte nur so herum.«

»Verbotenerweise, wie man mir versichert hat.«

»Ja, nun.« Stoker errötete und rang die Hände. »Ich wollte mich lediglich dort umsehen, nichts weiter.«

»Das hätten Sie auch bei Tage tun können.«

»Ich musste doch die Atmosphäre einfangen«, erklärte Stoker.

»Die Atmosphäre?«, fragte Swanson. »Und das war bei Tageslicht unmöglich?«

»Sie verstehen das nicht, Chief Inspector.«

»Da haben Sie recht, Sir«, sagte Swanson. »Bitte erklären Sie es mir.«

»Sehen Sie, ich trage mich mit dem Gedanken, einen Roman zu schreiben. Etwas ganz und gar Neuartiges. Ein

Werk, das die Welt verändern wird, wenn ich es so aufs Papier bekomme, wie es mir vorschwebt. Daher war mein Besuch in Highgate unabdingbar.«

»Das Buch wird also hauptsächlich in der Nacht spielen, Sir?«, fragte Phelps, der seinen aufgeklappten Notizblock in der Hand hielt, bislang aber noch nichts hineingeschrieben hatte.

»Ja«, sagte Stoker. »Und nein. Sagt Ihnen Vlad Dracul der Pfähler etwas?«

»Hat er nicht '91 wegen der Sache mit den minderjährigen Mädchen in Pimlico fünfzehn Jahre gekriegt, Sir?«, fragte Phelps, doch Swanson schüttelte den Kopf.

»Das war Vladimir Draper«, entgegnete er und wandte sich wieder Stoker zu. »Wer ist dieser Dracul?«

»Ein rumänischer Herrscher. Kämpfte im 15. Jahrhundert gegen die Osmanen, schlachtete sie und trank ihr Blut.«

Swanson fragte sich, ob er sich in Bezug auf Stokers biedere Erscheinung doch geirrt haben konnte. »Was ist mit ihm?«, fragte er.

»Er wird in meinem Buch die Hauptrolle spielen«, erklärte Stoker. »Es geht um eine geheimnisvolle Epidemie, die in London um sich greift, denke ich. Ganz genau habe ich die Handlung noch nicht ausgearbeitet, aber ich stelle es mir folgendermaßen vor: Ein rumänischer Graf kommt nach England. Und mit seiner Ankunft beginnt die Epidemie. Frauen sterben, und niemand weiß etwas Genaues.« Stoker offenbar auch nicht, dachte Swanson, doch er vermied es, ihn zu unterbrechen. »Wie sich im Laufe der Handlung herausstellt, ist Dracul ein Untoter, den es nach dem Blut Lebender dürstet. Er beißt ihnen in den Hals und saugt ihnen das Lebenselixier aus – ihr Blut.

Auf dem Friedhof von Highgate bestattet, kommen die Untoten jedoch zurück und laben sich …«

»Bitte entschuldigen Sie, Mr Stoker«, sagte Swanson, dem das Gespräch eine sehr einseitige und gänzlich falsche Richtung zu nehmen schien. »Das klingt alles höchst interessant … in gewisser Weise. Doch lassen Sie uns noch einmal auf die beiden Männer zurückkommen, die Sie in jener Nacht am Eingang der Gruft gesehen haben wollen. Wie sahen diese Männer aus? Und was genau taten sie? Bitte, Mr Stoker.«

Stoker sah enttäuscht aus. »Ich habe sie nicht so genau zu Gesicht bekommen. Zum einen war es stockdunkel und zum anderen wollte ich ja nicht, dass sie mich bemerkten, weil ich sie zunächst für Angestellte des Friedhofs hielt. Doch als sie eine große Zange benutzten, um das Schloss zur Krypta aufzubrechen, schöpfte ich Verdacht.« Er nickte, um seine Worte zu unterstreichen. »Normale Menschen hätten doch wohl einen Schlüssel benutzt.«

»Und was genau haben Sie beobachtet?«, fragte Phelps.

»Ich hielt mich in den Schatten verborgen und schlich ihnen erst nach, als mir klar wurde, dass sie Leichendiebe sein mussten.«

»Leichendiebe?« Das Wort hatte Swanson seit Jahrzehnten nicht mehr gehört. Und soweit er wusste, war keine der Leichen entwendet worden. »Wie kamen Sie darauf, die Männer seien Leichendiebe?«

»Ganz einfach –« Stoker senkte seine Stimme zu einem Flüstern. »Einer von ihnen hatte einen schottischen Akzent.«

Nachdem er den Abend bis halb elf in Gesellschaft Conan Doyles im Red Lion verbracht hatte, kehrte Swanson in den

Yard zurück, wo er die nächsten Stunden damit verbrachte, Berichte zu lesen und die Aufzeichnungen des Arztes durchzusehen, der vor beinahe einem Jahr die Obduktion der Leiche Lady Mary Carvers vorgenommen hatte. Der Mann selbst war nicht zu sprechen gewesen; angeblich war er vor zwei Wochen zu einem längeren Urlaub auf den Kontinent abgereist. Man erwartete ihn nicht vor Ablauf eines Monats zurück. Um an die Akte heranzukommen, war er gezwungen gewesen, das Krankenhaus von Wimbledon aufzusuchen. Nachdem man ihn mit seinem Anliegen von einer Abteilung zur nächsten und von einem Büro zum anderen geschickt hatte, gelangte er schließlich in das Archiv der Abteilung für tropische Krankheiten. Es lag im ersten Stock des alten Hospitals. Er musste eine gute halbe Stunde warten. Dann betrat eine streng aussehende, skeptisch dreinblickende Matrone den Raum und fragte ihn nach seinen Wünschen. Es dauerte noch einmal eine halbe Stunde, bis Swanson die Akte gebracht wurde und man ihm erlaubte, sie mit nach Whitehall zu nehmen.

Laut Obduktionsbericht war Mary Carver an Auszehrung gestorben. Eine Krankheit, von der Swanson bislang geglaubt hatte, sie käme in der heutigen, modernen Zeit ausschließlich in Afrika vor. Auszehrung! Wenn diese Diagnose heutzutage auf einem Totenschein auftauchte, dachte man ganz automatisch an eine Vergiftung mit Arsen. Ob er mit seinem Verdacht recht behielte, würde allein Stedman ihm verraten können. Doch der war noch immer mit der Leiche Lady Mary Carvers beschäftigt. Angeblich wollte er noch heute Nacht mit der Untersuchung fertig sein, die er nicht in seinem Laboratorium, sondern im Leichenschauhaus von Highgate durchführte. Doch als Stedman auch um elf Uhr am Abend noch nicht zurück im Yard war, beschlich Swanson allmählich der leise Verdacht, dass Charly den Ausflug nach Nordlondon als willkommene Abwechslung betrachtete, um sich ein paar Stunden Urlaub von den Katakomben zu verschaffen. Er konnte das gut verstehen. Verbrachte Stedman doch die meiste Zeit unter der Erde – entweder bis zu den Knöcheln im Schlamm eines für die Exhumierung einer Leiche ausgehobenen Grabes oder tief unten in den rattenverseuchten Gewölben von Scotland Yard, einem Ort, an dem die Worte Tag und Nacht dieselbe Bedeutung hatten und die Zeit still zu stehen schien.

Er las und las. Und so verging die Nacht.

KAPITEL 17

Edward Barton-Wright schloss gegen viertel vor sieben am Morgen die Hintertür des heruntergekommenen Hauses in der Shaftesbury Avenue auf, in dem sich die Räume seiner Selbstverteidigungsschule für Gentlemen befanden, und marschierte gut gelaunt in den großen Trainingsraum. Er entzündete die Lampen, überprüfte die Schlagpolster und die Degen, mit denen sie heute trainieren würden und ging dann in den kleinen Nebenraum hinüber, in dem sich der Kohleherd befand. Geldsorgen plagten Barton-Wright. Die Reisen nach China, Indien und Japan hatten ein größeres Loch in seine Haushaltskasse gerissen, als er sich einzugestehen bereit war. Doch das würde er schon wieder in Ordnung bringen. China, wo sein alter Lehrmeister noch immer auf die ausstehenden Gelder für den Privatunterricht wartete, war weit. Und bis die ersten Chinesen auftauchten, um im Auftrag seines ehemaligen Sifus den ausstehenden Mitgliedsbeitrag von ihm einzutreiben, hätte er durch seine eigene Schule für die Kunst der Selbstverteidigung genügend Geld gemacht, um ihm das Doppelte und Dreifache zahlen und seinen Lehrmeister damit milde stimmen zu können. Denn er hatte reichlich Kunden. Namhafte Kunden, wohlhabende Kunden, die aus Angst vor einem Überfall durch marodierende Straßengangs jede seiner Techniken begierig aufnahmen.

Als das Teewasser zu kochen begann, ging Barton-Wright pfeifend in den Lagerraum hinüber. Dort lagerte er die Matten, Kissen und die Bandagen für die Hände. Dort war es stockfinster.

Er riss ein Streichholz an, hielt es an den zischenden Glaskolben und erstarrte.

Die Leiche lag vor dem ebenfalls gasbeheizten Kamin, der Zimmertür gegenüber. Offensichtlich hatte man dem Mann den Schädel eingeschlagen, denn Blut und Gehirnmasse hatten sich um seinen Kopf herum ausgebreitet und die Matten ruiniert. Die Beine des Toten wiesen zum Sofa rechts vom Kamin, sein Kopf zur Tür. Es schien, als hätte er sich eben von dort erhoben, als der tödliche Schlag ihn traf. Sein linker Arm war in einem 45 Grad Winkel ausgestreckt, der rechte lag, mit der Handfläche nach oben, am Körper an, und seine blicklosen, halb geschlossenen Augen starrten zu den Beinen eines kleinen Tischchens hinauf, auf dem ein fetter, grinsender Buddha aus vergoldetem Messing stand. Ein Schlagstock aus dunklem Holz lag neben der Leiche.

Die Bücher standen unberührt in den Regalen, alle Schubladen in dem Schränkchen links der Tür waren geschlossen, nichts in dem kleinen Raum wies auf einen Einbruch hin.

Barton-Wright wandte sich einem hohen Regal zu, langte zum oberen Fach hinauf, wo versteckt die Kasse mit den letzten Tageseinnahmen stand, und holte sie herunter. Es fehlte nichts. Er entschied sich dazu, auch die anderen Räume zu überprüfen, ehe er sich auf den Weg machen wollte, die Polizei zu verständigen.

»Edward?« Es war Arthur Conan Doyle, der sich zu einem frühen Privattraining angemeldet hatte.

Barton-Wright schloss die Tür und lief ihm entgegen.

»Wie sehen Sie denn aus, alter Junge«, sagte Conan Doyle. »Entweder haben Sie ein Gespenst gesehen, oder Sie leiden an akuter Anämie, mein Bester.«

»Da … da ist eine Leiche in meinem Lagerraum«, hauchte Barton-Wright. Seine Finger umkrampften die Türklinke.

»Was?«

»Sie haben da drin irgendwen fertiggemacht«, sagte er am ganzen Körper zitternd und öffnete die Tür wieder.

Conan Doyle fuhr sich mit Daumen und Zeigefinger über die Augenbrauen, als er das Ausmaß körperlicher Zerstörung gewahrte. »Kennen Sie den Mann, Edward?«

»Nein.« Und dann: »Sehen Sie sich das Gehirn an.«

Für einige Sekunden sprach keiner von ihnen. Die Stille im Haus war erdrückend.

»Ich bleibe hier«, sagte Conan Doyle schließlich. Er kniete neben dem Mann und fühlte dessen Puls. »Der ist mausetot. Gehen Sie und rufen Sie einen Constable.«

Chief Inspector Donald Swanson hatte den Yard bereits um sechs verlassen, um sich aus seinem Haus in Kennington Kleidung zum Wechseln zu besorgen, und so war es Sergeant Peter Phelps, den man zum Fundort der Leiche schickte. Den Notizblock in der Hand und mit dem unangenehmen Gefühl im Herzen, die ganze Verantwortung allein zu tragen, stand er in der Tür zu jenem Raum, in dem die Leiche lag. Dazu kam noch, dass es sich bei dem Mann, dem man den Schädel mit einem Schlagstock zertrümmert hatte, um Stephen Knight handelte. Jenen Mann, mit dem Chief Inspector Swanson gestern Nacht aneinandergeraten war.

Conan Doyle warf einen kurzen Blick über Phelps Schulter. »Verdammt unangenehme Sache, was?«

»Bitte bleiben Sie zurück, Sir«, sagte der Sergeant, streckte die Hand nach hinten aus, ohne die Augen von der Leiche abzuwenden. »Ich möchte vermeiden, irgendwelche Spuren zu verwischen.«

»Ja. Sicher. Ja.« Der große Literat schob die Hände in die Hosentaschen. »Das ist immer das Wichtigste.«

Phelps besah sich den Toten genau und kam nicht umhin zu denken, dass der Killer wie ein Berserker gewütet haben musste. Der Schädel war aufgebrochen wie ein Frühstücksei. Überall war Blut.

»Ich bin Arzt, hatte ich das erwähnt?«, fragte Conan Doyle plötzlich in die entstandene Stille hinein.

»Nein, hatten Sie nicht«, entgegnete Phelps. »Aber vielen Dank.« Er ließ sich auf die Knie sinken und befühlte die rechte Hand des toten Mannes. Sie war kalt.

Hinter ihm räusperte sich Conan Doyle und begann ungeduldig auf den Fußspitzen zu wippen. »Schon eine Idee, Sergeant?«

Phelps ignorierte ihn.

Conan Doyle schnalzte mit der Zunge. »Also ich würde auf jemanden tippen, den der arme Kerl kannte.«

»Was Sie nicht sagen, Sir.«

»Sherlock Holmes würde ebenfalls auf jemanden tippen, der den armen Kerl kannte«, meinte Conan Doyle.

»Das dachte ich mir, Sir.«

»Ich möchte mich nicht aufdrängen, Sergeant«, sagte Conan Doyle und sah mit zusammengepressten Lippen auf den bleichen Leichnam herab. »Allerdings glaube ich, ein, zwei Dinge deduzieren zu können.«

Phelps, der mit Altgriechisch nicht das Geringste anzufangen wusste, fragte: »Was genau meinen Sie mit deduzieren, Sir?«

Conan Doyle verschränkte die Hände hinter seinem Rücken und straffte sich. »Nun, Constable«, sagte er. »Ich denke, ich kann aus der Spurenlage schließen, dass dieser Mann nicht ahnte, dass sich sein Leben in Gefahr befand.«

»Wie kommen Sie darauf?«

»Auch, wenn es ein wenig großspurig klingt«, sagte Conan Doyle und sah den Sergeant mit festem Blick an, »ich muss feststellen, dass es keine Abwehrspuren gibt.« Conan Doyle ging in die Hocke, ergriff nacheinander beide Hände des Toten und betrachtete sie eine ganze Weile. »Keinerlei Blutergüsse. Hätte er sich gegen die Schläge zur Wehr gesetzt, würde ich annehmen, welche zu finden.«

»Sir, ich würde Sie bitten, nicht einfach so alles anzufassen«, sagte Phelps, der seinen Notizblock in der rechten und den Bleistift in der linken Hand hielt. »Sie könnten Spuren verwischen.«

»Oh, das weiß ich, Sergeant«, murmelte Conan Doyle. »Oh, das weiß ich sogar sehr genau. Aber wie Sie wahrscheinlich auch wissen, kann ich mir aus den kleinsten Spuren komplexe Zusammenhänge erschließen. Daher musste ich mir die Hände des Toten ansehen.«

Der Sergeant nickte. »Ich wäre Ihnen sehr verbunden, wenn Sie dabei keine Fingerabdrücke verwischen würden.«

»Machen Sie sich keine Gedanken, Sergeant«, sagte Conan Doyle. »Ich weiß ganz genau, was ich tue.«

Phelps war sich da nicht ganz so sicher. »Was ist mit den Fingerabdrücken?«

»Die können Sie getrost vergessen«, sagte Conan Doyle. »Auf der Haut eines Menschen sind sie bislang noch nie festgestellt worden.« Er beugte sich über das Gesicht des Toten und sagte: »Viel wichtiger ist das, was man an seinem Gesicht erkennen kann.«

»Ich würde lieber damit warten, bis Chief Inspector Swanson hier ist.«

»Ganz wie Sie meinen.« Doyle schob wie ein schmollendes Kind die Unterlippe vor und verschränkte die Arme vor der breiten Brust.

»Was haben Sie, Sir?«

»Oh, nichts. Gar nichts.« Er hüstelte. »Absolut nichts. Nur ...«

»Nur, was?«

»Oh, ich ... äh ... ich hatte Sie für etwas mutiger gehalten, Sergeant.«

Phelps blickte um sich. »Also schön«, sagte er. »Weil Sie es sind, um Gottes willen. Sehen Sie sich den Toten an und erzählen Sie mir, was Ihnen auffällt.«

»Das ist der Geist eines wahren Kriminalisten«, sagte Conan Doyle mit einem freudigen Lächeln und schlug dem hustenden Phelps die breite Hand zwischen die Schulterblätter, ehe er auf die Knie sank, eine Lupe und eine Pinzette aus den Untiefen seines Jacketts hervorzauberte und sich mit dem Feuereifer eines Amateurs über die Leiche hermachte.

Phelps schloss die Augen und seufzte. Blieb nur zu hoffen, dass niemand etwas davon mitbekam.

KAPITEL 18

Es kam äußerst selten vor, dass Detective Inspector Charles Stedman das heimelige Reich seines Laboratoriums tief im Bauch des Yard verließ.

Trotz seines Ausflugs nach Highgate tastete er sich, wie eine Schleiereule ins grelle Tageslicht blinzelnd, die Treppenaufgänge in den zweiten Stock empor.

Chief Superintendent Wallace hatte Inspector Walter Dew gesagt, er solle dafür sorgen, dass Stedman unverzüglich heraufkam. Und so hatte Dew nach Sergeant Penwood geschickt, und der hatte Sergeant Wilson und der wiederum Sergeant Golding rufen lassen, damit der einem der sonst den Tee kochenden Constables befahl, seinen Hintern in jenen Teil des Yards zu bewegen, in den niemand so besonders gerne ging, um der forensischen Abteilung mitzuteilen, Chief Superintendent Wallace wolle Charly Stedman sehen – und zwar sofort.

Jetzt saß Stedman in Wallaces Büro und hörte sich die Verdächtigungen des Chief Superintendents an.

»Swanson hat das nicht getan«, sagte Stedman.

»Ach nein?« Wallace kniff die Augen zusammen. »Wer sagt das?«

»Ich, Sir. Da können Sie sagen, was Sie wollen. Und wenn die Erde ab heute wieder eine flache Scheibe wäre – er hat es nicht getan.«

»Was wollen Sie? Wenn Sie den Beweis möchten, dass die Erde rund ist, hier haben Sie ihn«, schnaubte Chief Superintendent Wallace und knallte den Schlagstock, den man bei dem toten Journalisten gefunden hatte, und der Chief Inspector Swansons Initialen und seine Dienstnummer trug, auf den Tisch.

Stedman starrte ihn an.

Als er nichts erwiderte, sagte Wallace: »Wir sind der Yard, Stedman. Ich kann nicht zulassen, dass ein dahergelaufener Provinzsergeant uns wie Idioten dastehen lässt.« Er schüttelte den Kopf, rieb sich mit der Hand durchs Gesicht, seufzte. »Haben Sie den Dolch schon auf Fingerspuren untersucht, Stedman?«

Eine Frage wie diese aus Chief Superintendent Wallaces Mund zu hören, machte Stedman im ersten Moment sprachlos. Der Mann war nicht gerade für seine Fortschrittlichkeit bekannt. Im Yard ging das Gerücht, Wallace hielte die Technik des Fingerabdruckvergleichs für nichts anderes als Zauberei. Daher glaubte Stedman zunächst, sich Wallaces Worte lediglich eingebildet zu haben.

»Sagten Sie tatsächlich Fingerspuren, Sir?«

»Ich denke, Sie haben mich sehr gut verstanden, Inspector.« Wallace verschränkte die Hände hinter dem Kopf und lehnte sich in seinem Bürostuhl zurück. »Wir müssen mit der Zeit gehen, da werden Sie mir doch zustimmen, nicht wahr?«

Stedman nickte. »Wen meinten Sie eben mit dem dahergelaufenen Provinzsergeant?«

»Ein Sergeant der York Police. Scheint mächtig auf Zack zu sein«, entgegnete Wallace. »Schickte uns ein Telegramm und erkundigte sich danach, ob wir die Tatwaffe bereits auf Fingerspuren untersucht hätten. Warum sind Sie – und vor allem, warum ist Swanson nicht darauf gekommen, danach zu suchen, Stedman?«

»Ich weiß es nicht, Sir«, antwortete Stedman. Langsam begann ihm das Gespräch unangenehm zu werden. Außerdem hatte er, bei aller Skepsis, die die Arbeit seines forensischen Teams nach wie vor bei den meisten Beamten hervorrief, einen gewissen Ruf zu verlieren. »Ich nehme an, Mr Swanson hatte seine Gründe dafür.«

»Nach den jüngsten Ereignissen denke ich das auch.« Wallace stand auf. »Sehen Sie zu, dass Sie das Versäumnis schleunigst nachholen. Wenn Sie auf dem Schlagstock oder dem Dolch Swansons Fingerabdrücke finden, werde ich ihn vor Gericht zerren. Schwarze Schafe kann ich im Yard nicht dulden!« Wallace ging zur Tür und hielt sie auf.

Die Audienz war beendet.

»Ich möchte jetzt wirklich nicht in Ihrer Haut stecken, Donald«, sagte Charly Stedman eben, nahm seine Lupenbrille vom Kopf und wandte sich mit einem zentnerschweren Seufzer an den Chief Inspector. »Es sieht nicht gut aus, Donald …« Er stockte.

»Was haben Sie, Charly? Nur raus damit.«

»Es war Ihr Schlagstock, den man bei der Leiche Stephen Knights im Bartitsu Club fand.«

»Großer Gott!«

»Wallace gab mir den Auftrag, ihn auf Fingerabdrücke zu untersuchen. Und das tat ich. Sie können sich denken, wie das Ergebnis ausfiel.«

»Sicher.« Swanson musste sich setzen. Er sank auf einen dreibeinigen Hocker an Stedmans Arbeitstisch. »Dieser Knight muss den Schlagstock mitgenommen haben, als er gestern in meinem Büro war.« Er musste über seine eigenen Worte kichern. »Und dann ist er losgegangen und hat sich selbst damit den Schädel eingeschlagen.« Er schüttelte den Kopf, dann sah er zu Charly Stedman auf. »Es sieht wirklich nicht gut aus, Charly, was?«

Eine halbe Stunde darauf stand Chief Superintendent Wallace in Swansons Büro und erklärte ihm, ihn nun wegen dringenden Mordverdachts festnehmen lassen zu müssen.

Swanson starrte ihn an. »Ist das Ihr Ernst, Sir?«

»Leider ja.«

»Wie kommen Sie darauf, mich zu verdächtigen?«, fragte Swanson.

»Wir haben Fingerabdrücke gefunden«, sagte er.

»Meine Fingerabdrücke?« Swanson war irritiert. »Auf meinem Schlagstock. Wundert Sie das?«

»Es ist die Waffe, mit der Sie Stephen Knight erschlugen.«

»Es war mein Schlagstock«, sagte Swanson. »Sie mussten meine Abdrücke darauf finden. Doch er wurde mir gestohlen.«

»Ich muss Ihnen als Chief Inspector nicht erzählen, dass das alle sagen, Swanson.« Der Chief Superintendent betrachtete ihn streng. »Sie hassten den Mann, das musste selbst Ihr eigener Sergeant zugeben. Und Penwood gegenüber äußerten Sie Ihre Abneigung gegen Knight ebenfalls. Soweit wir wissen, belästigte er Sie mehrfach und beschuldigte Sie …«

»Das waren infame Unterstellungen«, unterbrach Swanson ihn. »Unterstellungen, die nichts mit dem Mord in York oder mit einem anderen Fall zu tun hatten.«

»Das sehe ich ein wenig anders, Mr Swanson«, meinte Wallace ungerührt. »Außerdem waren Sie der einzige, der an beiden Tatorten zugegen war. Und die Kleider, die Sie im Zug getragen haben, weisen Blutspuren auf.«

»Ich habe den sterbenden Mann untersucht, Chief Superintendent Wallace, Sir«, sagte Swanson. »Da blieb es kaum aus, mich mit seinem Blut zu besudeln.«

»Nun ja, doch Ihr Jackett, Ihr Hemd und auch Ihre Hosen legen den Schluss nahe, dass Sie versucht haben, das Blut auszuwaschen. Das sauge ich mir nicht aus den Fingern, Swanson. Das hat Inspector Stedman gesagt.«

»Das habe ich sicherlich nicht getan«, sagte Swanson. Und dann fiel es ihm ein: »Warten Sie – das dürfte geschehen sein, als man mich in York in diesen Fluss warf. Absichtlich habe ich nicht versucht, das Blut an meinen Kleidern zu beseitigen.«

»Dummerweise gibt es keine Zeugen für diesen Zwischenfall, Mr Swanson. Ich habe nach York telegrafiert, um Ihre Angaben zu verifizieren.«

»Was ist mit diesem Mietkutscher, der mich rausgezogen hat?«

»Negativ.« Chief Superintendent Wallace sah ihn zweifelnd an. »Es kann sich nämlich keiner der Fahrer, die in jener Nacht dort unterwegs waren, daran erinnern, jemanden aus dem Fluss gerettet zu haben.«

»Das gibt es doch gar nicht!« Swanson schlug mit der Faust auf den Tisch.

»Ich kann Ihnen nur sehr raten, Ihre Aggressionen im Zaum zu halten, Swanson«, sagte Wallace. »Was die Episode mit Ihrem Sturz in den Fluss angeht, müssen wir uns demnach ganz auf Ihre Aussage verlassen.« Er drehte sich zum Korridor um. »Tun Sie Ihre Pflicht, Sergeant.«

Es war Peter Phelps, der jetzt das Büro betrat.

»Tut mir sehr leid, Sir«, sagte er und versuchte, sich den Anschein von Unbefangenheit zu geben, doch er sah so unglücklich aus, als schreite er zu seiner eigenen Exekution. »Ich fürchte, es bleibt mir keine Wahl, Sir. Ich muss Sie festnehmen.«

Swanson nickte. Er streckte beide Hände vor, um es dem Sergeant mit den Handschellen leichter zu machen.

Doch Phelps schüttelte nur unwillig den Kopf. »Ich denke gar nicht daran, Sir. Bitte folgen Sie mir einfach.«

Die Black Maria, die schwarze, vergitterte Pferdekutsche, wartete bereits im Hof auf sie.

Wie oft hatte Swanson darin Verdächtige auf dem Weg zum Yard und von dort aus ins Gefängnis begleitet. Es waren dermaßen viele gewesen, dass er sich nicht einmal an die Hälfte all der Gesichter zu erinnern vermochte. Und nun war er es selbst, dem man eines der fürchterlichsten Verbrechen zur Last legte, dessen ein Mensch überhaupt fähig war.

Sergeant Peter Phelps saß ihm auf der einfachen Holzpritsche gegenüber – zusammengesunken und mit hängenden Schultern, so, als sei nicht Swanson, sondern er derjenige, den man unter dem Verdacht, den gewaltsamen Tod Stephen Knights absichtlich und heimtückisch herbeigeführt zu haben, unter Arrest gestellt hatte.

»Kopf hoch, Phelps«, sagte Swanson mit einem Lächeln. »Sie tun nur Ihre Pflicht.«

»Aber ich tue sie nicht gern, Sir. Das können Sie mir glauben.«

»Wäre ich an Ihrer Stelle, würde ich ebenso handeln.«

»Es ist nicht richtig«, sagte Phelps. »Sie können es nicht gewesen sein.«

»Ach – und warum nicht?« Swanson hielt neugierig den Kopf schief.

»Nun ... äh ... weil Sie *Sie* sind. Sie sind Chief Inspector Swanson. Sie haben niemanden umgebracht.«

»Wie können Sie da bloß so sicher sein?«

»Weil …« Phelps fuchtelte hilflos mit den Händen. »Ich weiß es eben.«

»Dummerweise reicht das nicht, mein Junge«, sagte Swanson und klopfte ihm mit den gefesselten Händen auf die Schulter. Er trug jetzt Handschellen, denn die beiden Beamten, die den Wagen fuhren, hatten vehement darauf bestanden. ›Ordnung ist Ordnung und Pflicht ist Pflicht‹, hatten sie gesagt. »Sie glauben, mich zu kennen. Doch vielleicht habe ich Ihnen all die Jahre nur etwas vorgemacht. Denken Sie daran: Sie können mir nur bis vor die Stirn sehen. Meiklejohn, Druscovich, Palmer und Clark waren ebenfalls scheinbar integre Beamte des CID, Phelps. Und doch wurden sie '77 der Korruption in großem Stil überführt. Ich könnte ebenso verdorben sein. Auch wenn Sie das nicht glauben mögen. Die Fakten sprechen allesamt gegen mich, Phelps. Sympathien sind da rein gar nichts wert. Wenn Sie allen Ernstes denken, ich hätte nichts mit dem Mord zu tun, müssen Sie es wohl oder übel beweisen. Mir sind die Hände gebunden.« Und er hob die Arme.

»Aber Sie haben nichts mit dem Mord zu tun«, beharrte Phelps.

»Das *glauben* Sie, Phelps«, sagte Swanson. »Und ich *weiß* es, Gott sei Dank. Aber es ändert rein gar nichts an den Fakten.«

Die Nachricht von Chief Inspector Swansons Festnahme verbreitete sich wie ein Lauffeuer im Yard. Und sie erreichte auch Detective Constable Stewart Evans. Das Büro, in dem er seiner Arbeit nachging, war klein und es lag in jenem Trakt des Norman-Shaw-Gebäudes, in dem man, den ursprünglichen Entwürfen zufolge, die Garderoben der Schauspieler und Sänger untergebracht hatte. Das

Opernhaus hatte sich nie realisieren lassen und letztendlich waren es nicht die Darsteller der schönen Künste, sondern die Polizisten der Metropolitan Police mit ihren hässlichen Wahrheiten gewesen, die man aus den beengten Räumen des alten Scotland Yard in das neue Gebäude am Embankment hatte einziehen lassen.

Stewart Evans saß im Zwielicht seines bis unter die Decke mit Aktenstapeln und Büchern vollgestopften Büros und versuchte sich in die Familiengeschichte der Familie Carver einzulesen, wie es ihm Swanson aufgetragen hatte. Irgendwo, so hatte der Chief Inspector gesagt, musste es etwas Verwertbares geben. Einen Hinweis auf das Motiv, das zu diesen Morden geführt hatte. Wenn er Swansons Anklage wegen vorsätzlichen Mordes verhindern wollte, dachte Evans, würde er sich ganz schön ins Zeug legen müssen.

Constable Evans hatte den Schuhkarton mit den Akten zum Fall Jack the Ripper, mit dem er sich für gewöhnlich in jeder freien Minute beschäftigte, in eines der wenigen leeren Regalfächer verbannt. Jetzt hieß es für ihn, sich ausschließlich der Gegenwart zu widmen; jedenfalls für eine Weile. Denn das Leben eines Scotland-Yard-Beamten stand auf dem Spiel. Eines Mannes, den er mehr schätzte als jeden anderen im Yard. Auch wenn Evans nichts lieber tat, als von morgens bis abends in der Kriminalhistorie nach übersehenen Spuren längst zu den Akten gelegter Verbrechen zu suchen – für den Chief Inspector war er sogar bereit, selbst etwas so Wichtiges, wie die Jagd nach dem unheimlichen Mörder von Whitechapel hinten anzustellen.

KAPITEL 19

Die Gaslaternen unten auf dem Gordon Square sprangen eine nach der anderen zischend an, und ihre Glaskolben wurden im wogenden Gelb des Nebels sichtbar.

Es war ein trüber Abend und Colonel Arthur Hillerman, ein reicher und zum Geiz neigender Nachbar, war bei Frederick Greenland und seinem Onkel Henry Justice zu Gast. Frederick machte ab und an Geschäfte mit ihm. Hillerman war ein beleibter, ununterbrochen grinsender Mann, an dem das Alter, bis auf seinen Schnurrbart, kein einziges Haar gelassen hatte. Ein nackter, im Feuerschein wie poliert glänzender Kopf, saß aufgequollen auf den breiten Schultern eines massigen Körpers.

Das Geschäft war abgewickelt; Frederick hatte (recht günstig, wie sein Onkel fand) ein Stück Weideland in der Nähe von Tunbridge Wells erstanden, und nun saß man zufrieden und entspannt im Salon, trank Sherry und unterhielt sich über die Nützlichkeit des Geldes.

Hillerman hatte sich eine Zigarre angezündet und wirkte wie ein vergoldeter Buddha in seinem Sessel. »Ich sage Ihnen was, Greenland«, meinte er, »Geld hat seinen Nutzen nur in der Menge. Ein Jahreseinkommen von unter tausend Pfund ist doch für unsereins von keinerlei Wert. Für weniger zu arbeiten, ist reine Verschwendung von Zeit und Energie.«

Frederick, der Hillerman trotz seiner Schrullen mochte, schmunzelte belustigt und schüttelte den Kopf. »Colonel Hillerman«, sagte er langsam, wobei er einen Rauchring in die Luft paffte, »das ist, meiner Meinung nach, genau der morsche Holzweg, auf dem sich die meisten wohlhabenden Leute befinden.«

»Aber mein lieber Greenland.« Das Grinsen verschwand für eine Sekunde aus dem Gesicht des Buddhas. »Was reden Sie denn da? Sie werden wohl zugeben müssen, dass man nichts im Leben ohne das entsprechende Geld erreicht. Was bekommen Sie denn noch für einen Penny oder ein paar Shilling? Gar nichts. Darum belaste ich mich auch nicht damit. Was ich zu bezahlen habe, das begleiche ich mit meinem Scheckheft.«

»Allein hier in London leben mehrere Zehntausend Männer und Frauen, die sich für einen einzigen Penny ohne Weiteres gegenseitig umbringen würden«, sagte Frederick.

»Dieser Schicht gehöre ich nicht an«, stellte der Colonel überheblich fest. »Und Sie ebenfalls nicht. Also kommen Sie mir nicht wie ein Moralapostel daher, Greenland.«

»Du liebe Güte, ich wollte Sie wirklich nicht angreifen«, meinte Frederick freundlich. »Und ich gehöre auch gewiss nicht zu den Leuten, die behaupten, Geld verdürbe den Charakter. Es ist in unserer modernen Zeit zwar durchaus üblich, seine Geschäfte mit Hilfe von Wechseln oder Schecks abzuwickeln – ich bestreite ja auch gar nicht, dass das ein Fortschritt ist, und wer weiß, vielleicht schafft man die Bargeldzahlung eines Tages sogar ganz ab – aber die Nützlichkeit des von Ihnen so verschmähten Kleingeldes lässt sich einfach nicht verleugnen.«

»Was für ein Unsinn, Greenland«, schnaubte Hillerman. Er wollte eben etwas hinzusetzen, als es an der Tür klopfte und Fredericks Butler Morton den Salon betrat und einen Besucher anmeldete.

Es war Sergeant Peter Phelps, der wenige Augenblicke später vor ihnen stand. Er hielt seinen Bowler in den Händen und sagte: »Bitte entschuldigen Sie meinen späten Überfall. Ich wusste nicht, wohin ich sonst hätte gehen sollen.«

Frederick stand auf. »Was ist geschehen, Sergeant?«, fragte er besorgt.

»Ich brauche Ihre Hilfe, Sir. Es geht um Chief Inspector Swanson.«

Frederick stellte sein Sherryglas auf den Kaminsims. »Was ist mit ihm?«

»Man hat ihn ins Gefängnis von Pentonville gebracht«, sagte Phelps. »Und wenn wir nichts dagegen tun, werden Sie ihn vor Gericht wegen Mordes anklagen.«

Donald Swanson saß zur selben Zeit auf der harten Holzpritsche und starrte die feuchte, mit blassgrünen Flechten bewachsene Wand seiner Zelle an. Nur sehr spärlich fiel das ohnehin schwache elektrische Hoflicht durch das schmierige, vergitterte, mit einem starken Drahtnetz versehene Fenster zu ihm herein. Man reinigte die Fenster selten, das wusste er. Die Scheiben waren dermaßen beschlagen, dass er nicht einmal in der Lage war, die Farbe des Himmels durch sie zu erkennen.

Die Hände gefaltet saß er da und konnte nicht glauben, dass sich all das innerhalb weniger Tage ereignet hatte. Statt seinen Urlaub in Schottland zu verbringen und das raue und erfrischende Klima der Highlands zu genießen, saß er nun unter Mordanklage in Pentonville ein.

Er kannte das Prozedere genau. Man würde ihn bis zur Verhandlung hier festhalten. Und sollten die Geschworenen ihn tatsächlich für schuldig befinden, würde man ihn – wie es in der uralten Formulierung hieß – vom Gericht in jenes Gefängnis bringen, in dem er zuvor inhaftiert gewesen war. Und von dort zu dem Ort seiner gesetzlichen Hinrichtung. Wo man ihn so lange am Hals aufhängen würde, bis der Tod eintrat.

Er konnte nur hoffen, dass es nicht so weit kam. Aber alles sprach gegen ihn.

Mit dem Fuß stieß er an die Schale aus billigem Zinkblech. Er hatte keinerlei Appetit auf Bohnen und Brot.

Er hatte Sergeant Phelps gebeten, ein Telegramm an Annie in Thurso zu schicken, ihr ein wenig Unbeschwertheit vorzugaukeln, ihr und den Kindern das Gefühl zu geben, dass alles in bester Ordnung sei. Und er nahm an, Phelps war diesem Wunsch nachgekommen.

Doch nichts war in bester Ordnung.

Jemand, den er grundlegend unterschätzt hatte, war zu seinem Schicksal geworden. Jemand, dessen Namen und dessen Gesicht er nicht kannte. Wenn er versuchte, ihn sich vorzustellen, tauchte jedes Mal das blasse Gesicht eines Pfarrers mit einem grauen Bart vor seinem geistigen Auge auf. Das Gesicht eines Mannes, den er nur von den Erzählungen der Zeugen kannte.

Swanson stieß einen hilflosen Seufzer aus. Wenn alles weiter seinen Gang ging, wenn es nicht gelingen würde, seine Unschuld zu beweisen, dann …

Er wusste genau, was dann geschehen würde. Er sah bereits den Richter in seinem Stuhl, wie er das schwarze Stück Stoff auf seine graue, gepuderte Perücke setzte, sah die versteinerten Gesichter der Geschworenen und hörte die verdammenden Worte, die sein Schicksal besiegeln würden:

»Donald Sutherland Swanson, Sie wurden eines verabscheuungswürdigen Verbrechens überführt und von zwölf Männern aus Ihren eigenen Reihen zum Tode verurteilt …«

Er schloss die Augen.

Annie, dachte er.

Er würde sie wiedersehen. Außerhalb dieser dicken grimmigen Mauern. Und dann würde er rehabilitiert sein.

Annie ...

SECHSTER TEIL

Der Schlussstein

» Wenn du vom Freunde seinen Stand nicht abzuziehn vermagst, so ist kein Freund dir auf der Welt verliehn. «

Friedrich Rückert

KAPITEL 20

»Wie ich hörte, hatten Sie einen Todesfall in jüngster Zeit«, sagte Frederick, der sich im selben Moment bewusst wurde, dass dies nicht die beste aller Gesprächseröffnungen war. »So etwas spricht sich natürlich herum«, fügte er rasch hinzu.

Barton-Wright zwirbelte mit beiden Händen seinen imposanten Oberlippenbart und zog seufzend die Augenbrauen hoch. »Unschöne Sache, das«, sagte er. »Ich hoffe, Sie sind keiner dieser Schaulustigen, die uns seither das Dojo einrennen.«

»Gott behüte!« Frederick streckte abwehrend beide Hände vor. »Ich neige nicht sehr zur Schaulust. Aber wo wir gerade dabei sind – was ist eigentlich geschehen? Handelte es sich um einen Unfall beim Training?«

»Es hatte rein gar nichts mit dem Training zu tun«, sagte Barton-Wright. »Das will ich gleich klarstellen. Obgleich die von uns hier ausgeübte Form der Selbstverteidigung eine äußerst effiziente und tödliche sein kann, wird im Training Wert darauf gelegt, dass niemand ernstlich verletzt wird. Wir beginnen mit einfachen Fallübungen und rangeln ein bisschen, ehe wir Ihnen zeigen, wie man einen Mann mit gezielten Schlägen außer Gefecht setzt.«

»Das ist beruhigend zu hören. Ich bin nämlich etwas aus der Übung, was das Kämpfen angeht, fürchte ich. Das letzte Mal habe ich mich geschlagen, da ging ich noch zur Schule.«

»Wir werden Sie schon wieder in Form bringen, Mr Greenland«, meinte Barton-Wright frohlockend und rieb sich die Hände. »Wann wollen Sie mit dem Training beginnen?«

»Gleich, wenn es Ihnen recht ist«, entgegnete Frederick.

Er musterte Barton-Wrights kunstvoll gewickelten Kampfanzug aus Leinen. »Muss ich mich umziehen?«

»Ich werde gleich mal nachsehen, ob ich einen Keikogi für Sie finde.« Und damit huschte er davon.

Seit Sergeant Peter Phelps ihn gestern Abend um seine Mithilfe gebeten hatte, hatte Frederick sich fieberhaft mit der Frage beschäftigt, wie er dem Chief Inspector am besten von Nutzen sein könnte. Er verfügte über keinerlei Polizeierfahrung, auch wenn er in den letzten Jahren einige Male dazu beigetragen hatte, einen Mörder dingfest zu machen. Im Fall des Hope-Diamanten war er als Sachkundiger gehört worden, und erst kürzlich hatte er Swanson im Adelphi Theater das Leben gerettet. Diesmal jedoch war er sich alles andere als sicher, überhaupt irgendetwas tun zu können. Das einzige, was ihm in seiner Not eingefallen war, war ein Besuch des Clubs, in dem man die Leiche des Mannes gefunden hatte. Vielleicht fand er etwas heraus, wenn er sich mit den anderen Männern unterhielt, die hier trainierten.

Frederick wartete, bis Barton-Wright zurückkam. Über dem Arm trug der eine Art Leinensack. »Hier, mein Freund«, sagte er und hielt Frederick die Leinen hin. »Werfen Sie das rasch über und wir treffen uns da vorne im Ring.«

Inspector Charles H. Stedman legte das Seziermesser aus der Hand und wischte sich nachdenklich mit dem Unterarm über die Stirn.

Die Leiche gab ihm mehr als nur ein Rätsel auf. Unter ihrem Körper hatte er eine Handvoll Rosenblätter im Sarg gefunden. Das kam ihm merkwürdig vor, denn die Stiele der Rosen fehlten. Wer, fragte er sich, würde seinen Lieben allein die Blätter der Rosen als letzten Gruß ins Grab mitgeben? Und dass es mehrere gewesen waren, stand außer Frage. Stedman hatte rote, weiße und violette Blütenblätter gefunden. Doch wo waren die Stiele?

Außerdem war die Frau zweifellos eines ganz natürlichen Todes gestorben, das stand fest. Warum Donald Swanson dachte, es könne anders sein, war ihm ein Rätsel. Die Tote war wohlgenährt. Und es gab keinerlei Anzeichen von Auszehrung, der Todesursache, die im amtlichen Bericht des Arztes gestanden hatte. Auch eine Vergiftung durch Arsen oder Strychnin kam nicht in Frage. Die Verstorbene hatte eindeutig einen Herzfehler gehabt. Wie um alles in der Welt war der behandelnde Arzt damals auf die Diagnose Auszehrung gekommen?

Etwas stimmte hier nicht, dachte Stedman. Er nahm sich noch einmal den Bericht des Arztes vor.

Lady Mary Melinda Carver, 32, Todesursache: Auszehrung. Gewicht: 5,00 Stone. Das entsprach in etwa 31,8 Kilogramm.

Doch die Frau, die jetzt vor ihm auf dem Obduktionstisch lag, hatte zu Lebzeiten mindestens doppelt so viel gewogen.

Und dann ging ihm auf, was mit der Leiche nicht stimmte.

Lady Mary Carver war schwarzhaarig gewesen, so hatte es im Obduktionsbericht gestanden.

Und diese Frau hier war blond.

Fünf Stockwerke höher blätterte Police Constable Stewart Evans zum wiederholten Mal den weit verzweigten Stammbaum der Familie Carver durch.

Chief Inspector Swanson hatte ihn gebeten, ihm alles zu

geben, was er über die Familie Carver herausfinden konnte. Und wenn Evans sich einmal in eine Sache verbissen hatte, hörte er nicht eher damit auf, bis er auch das winzigste Detail beleuchtet hatte. Während seiner Recherchen war er auf den Namen Sholto gestoßen. Damit hatte er natürlich gerechnet, denn Sergeant Phelps hatte ihm in der Kantine von seinem Besuch im Savoy erzählt. Major Sholto war der Onkel der Verstorbenen Mary Carver. Nach Lady Carvers Tod war ihr Besitz automatisch auf ihn übergegangen, da Lady Carvers Eltern nicht mehr lebten, ihr Gatte ebenfalls bereits das Zeitliche gesegnet hatte und die Ehe kinderlos geblieben war. Doch der Stammbaum enthielt noch zwei weitere Namen.

Evans schnappte sich die Papiere, sprang auf und machte sich auf den Weg nach unten.

Ganz offensichtlich gab es entfernte Familienbande in die Vereinigten Staaten von Amerika.

Frederick Greenland keuchte. Edward Barton-Wright, zertifizierter Professor für Selbstverteidigung, hatte ihn hart rangenommen, ihn einige Male mit einem geraden Faustsoß zu Boden gestreckt und ihm empfohlen, ein oder zwei Kilo abzuspecken. In der ganzen Zeit war der Mann allen Fragen Fredericks ausgewichen. Und als Frederick schließlich entkräftet aus dem Ring stieg und sich mit dem Rücken gegen die Lederbande lehnte, kam er zu dem ernüchternden Schluss, bis auf eine gesprungene und blutende Lippe nicht das Geringste erreicht zu haben.

»Mein lieber Mr Greenland! Was für eine Überraschung!« Die bekannte Stimme gehörte zu Arthur Conan Doyle. Frederick war ihm im letzten Jahr zum ersten Mal begegnet und von dessen Selbstverteidigungskünsten sehr beeindruckt gewesen. Damals war Frederick dabei gewesen, als Conan Doyle im Alleingang eine ganze Straßengang in die Flucht geschlagen hatte.

Der große, schwerfällige Mann ging vor Frederick in die Hocke und sagte: »Sie sehen schrecklich aus, Greenland. Sie sollten ein, zwei Kilo abspecken.« Und als Frederick ihn nur schwer atmend ansah: »Was treiben Sie denn hier?«

»Haben Sie gehört, dass man Chief Inspector Swanson verhaftet hat?«

Conan Doyle stieß einen überraschten Lacher aus. »Hat er im Adelphi wieder ein paar Zaubertricks kaputtgeschlagen?«

»Man macht ihn für den Mord hier im Bartitsu Club verantwortlich.«

»Reden Sie keinen Unsinn, Greenland.«

»Ich fürchte, es ist die Wahrheit«, sagte Frederick und rappelte sich hoch. Conan Doyle schnappte ihn sich und bugsierte Frederick durch die Tür in einen Nebenraum.

»Was haben Sie vor?«

»Ich habe nichts anderes im Sinn, als das Wohlergehen unseres lieben Mr Swanson. Oder glauben Sie etwa, er ist in diesen Mord verwickelt?«

»Natürlich nicht«, sagte Frederick.

»Ich auch nicht.«

»Leider fehlen uns die Beweise.«

»Ihnen vielleicht«, sagte Conan Doyle. »Swanson kann diesem Kerl unmöglich den Schädel eingeschlagen haben. Und ich kann es sogar beweisen.«

Die langen Schatten der hereinbrechenden Dämmerung lagen bereits über Whitehall, als Frederick Greenland und Arthur Conan Doyle am späten Nachmittag gemeinsam den Vorhof von Great Scotland Yard durchmaßen und die Stufen zum Eingang des Polizeigebäudes hinaufeilten. Ein Constable, der ihre Eile offensichtlich missverstand, hielt sie in der Halle auf und zeigte sich erst bereit, sie anzuhören, nachdem er ihre Taschen nach Sprengstoff abgetastet und keine Spur davon gefunden hatte. Und obgleich er Conan Doyles Versicherung, der Lederbeutel in seiner Tasche enthalte nichts anderes als Pfeifentabak, gründlich misstraute, führte er sie letzten Endes widerstrebend die Treppen hinauf in Chief Inspector Swansons Büro, wo Sergeant Peter Phelps, Inspector Charles Stedman und Constable Stewart Evans zusammensaßen.

»Hören Sie, Gentlemen«, sagte Conan Doyle. »Wie ich von Mr Greenland erfuhr, steckt Chief Inspector Swanson in argen Schwierigkeiten. Ich denke, ich kann ihn da rausholen. Ich weiß, dass er den Mord im Bartitsu Club nicht begangen haben kann.«

»Immer raus damit«, sagte Inspector Stedman.

»Ich habe mir die Leiche angesehen«, sagte Conan Doyle. »Und wenn eines sicher ist, dann, dass der Mann zwischen sieben und neun Uhr am Vorabend gestorben sein muss. Rigor mortis war deutlich ausgeprägt, aber noch nicht vollständig abgeschlossen. Der Mann kann demnach nicht früher als um acht und nicht später als zehn Uhr gestorben sein. Und zu dieser Zeit saß ich mit Mr Swanson im Red Lion in der Parliament Street zusammen und aß mit ihm zu Abend. Er kommt für die Tat also nicht in Frage.«

Vierundzwanzig Stunden darauf befand sich Chief Inspector Donald Swanson wieder auf freiem Fuß und hörte sich Constable Evans und Charly Stedmans Ausführungen an.

»Wir haben die falsche Leiche exhumiert«, stellte Swanson fest, der sich die Hände an einem Becher Tee wärmte, den Sergeant Penwood ihm aufgebrüht hatte.

»Aber wie kann das sein, Sir?«, fragte Phelps.

»Jemand hat sie vertauscht.« Swanson fuhr sich mit den Händen durchs Haar. »Dass ich nicht früher darauf gekommen bin.« Er schüttelte den Kopf, nahm einen Bleistift vom Schreibtisch und spielte damit herum. »Wir haben doch die Aussage dieses Friedhofswärters gehört. Warum sollte jemand die Grabgewölbe aufbrechen und dann nichts entwenden? Das ist Unsinn. Die beiden Männer, die Mr Stoker beobachtete, waren beileibe keine Leichendiebe. Sie nahmen rein gar nichts mit. Sie tauschten lediglich einen Leichnam gegen einen anderen aus.«

»Aber warum das Ganze?« Phelps verstand nun rein gar nichts mehr. »Ist nicht eine Leiche wie die andere?«

»Nein, Phelps«, widersprach ihm Swanson. »Nicht wenn man mit einer Exhumierung rechnen muss, bei der ein vor einem Dreivierteljahr begangener Mord ans Licht kommen könnte.«

»Ziemliche Dummköpfe, wenn Sie mich fragen«, meinte Constable Evans und lachte gekünstelt. »Machen sich all diese Umstände, um den Mord an Lady Carver zu verschleiern, weil sie eine Exhumierung befürchten, und vergessen dann die Haarfarbe zu berücksichtigen.«

»Mörder sind auch nur Menschen«, entgegnete Stedman. »Ich habe Fälle erlebt, da hatte der Täter jedes Detail genau geplant und ein perfektes Alibi konstruiert. Doch am Ende ließ er in der Aufregung seine Brieftasche am Tatort zurück. Mir wäre die Diskrepanz mit der Haarfarbe vermutlich gar nicht aufgefallen, wenn ich den Bericht nicht wieder und wieder gelesen hätte.«

»Und sie übersahen die Rosenblätter«, fügte Swanson nachdenklich hinzu.

»Und das bedeutet, Sir?«

»Es bedeutet, Phelps, dass ich nun weiß, wer der Mörder von Charles Arthur Breddon, Mary Carver und Stephen Knight ist«, sagte Swanson. »Aber um ihn überführen zu können, müssen wir nach York reisen. Und wir brauchen Chief Constable Peacocks Unterstützung.«

»Soll ich ihm gleich telegrafieren, Sir?« Peter Phelps war mit einem Satz bei der Tür. Eilfertig wie immer.

»Gut, Phelps, tun Sie das.« Swanson warf den Bleistift auf den Tisch. »Melden Sie uns für morgen Abend an.«

KAPITEL 21

York, einen Tag später

»Sind Sie sicher, dass er kommen wird?«, fragte Sergeant Phelps, der sich jenseits des Parks in einen Hauseingang drückte.

»Sie haben ihm die Nachricht zukommen lassen?«, fragte Swanson.

»Vor einer Stunde, Sir.«

»Dann halten Sie sich bereit, Phelps.« Und er ging. Am Ende, dachte Swanson bei sich, führten doch alle Wege immer nach Osten.

Die Uhr in der Tasche des Toten im Zug war der Schlüssel zu allem. Die Uhr, die Charles Breddon unter dem Namen Lord Arthur Savile ins Hotel Jeremia Stone geschickt worden war, und ein Buch, das er einmal in York gesehen hatte.

Er schlug seinen Mantelkragen hoch und machte sich zu Fuß auf den letzten Abschnitt des Weges zum Logenhaus. Um diese Zeit wäre niemand sonst dort, das wusste er. Niemand sonst als der Mann, der für diese fürchterlichen Taten verantwortlich zeichnete.

Swanson glaubte jetzt zu wissen, weshalb drei Menschen hatten sterben müssen. Er glaubte das Motiv für die Morde zu kennen und auch den Mörder selbst. Und er war sich sicher, einen weiteren Mord verhindern zu können.

Es war, wie so oft, eine völlig sinnlose Verschwendung von Leben gewesen. Nicht zum ersten Mal fragte Swanson sich, was den Mörder zu dem Glauben getrieben haben mochte, dass es keine andere Lösung für seine Probleme gab, als einen anderen Menschen zu töten. Und wie so oft kam er zu dem Schluss, dass es allein menschliche Schwäche war. Die Gier nach Geld. Das Scheitern all der

Bemühungen, ein winkelrechtes, rechtschaffenes Leben zu führen.

Das Logenhaus war ein imposantes Sandsteingebäude im palladischen Baustil. Es lag am Duncombe Place und sein Eingang befand sich am Ende eines kleinen Parks nahe der Kathedrale. Mit reichen Schmiedearbeiten verzierte Gaslaternen säumten den breiten Kiesweg, der zwischen Eibenhecken, Rhododendronbüschen und reich belaubten Espen dorthin führte, und sie ergossen ihr schwaches, gelbes Licht wie allmählich versiegende Quellen auf den Boden ringsum.

Sich immer wieder umblickend ging Swanson langsam von Lichttümpel zu Lichttümpel und überprüfte nebenbei den kleinen Tranter-Revolver in der Tasche seines Mantels. Ein paar Meter vor dem Eingangsportal blieb er stehen und las die uralten in Stein gemeißelten lateinischen Worte der Wahrheit.

AUDI. VIDE. TACE.

Höre, sehe und schweige.

Wenn Du in Frieden leben willst, fügte er im Geiste hinzu. Dann trat er vor, ergriff entschlossen den Bronzeknauf des Portals. Wie er erwartet hatte, war die Tür unverschlossen. Ein leichter Druck mit der Hand und sie schwang geräuschlos auf.

Im Innern des Gebäudes herrschten Stille und Finsternis.

»Morgan!« Swanson folgte dem Flur und gelangte an eine Treppe, die nach unten führte. »Morgan, wo stecken Sie?«

Es kam keine Antwort. Er konnte nur hoffen, dass er nicht doch zu spät kam. Langsam ging er die Treppe hinunter. Am Fuß der Treppe lag ein schmaler Gang, der sich nach rechts und links erstreckte. Swanson wandte sich nach links und gelangte nach wenigen Metern in einen weiteren Raum, in dessen Mitte ein Tisch mit Stühlen daran stand. Der Raum der Gesellen. Der Eingang zum Tempel lag vor ihm.

»Morgan!«, rief Swanson wieder und hielt den Revolver vor sich. »Kommen Sie raus, verdammt noch mal! Sie sind jetzt ein reicher Mann!«

Undurchdringliche Stille.

Die schwere bronzene Flügeltür zum Tempel war nur angelehnt. Mit dem Rücken gegen das rechte Türblatt gelehnt, zog er das andere auf und schlüpfte in den Tempelraum.

Auch hier herrschte absolute Dunkelheit, denn keine der Kerzen brannte, doch allmählich gewöhnten sich seine Augen daran.

Der Stuhl, auf dem der hammerführende Meister Platz nahm, war aus reich verziertem Mahagoni gearbeitet. Im Westen befanden sich die beiden Plätze der Aufseher, dahinter eine mächtige Orgel.

Die in die Wände eingelassenen Halbsäulen waren aus poliertem braunen Granit, die Decke reich mit Stuck verziert, der Himmel blau getüncht. Die Statuen in den Wandnischen rechts und links im Osten stellten Johannes den Täufer und den Evangelisten Johannes dar. Schweigend blickten sie auf das Geschehen im dunklen Tempel herab.

Swanson duckte sich hinter die Stuhlreihen im Norden, den kleinen Revolver fest in der rechten Hand, und bewegte sich langsam auf den Sitz des Meisters vom Stuhl zu, dessen reich verzierte, hohe Lehne er schemenhaft in einiger Entfernung im Dämmerlicht ausmachte.

Wo, zum Teufel, versteckte sich der Kerl?

Swanson glaubte, eine Bewegung rechts von sich wahrgenommen zu haben und wandte sich um. »Morgan, kommen Sie raus!«

»Woher wussten Sie, wo Sie mich finden?« Die Stimme kam von links. »Sie haben Stephen getötet. Und jetzt wollen Sie mich umbringen.«

»Wer hat Ihnen das eingeredet?«

»Ein Freund.«

»Dieser Mann ist nicht Ihr Freund, Mr Morgan. Hat er Ihnen geraten, sich hier vor mir zu verstecken?«

»Er wusste, dass Sie kommen würden. Und er hat recht behalten.«

»Der Mann, den Sie Ihren Freund nennen, kennen Sie seinen Namen?«

»Nein. Aber er warnte mich vor Ihnen.«

»Das gehörte zu seinem Plan, Mr Morgan. Er will Sie beseitigen. Deshalb lockte er Sie ins Logenhaus. Sagte er Ihnen, Sie würden mich in Notwehr töten müssen? War es so? Aber in Wahrheit sind Sie eine Gefahr für ihn. Er musste annehmen, dass Breddon Knight und Knight Ihnen von alledem erzählt hatte.«

Aus der Dunkelheit kam ein leises Keuchen. »Woher weiß ich, wem ich glauben soll? Sie haben Stephen gehasst.«

»Bleiben Sie, wo Sie sind«, rief Swanson. »Ich bin über alles im Bilde.«

»Was, wenn ich rauskomme?« Die atemlose Stimme des Amerikaners kam aus dem Westen. Er schien sich irgendwo zwischen den Stuhlreihen verborgen zu halten.

»Dann bringe ich Sie in Sicherheit.«

Swanson vernahm das Knarzen eines Stuhles. Dann herrschte abermals Stille.

»Sind Sie bewaffnet, Mr Swanson?« Die Stimme klang jetzt, als stünde Morgan ihm direkt gegenüber.

»Nein.« Der Chief Inspector ließ den Hahn seines Tranter-Revolvers leise zurückschnappen, wobei er ihn mit dem Daumen festhielt. »Ich bin unbewaffnet. Sie haben nichts zu befürchten.«

»Ich habe das Klicken gehört«, sagte Morgan. »Halten Sie mich bitte nicht für einen Idioten. Geben Sie mir Ihr Ehrenwort, dass Sie nicht auf mich schießen werden, wenn ich hervorkomme.«

»Sie haben mein Ehrenwort«, versicherte Swanson. Er hatte bemerkt, dass sich die Stimme wieder von ihm entfernt hatte. Und ein Poltern verriet ihm, wohin. Swanson wandte sich nach rechts, wo die Pulte der Aufseher standen und der Eingang zum Tempel lag.

Morgan hatte vor, sich davonzumachen.

»Ich habe mit alldem nichts zu tun, Mr Swanson!« Morgans Stimme klang, als habe er furchtbare Angst.

»Sie sind mit Lady Carver verwandt«, sagte Swanson. »Haben Sie das gewusst?«

»Nein.« Pause. Und dann: »Stephen hat es herausgefunden.«

»Stephen Knight ist tot, Mr Morgan."

»Ich weiß", entgegnete er. »Deswegen bin ich ja hier.«

Swanson bewegte sich langsam auf die Ecke zu, aus der Morgans Stimme kam. »Kommen Sie zu mir, Mr Morgan. Dann reden wir über alles.«

»Der Schlagstock, mit dem Stephen getötet wurde, war Ihrer«, sagte Morgan. »Ich hielt es anfangs für einen Scherz, als Stephen mir erzählte, er habe ihn für jemanden gestohlen. Er wollte ihn zurückgeben …« Der Satz blieb unausgesprochen.

Swanson riss ein Streichholz an. Und in der Sekunde, da es aufglomm und wieder verlosch, sah er Phillip Morgan. Er erstarrte plötzlich mitten in der Bewegung, stieß einen beinahe ungläubigen Schreckenslaut aus und kippte nach vorne. Mit ausgestreckten Armen blieb er vor dem Altar liegen.

Mit einem Satz war Swanson an Morgans Seite. Der Schaft und zwei Drittel der Klinge eines Zeremonienschwertes ragten aus seinem Rücken und zeichneten sich in der Finsternis gegen den weißen Marmor des Altarsteines ab.

Morgan bäumte sich auf, seine linke Hand krallte sich in Swansons Kragen.

»Swanson ...«, hauchte er. Er klang, als sei er am Ende seiner Kräfte. »Ich ...« Er schloss die Augen.

Swanson sah ihn an. »Beruhigen Sie sich, Junge.«, sagte er. »Sie müssen durchhalten.«

»Ich kann nicht«, krächzte Morgan. Seine Hand fiel herunter und eine Träne rann ihm über die linke Wange.

»Hilfe ist unterwegs, Mr Morgan«, sagte Swanson. »Ihnen wird geholfen werden.«

»Es ist ... zu spät. Ich ... ich werde ... sterben ...«

»Das werden Sie nicht«, sagte Swanson streng. »Wo ist er? Wo ist der Mann, der Ihnen das angetan hat?«

»Beim Stuhl ...« Er bäumte sich auf. »Beim Stuhl ...«

Swanson packte und schüttelte ihn, doch Morgan hatte bereits das Bewusstsein verloren.

Swanson sprang beiseite, als ein dreiarmiger Leuchter klirrend neben ihm auf dem Boden aufschlug, und nahm wieder den Tranter-Revolver hoch. Dann wurde er von einem weiteren Geräusch abgelenkt, das von links aus dem Geräteraum zu kommen schien. Dort wurden die Utensilien für die Ritualzeremonien aufbewahrt. Doch die Tür war geschlossen.

Swanson spähte hinter dem samtbezogenen Stehpult des Redners hervor und versuchte in den Schatten ringsum eine Bewegung auszumachen. Doch der einzige Körper, den er sah, war der Mann, der in der Mitte des Raumes auf dem schwarz-weißen Muster des musivischen Pflasters auf dem Rücken lag und langsam ausblutete.

Er riss abermals ein Zündholz an und sah sich um.

Hinter ihm im Norden standen die Kolonnen der Stuhlreihen, auf denen bei Öffnung der Loge die Lehrlinge Platz nahmen.

»Ich weiß, dass Sie hier sind, Peacock!«, rief Swanson. »Es hat keinen Sinn mehr, sich verstecken zu wollen. Das Gebäude ist umstellt.«

Peacock lachte. Irgendwo stürzte ein Stuhl um.

»Ich weiß, dass Sie hinter den Morden stecken. Und ich weiß auch den Grund.«

»Das bezweifele ich«, sagte Peacock. Seine Stimme kam aus der anderen Ecke des Tempels. »Ich an Ihrer Stelle würde wohl zu demselben Schluss gelangt sein. Aber Sie irren sich.«

»Es gibt für mich keinen Zweifel«, rief Swanson. »Sie töteten Charles Breddon im Zug nach York.«

»Gut, sehr gut«, sagte Peacock. Doch seine Stimme hatte einen höhnischen Unterton. »Das will ich gerne zugeben, Chief Inspector. Denn Breddon war ein Schwein. Er hatte es verdient zu sterben. Wie kamen Sie darauf, dass ich es war?«

»Den Verdacht hatte ich schon, als ich herausfand, dass Jeremia Stone nicht der Name des Toten, sondern der eines kleinen Hotels am Strand ist. Als ich Ihnen nämlich damals in York den Umschlag zeigte, fragten Sie mich scheinbar aus dem Zusammenhang gerissen danach, wo ich in York untergebracht sei. Das fand ich sehr freundlich. Doch mir wurde später klar, welche Gedankenkette Sie zu dieser Frage verleitet hatte. Vermutlich ist es Ihnen selbst nicht mal bewusst gewesen. Sie kannten das Hotel am Strand. Während mir der Name nichts sagte, wussten Sie, dass es sich bei Jeremia Stone nicht um den toten Mann im Zug, sondern um ein Hotel handelte. Daher fragten Sie mich nach meiner Unterkunft.«

»Ein bisschen sehr weit hergeholt, finden Sie nicht?«

»Im Gegenteil«, sagte Swanson. »Außerdem war es ein Fehler, nicht zuzugeben, dass Sie ebenfalls unserer Bruderschaft angehören, als ich Ihnen die codierte Nachricht zeigte, Mr Peacock. Und sehr wahrscheinlich sind Sie sich dieses Fehlers auch sehr bald selbst bewusst geworden, denn es gab ja im Grunde gar keinen Grund, Ihre Zugehörigkeit zu uns zu verheimlichen. Es sei denn, sie wollten mir gegenüber verheimlichen, was in dem Brief stand. Als ich Ihnen sagte, ich könne den Code lesen, wurde Ihnen klar, dass Sie den Inhalt des Briefes nicht einfach so unter den Tisch fallen lassen konnten. Doch da war es bereits zu spät. Sie hatten zu dem Zeitpunkt nämlich nur eines im Sinn: Alles, was Sie mit Charles Breddon in Verbindung bringen könnte, zu leugnen. Sie wussten, was ihn mit Ihnen verband. Die Briefe, die Sie sich geschrieben hatten, die letzte codierte Nachricht, die sich noch in seiner Rocktasche befand, und an die Sie im Zug nicht herangekommen waren, weil alles so schnell gehen musste. Also leugneten Sie. Und als Ihnen das bewusst geworden war, wurde Ihnen auch schlagartig klar, dass ich Ihnen über kurz oder lang auf die Schliche kommen musste. Ab da war es nur noch eine Frage der Zeit.«

Swanson wandte sich um. Hinter sich hatte er ein huschendes Geräusch wahrgenommen, das Rauschen von Stoff. Wahrscheinlich die schweren Wandbehänge, dachte er.

Dann herrschte abermals gespenstische Stille.

Er hielt seinen Revolver vor sich und überlegte. Wenn der Mann ebenfalls bewaffnet war, wäre es besser, nicht mitten im Tempel auf ihn zu treffen. Der Altar mochte Schutz bieten, ebenso die Tische der beiden Aufseher. Doch am besten war er vermutlich dran, wenn er eine Wand in seinem Rücken spürte. Das verminderte wenigstens die Möglichkeit eines Angriffs von hinten.

»Lady Mary Carver war mit Ihnen verwandt«, fuhr Swanson fort. »Ich weiß nicht, ob Sie sich nach dem Tod Ihrer Frau ebenfalls um sie bemühten, wie Breddon es tat, doch eines ist sicher: Sie vergifteten Sie, um an ihr Vermögen zu gelangen. Und damit man Ihnen nicht auf die Schliche kam, vertauschten Sie später ihren Leichnam mit dem Ihrer eigenen Frau, die einem Herzleiden erlegen war. Ich nehme an, Stephen Knight half Ihnen dabei. Es war sein schottischer Akzent, den ein Zeuge in jener Nacht auf dem Highgate Friedhof hörte. Allerdings war Ihre Frau mit einer freimaurerischen Trauerzeremonie beigesetzt worden. Reste der drei Rosen fanden sich im Sarg der angeblichen Lady Carver. Und dann kam noch ein weiterer unglücklicher Umstand hinzu: Sie mussten feststellen, dass es einen weiteren Erbberechtigten gab. Mr Phillip Morgan aus den Vereinigten Staaten. Wahrscheinlich versuchten Sie sogar Knight davon zu überzeugen, dass Morgan ebenfalls verschwinden müsse. Weigerte er sich? Und musste er deshalb sterben?«

Swanson spannte den Hahn seines Revolvers. Wenn er einen Schuss in die Decke abgab, würde er womöglich im Schein des Mündungsfeuers sehen, wo Peacock sich versteckte. Andererseits würde es ihn gleichsam verwundbar machen, denn er gab seine Deckung auf. Was wenn der Kerl nur genau darauf wartete und ebenfalls schoss, sobald Swanson es tat?

Der Chief Inspector entschied sich dazu, es riskieren zu müssen. Den Revolver mit beiden Händen hoch über seinen Kopf haltend, machte er sich bereit. Selbst, wenn es glückte, und er schaute gerade in die richtige Richtung, würde er den Mann nur für den Bruchteil einer Sekunde sehen können. Er betete, dass der nicht unmittelbar neben oder gar hinter ihm stand. Dann holte Swanson tief Luft und drückte ab.

Das Mündungsfeuer erhellte den Tempelraum wie ein gleißender Blitz in stockfinsterer Nacht. Der Altar und die drei Säulen zeichneten sich als Schattenrisse in der Mitte des Raumes ab und dann sauste die in die Decke gefeuerte Kugel als Querschläger sirrend an seinem rechten Ohr vorbei.

Swanson warf sich auf den Boden. Es war verrückt, in einem solch kleinen Raum einen Schuss abzufeuern. Um ein Haar hätte es ihn das Leben gekostet. Es musste auch anders gehen.

Allmählich fragte er sich, wo die Verstärkung blieb.

»Machen Sie sich nicht unglücklich, Swanson«, sagte Peacock. Seine Stimme war überraschend weit weg. »Das war eine sehr interessante Theorie. Und sie ist in den meisten Punkten falsch.«

»Dann stellen Sie es richtig«, rief Swanson.

»Ich tötete Breddon«, sagte Peacock. »Denn er war ein Schwein, wie gesagt. Er wollte seine Frau verlassen und meine Cousine Mary heiraten. Doch sie lehnte seine Avancen ab. Deswegen vergiftete er sie. Als mir das klar geworden war, sprach ich mit Major Sholto darüber. Und ein paar Tage später war auch er tot. Da sah ich keine andere Möglichkeit, als die Sache selbst in die Hand zu nehmen. Ob Breddon etwas mit Sholtos Tod zu tun hatte, kann ich nicht sagen. Doch ich nehme es an. Und was Stephen Knight angeht, der war verblendet. Breddon machte ihm weis, ihn in die Geheimnisse der Freimaurerei einführen zu wollen und brachte ihn dazu, die Leichen zu vertauschen. Knight gab es mir gegenüber zu, ehe ich ihn erschlug.«

»Auf die Idee mit dem Sprengsatz kamen Sie wahrscheinlich durch eine Geschichte Oscar Wildes«, sagte Swanson und blinzelte verzweifelt in die Dunkelheit. »Lord Arthur Saviles Verbrechen. Ich sah eine Ausgabe in Ihrem Büro. Was mich noch interessieren würde ist, wie Sie an den Dolch und die Taschenuhr kamen? Beides stammte aus dem Kriminalmuseum von Scotland Yard.« Soviel er wusste, hatte Peacock das Kriminalmuseum in London niemals selbst besucht.

»Das, lieber Bruder, ist etwas, das ich für mich behalten werde«, antwortete er. »Sie müssen mir den Besitz schon nachweisen, Chief Inspector.«

»Die Beweise, die ich habe, reichen mir völlig aus«, sagte Swanson, der unterdessen seine Schnürsenkel aufgeknüpft hatte und seine Schuhe abstreifte. »Woher wussten Sie davon, dass Breddon den Tod Ihrer Cousine zu verantworten hatte?«

»Sie hatte mir gegenüber den Verdacht geäußert, ehe sie

starb«, entgegnete Peacock. »Nach jedem seiner Besuche fühlte sie sich schlechter. Und als ich Breddon nach ihrem Tod offen darauf ansprach, berief er sich auf die Verschwiegenheitspflicht unseres Bundes. Er lachte mir ins Gesicht! Behauptete, ich bilde mir alles bloß ein. Stellen Sie sich das vor! Daraufhin fasste ich den Plan, ihm die Taschenuhr zu schicken und bat ihn um eine letzte Aussprache. Als er zustimmte, nahm ich denselben Zug wie er. Ich wollte sichergehen, dass er für seine Taten bezahlte.«

Nun verstand Swanson auch, weshalb Breddon sich bei den Brüdern seiner Loge nach dem Verschwiegenheitseid erkundigt hatte. Es war kein Gewissenskonflikt gewesen, der ihn gequält hatte, sondern die blanke Angst davor, von Peacock entlarvt zu werden.

Auf Socken schlich Swanson lautlos um den Altar herum. Dann stand er hinter dem Chief Constable und drückte ihm die Mündung des Revolvers an den Hinterkopf.

»Edward Peacock, Chief Constable der Grafschaft Yorkshire«, sagte er. »Im Namen der Königin verhafte ich Sie wegen des Verdachts des Mordes an Charles Arthur Breddon und Stephen Knight. Ich rate Ihnen, von jetzt an zu schweigen und keine unbedachten Bewegungen mehr auszuführen, da ich einen anstrengenden Tag hinter mir habe und ziemlich müde bin. Augenblicklich kann ich wirklich nicht dafür garantieren, dass ich Ihnen kein Loch in den Schädel schieße.«

SIEBTER TEIL

Die ewige Blühende

» Dein Schicksal ist der Nachklang und das Resultat deines Charakters. «

Johann Gottfried Herder

KAPITEL 22

York County Hospital, Monk Gate,
York, vier Tage später

»Sie haben ein verdammtes Glück gehabt, Mr Morgan.« Chief Inspector Swanson stand an Morgans Krankenbett, strich sich mit Daumen und Zeigefinger den Schnurrbart glatt und sah den jungen Amerikaner mit zusammengezogenen Augenbrauen an. Er war heilfroh, dass er den Angriff mit dem Schwert im Tempel überlebt hatte. »Was genau war eigentlich Ihr Anliegen, als Sie nach England kamen?«

»Mein Anliegen?« Morgan rang nach Luft und verzog schmerzvoll das Gesicht. »Nun, ich …«

»Raus damit, Mr Morgan. Was genau ist Ihr Anliegen?«

»Ich will alles wissen, was es über die Freimaurer zu wissen gibt«, entgegnete Morgan, dem das Sprechen hörbar schwer fiel. »Das … ist mein Anliegen.«

»Und?« Swanson trat einen Schritt vor.

Morgan blinzelte schwach. »Und was, Sir?«

»Haben Sie bereits Erkenntnisse erlangt?«

»Stephen hatte mir ja schon einige Zusammenhänge erläutert.«

»Sie meinen Mr Knight«, sagte Swanson. »Er hat einen hohen Preis gezahlt.«

»Ich habe nicht geahnt, dass es so ausgehen würde«, hauchte Morgan. »Von den Morden hatte ich keine Ahnung. Ich bin stets nur Stephen gefolgt, weil er mir Informationen über die Freimaurerei versprach.«

»Das ist mir bewusst«, sagte Swanson. »Für die Zukunft kann ich Ihnen nur raten, sich von Leuten wie Knight fernzuhalten. Menschen wie er besitzen nicht die geringste Vorstellung von der Freimaurerei. Alles, was sie besitzen, ist die Fähigkeit, gutgläubige Menschen von ihren abstrusen Theorien zu überzeugen.«

»Und Sie, Mr Swanson?« Morgan verzog das Gesicht zu einem gequälten Lächeln. »Stephen war davon überzeugt, Sie gehörten ebenfalls der Bruderschaft an.«

»Er hatte recht«, sagte Swanson. Er griff nach dem Wasserglas auf dem Nachttisch. »Hier«, sagte er. »Trinken Sie erst mal einen Schluck.« Er hielt Morgan das Glas an den Mund.

»Danke, Sir.« Er schob das Glas mit der Hand beiseite, als er genug hatte. »Er hatte recht?«

»Ja, Mr Morgan. Ich bin Freimaurer. Es ist aber auch das einzige, mit dem er recht hatte.« Swanson seufzte. »Wir sind nicht so, wie er es Ihnen weis zu machen versucht hat.«

Wieder lächelte Morgan schwach. »Ich weiß, Sir.«

»Hören Sie zu, Mr Morgan, wenn Sie wirklich nach Wissen streben, wenn es Sie mit der Kraft Ihres Herzens nach Antworten verlangt –«

Morgan nickte. »Das tut es, Sir«, hauchte er. »Das tut es.«

»Dann, mein Freund, fragen Sie nicht jemanden wie Mr Knight, sondern einen Freimaurer.«

»Bislang habe ich noch niemanden gefunden, der bereit gewesen wäre, mit mir zu sprechen.«

»Ich stehe Ihnen zur Verfügung«, meinte Swanson, stand auf und schüttelte Morgans Kissen auf. Dann nahm er wieder Platz, steckte die Hände in die Taschen seines Mantels und sagte: »Ich stehe Ihnen zur Verfügung. Also los, Mr Morgan, stellen Sie Ihre Fragen.«

Pentonville Gefängnis,
London

Nur noch vierzig Minuten.

Edward Peacock, ehemals Chief Constable von Yorkshire, saß rauchend am Tisch in der Mitte des Zimmers und sah den Zeigern der alten Wanduhr dabei zu, wie sie zuckend auf zwanzig nach acht sprangen.

Nur noch vierzig Minuten, und dann, so hoffte er, würde er Alice endlich wiedersehen – nach all der Zeit. Obwohl es völlig unsinnig war, kam es ihm so vor, als seien Jahrzehnte vergangen, seit sie sich das letzte Mal begegnet waren. Es war so unglaublich viel passiert in den letzten anderthalb Jahren.

Es war einiges falsch gelaufen zwischen ihnen, dessen war er sich bewusst. Ganz gehörig falsch sogar. Aber er hoffte, das meiste davon erklären zu können, wenn er sie traf, hoffte, dass er Gelegenheit haben würde, sich wenigstens für ein paar Dinge zu entschuldigen.

Seit ihrer Beerdigung hatte er sich wieder und wieder gefragt, ob alles anders gekommen wäre, wäre sie nicht gestorben. Er fragte sich, ob sie ihm wohl verziehen hatte. Ob sie um neun Uhr wirklich da sein würde, um ihn abzuholen. Er wünschte es sich so sehr.

»Noch Lust, ein Spiel zu machen, Mr Peacock?« Einer der beiden Wärter sah nicht ihn, sondern das Kartenspiel vor sich auf dem Tisch an.

Peacock verneinte und drückte seine Zigarette in den Ascher. »Vielleicht später«, sagte er. »Fragen Sie mich doch um halb zehn noch mal.«

Sie lachten alle drei verhalten.

Das Frühstück bestand wie immer aus Schinken und gekochten Eiern. James Billington legte die Gabel beiseite, wischte sein Messer an der Tischdecke ab und schob den Teller von sich. Dann fingerte er seine schwere, silberne Taschenuhr heraus.

Es war fünf Minuten vor neun.

Gemächlich zündete er sich eine Zigarre an, blies einen einzelnen blauen Rauchkringel zur Decke und stand dann langsam auf. Die Zigarre legte er vorsichtig in den Ascher, ehe er gemeinsam mit Warbrick, seinem Assistenten, den Raum verließ und zügig den Korridor entlang zum Treffpunkt ging.

Chief Inspector Donald Swanson, Mr Hankin, der Gefängnisdirektor – die Uhr in der Hand –, sowie der Gefängnisarzt und einige bestellte Zeugen warteten bereits auf sie. Es herrschte eine Grabesstille auf dem Gang.

Der Gefängnisdirektor sah auf seine Taschenuhr.

Eine Minute vor neun.

Sie standen schweigend da: Der Geistliche mit seiner Bibel, Hankin mit seiner Taschenuhr, die beiden Gefängniswärter, die zur Sicherheit bereitstanden, und die beiden Henker, die in ihren zu großen schwarzen Anzügen beinahe wie Bestatter wirkten. Warbrick zitterte wie Espenlaub, was vermutlich daran lag, dass es die erste Exekution war, der er als Assistent beiwohnte.

Die letzten Sekunden im Leben von Edward Peacock vertickten.

Wie der Sand, dachte Swanson bei sich, der unaufhaltsam durch das Stundenglas rann. Die Kerze des Lebens – nichts weiter mehr als ein beinahe verloschener Stummel.

Als der Sekundenzeiger auf die volle Minute sprang,

deutete Hankin ein Kopfnicken an und einer der Wärter stieß die Tür zur Todeszelle auf.

Peacock saß auf der Pritsche, erhob sich jedoch sofort, als er sie eintreten sah.

»Machen Sie Ihren Frieden mit dem Großen Baumeister des Universums«, sagte Swanson.

»Ich bin zufrieden. Ich habe mir nichts vorzuwerfen.«

Eine Minute vor neun.

»Hier, trinken Sie erst mal einen, Sir.« Einer der beiden Wärter zog eine abgestoßene Taschenflasche aus seiner Uniformjacke, goss zwei Fingerbreit in ein Glas und schob es Peacock über den Tisch zu.

Peacock hatte seit Ewigkeiten nichts mehr getrunken. Hatte keinen Alkohol mehr angerührt, seit Alice fortgegangen war. Er nahm das Glas mit dem Brandy und kippte es in einem Zug hinunter.

»Danke, Kumpel«, sagte er. Dann fuhr er ruckartig hoch, als er um Punkt neun Uhr das metallische Rasseln der Schlüssel im Schloss vernahm.

Alice. Gleich würde er bei ihr sein.

Fast gleichzeitig wurde die massive Stahltür aufgestoßen und zwei Herren mit ernsten Gesichtern traten ein, die mit ihren blank polierten Lackschuhen und in Anzug und Krawatte gekleidet in dieser Umgebung ein wenig deplatziert wirkten.

Die Wärter, die mit ihm am Tisch gesessen und sich während der letzten vierzehn Tage seit seiner Verurteilung rund um die Uhr um ihn gekümmert hatten, erhoben sich beim Eintreten der Zivilisten ebenfalls. Für sie waren diese letzten Minuten vermutlich am schwersten. Zwischen ihnen und dem Todeskandidaten hatte sich trotz aller

Professionalität der Beamten wie so oft eine enge Beziehung entwickelt – einstmals Fremde, die durch den täglichen Kontakt, die Kartenspiele und Gespräche beinahe zu letzten Freunden geworden waren. Sie wirkten äußerst nervös; ihre Gesichter waren angespannt.

Edward Peacock dagegen lächelte. Und er lächelte noch immer, als Billington auf ihn zuging. Als er ihnen die Hände reichte und sie hinter ihn traten, spürte er das Strammziehen der Lederriemen kaum.

Billington und Warbrick sahen, wie Peacock sich umwandte. Und zu ihrer beider Überraschung kreuzte er die Arme auf dem Rücken, wie um ihnen zu helfen. Fast automatisch ergriff Warbrick Peacocks linken Arm, während Billington den rechten darüberlegte. Er zog die Handfessel, einen kurzen, aber kräftigen Lederriemen aus der Tasche, wand ihn um die Handgelenke des verurteilten Mannes und zurrte ihn fest.

Dann wurde die zweite Tür der Zelle aufgeschlossen. Dahinter lag die Exekutionskammer mit ihren weiß gekalkten Wänden. Sie war hell erleuchtet.

Die meisten Todeskandidaten ergriff beim Anblick der in nur wenigen Metern Entfernung baumelnden Schlinge eine gewisse Panik. Die unvermittelte Erkenntnis, dass sie, ohne es gewusst zu haben, zwei Wochen lang in unmittelbarer Nähe ihrer Hinrichtungsstätte gelebt und geschlafen hatten, bewirkt oftmals einen Schock. Doch nicht so in Peacocks Fall. Kaum, dass er gesehen hatte, wohin der Weg führte, begann er schnellen Schrittes auf die Schlinge zuzugehen.

Billington war offenbar so verblüfft, den Todeskandidaten in die Exekutionskammer eilen zu sehen, dass er sich selbst beeilen musste, an dem Verurteilten vorbeizukommen und vor ihm an der Schlinge zu sein.

Indem er ihm leicht die Hand auf die Schulter legte, stoppte er ihn genau auf der Kreidemarkierung, die er am Morgen in Form eines breiten T's auf die zweiflügelige Falltür gezeichnet hatte. Und im selben Augenblick, als Warbrick Peacocks Beine mit einem weiteren Lederriemen zusammenband, zog Billington rasch eine weiße Baumwollkapuze aus seiner Brusttasche, stülpte sie Peacock über den Kopf und legte ihm die Schlinge um den Hals – den »Knoten« direkt unter das linke Ohr. Dann beugte er sich zum Hebel hinunter, drückte, um ihn zu entriegeln, die beiden Sicherungsstifte heraus, und legte ihn mit einem kräftigen Ruck um. Krachend öffneten sich die Falltüren und die vermummte Gestalt schoss in die Tiefe.

Alice –

Er sah sie in der Entfernung stehen und winken, als sich die Falltür zu seinen Füßen öffnete, das Adrenalin in seine Bauchhöhle schoss und die schnalzende Kraft der Schlinge sein Genick brach.

Zurück in ihrer Unterkunft nahm Billington scheinbar seelenruhig seine zuvor angerauchte Zigarre aus dem Aschenbecher, zog daran und blies zufrieden einen weiteren Rauchkringel in die Luft.

Es war vorbei. Edward Peacock baumelte tot am Ende des Seils. Und all dies hatte – vom Eintreten der Henker bis zum Betätigen des Hebels – nicht länger als dreizehn Sekunden gedauert.

Warbrick ließ sich in einen Stuhl fallen. »Er ist zum

Galgen gerannt!«, sagte er atemlos. »Haben Sie gesehen, wie er gelächelt hat, als er die Schlinge sah?«

Billington nickte nur.

»Haben Sie jemals zuvor so etwas erlebt?«

»Nein«, sagte Billington. Er zog an seiner Zigarre. »Könnte wetten, dass das hier die schnellste Hinrichtung gewesen ist, die es jemals gegeben hat.«

Dreizehn Sekunden!

Donald Swanson trat an das Grab, das sie nahe der Gefängnismauer ausgehoben hatten. In der Hand hielt er drei Rosen.

Der Mann mit der Schaufel sah ihn fragend an. »Kann ich Ihnen helfen, Sir?«

Swanson schüttelte den Kopf. »Ich hätte nur gern eine Minute mit ihm allein«, sagte er.

»Nun, wenn Sie meinen.« Der Mann sah ihn mit hängenden Lidern an. »Verwandter von Ihnen, was?«

Swanson nickte. »Mein Bruder.«

»Verstehe. Blut ist doch immer noch dicker als Wasser und so.«

»Würde es Ihnen etwas ausmachen, uns für eine Weile allein zu lassen?« Er deutete ein Lächeln an. »Ich wäre Ihnen außerordentlich dankbar dafür.«

»Klar, Sir. Verstehe ich doch. Wollte ohnehin 'ne Pause machen.«

»Danke.«

Und der Totengräber stieß die Schaufel in den Hügel ausgehobenen Erdreichs, klopfte sich die schmutzigen Hände an den abgewetzten Hosenbeinen ab und verschwand.

Das Ende eines gelebten Lebens, dachte Swanson bei

sich. Vor wenigen Monaten hatte er in einem anderen Gefängnis am Grab eines anderen Mannes gestanden und zugesehen, wie die Totengräber es hastig zugeschaufelt hatten. Wie gut, dass niemand wusste, wo es letztendlich hinging. Man konnte die richtigen oder auch die falschen Entscheidungen im Leben treffen, doch wie es letztlich endete, wusste niemand zu sagen.

Nacheinander warf er die drei Rosen auf den Sarg.

»Sie erweisen ihm die letzte Ehre?«, fragte Phelps. Er war neben Swanson stehen geblieben, die Hände tief in den Hosentaschen vergraben. »Ich verstehe Sie nicht, Sir.«

»Das müssen Sie auch nicht«, sagte Swanson. »Er mag ein Mörder sein, seine Taten abscheulich und verachtenswert, aber er bleibt für mich immer noch ein Bruder – wenn auch ein fehlgeleiteter. Und er hat für seine Sünden den höchsten Preis gezahlt.«

»Und damit ist alles vergeben und vergessen?« Phelps schüttelte verständnislos den Kopf.

»Wenn Gott ihm vergeben kann«, sagte Swanson und sah Phelps an, »wie könnte ich mich dann verweigern?«

Phelps seufzte. »Sie hätten Pfarrer werden sollen, Sir.«

Swanson lächelte. Er legte Phelps den Arm um die Schultern, und gemeinsam kehrten sie zum Büro des Gefängnisdirektors zurück.

Von Westen her zogen dunkle Wolken auf.

Sie mochten von Regen künden oder auch nicht.

Epilog

» Mensch, lerne dich selbst zu erkennen, das ist der Mittelpunkt aller Weisheit. «

Gotthold Ephraim Lessing

Black Museum, Scotland Yard

Detective Inspector Randall stellte das kleine, verzierte Holzkästchen, das Chief Inspector Donald Swanson ihm am Tag zuvor gegeben hatte, auf den Schreibtisch beim Fenster, schloss die Tür des Museums ab und nahm die weißen Handschuhe aus der Ablage. Er streifte sie sich über, ehe er den Messingverschluss des Kästchens öffnete, den Deckel mit beiden Händen aufklappte und ihm die Einzelteile einer zerstörten Taschenuhr entnahm.

Wie merkwürdig, dachte er, als er das traurige Sammelsurium aus Silberblech und Messingzahnrädern im schwachen Schein des Lichts betrachtete, das durch die dreckverschmierten Fensterscheiben fiel. Vor Gericht war die Uhr ein bedeutendes Beweisstück gewesen; das Leben eines Mannes hatte davon abgehangen, und nun war das kleine silberne Ding nichts weiter mehr als eine kaputte Taschenuhr.

Inspector Randall zog ein braunes Pappkärtchen aus einer der Schubladen, tauchte die Feder ins Tintenfass und schrieb:

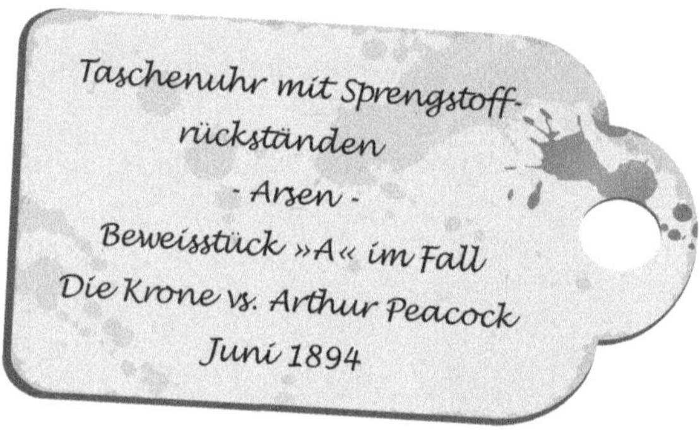

Randall blies ein paar Mal darauf, ehe er das Bleiglaskabinett gleich bei der Tür aufsperrte und die Teile der Uhr hineinlegte – das Kärtchen daneben.

Wie es Chief Constable Peacock gelungen war, an den Dolch und die Taschenuhr zu kommen, mit denen er diesen Apotheker im Zug nach York getötet hatte, war ihm nach wie vor schleierhaft. Irgendjemand musste die Waffen wohl unbemerkt aus dem Museum entwendet und ihm gegeben haben. Doch Randall konnte sich einfach nicht vorstellen, wer. Der Chief Constable selbst kam als Dieb jedenfalls definitiv nicht in Betracht, denn er hatte das Schwarze Museum von Scotland Yard niemals besucht.

Es gab eben Dinge, dachte Randall, die würden vermutlich für immer rätselhaft bleiben. Und es war ganz und gar nicht seine Aufgabe, diese Rätsel zu lösen.

Erst acht Jahre später würde sich herausstellen, dass Randalls Vorgesetzter, Superintendent Percy Neame, über Jahre hinweg zahlreiche Ausstellungsstücke unter der Hand an Journalisten und zahlungskräftige Sammler verkauft hatte. Mit der Schande eines bevorstehenden Prozesses konfrontiert, nahm er sich 1902 mit seiner alten Dienstpistole das Leben.

Doch all das lag für Inspector Randall im Augenblick noch in weiter Ferne.

Was ihn betraf, war der furchtbare Fall ein für alle Mal abgeschlossen.

Und binnen Sekunden war es das Bleiglasschränkchen auch.

49 Gordon Square, Bloomsbury,
London, einen Monat später

Eine Woche nachdem Chief Inspector Donald Swanson den Urlaub mit seiner Familie in Schottland beendet hatte, war er in Frederick Greenlands Haus am Gordon Square zu Gast, um eine Bringschuld einzulösen.

»Wie ich hörte«, sagte Swanson eben zu Colonel Arthur Hillerman, »hatten Sie neulich mit Mr Greenland einen kleinen Disput über Geld.«

Hillerman winkte ab. »Nicht der Rede wert, Mr Swanson. Er war doch tatsächlich davon überzeugt, sein Münzgeld wäre mehr wert, als meine Schecks. Lächerlich, was?«

»Oh, ich muss sagen, er hat ganz recht damit«, meinte Swanson.

»Sie nehmen mich auf den Arm, mein Bester.« Hillerman lümmelte sich in seinen Sessel und kicherte. »Das kann nicht Ihr Ernst sein.«

»Ich bin Schotte«, sagte Swanson. »Wir haben das Kleingeld erfunden. Und ich werde es natürlich bis zum letzten Blutstropfen verteidigen.«

»Pah!« Hillerman wölbte abfällig eine Augenbraue. Aus der Innentasche seines Jacketts zog er sein Scheckheft hervor, klappte es auf und nahm einen einzelnen Scheck heraus. »Dieses Stück Papier nimmt es mit jeder prall gefüllten Geldbörse auf, Chief Inspector. Sie könnten einen ganzen Sack voll Münzen hinter sich herschleppen, und er würde diesen Scheck nicht aufwiegen.«

»Da irren Sie schon wieder«, entgegnete Swanson mit einem Lächeln. Offensichtlich fand er Gefallen daran, es mit dem Colonel auf die Spitze zu treiben. »Ich behaupte sogar, dass eine einzelne Münze es mit Ihrem ganzen Scheckheft aufnehmen kann.«

Hillerman schlug sich vor Lachen auf die Schenkel. »Ich würde meinen Kopf dagegen verwetten.« Und er wischte sich demonstrativ eine Träne aus dem Augenwinkel.

»Und ihn verlieren.« Swanson war nicht weniger belustigt. »Verausgaben Sie sich nicht, mein Guter.«

»Also schön«, entschied Hillerman, »geben Sie mir etwas zu schreiben, und wir machen eine Wette unter Gentlemen. Natürlich nicht um meinen Kopf, dass das mal klar ist.«

Frederick stand auf, rückte das Beistelltischchen näher an Hillermans Sessel heran und brachte ihm seinen Reisefederhalter.

»Ich wette für mein Leben gern«, sagte der Colonel, während er den Scheck auf der Tischplatte glatt strich. »Zumal ich noch niemals verloren habe.«

Swanson schmunzelte. »Dann werden Sie ja heute Abend eine ganz neue Erfahrung machen.«

Hillerman wandte sich an Frederick. »Sie, Mr Greenland, werden die Angelegenheit besiegeln und mit wachem Auge verfolgen. Und Sie, Mr Swanson, formulieren nun bitte die Wette.«

»Wie Sie wollen, Sir.« Swanson nickte und kratzte sich am Kinn. »Ich wette, dass ich den relativen Wert Ihres Schecks – über welchen Betrag Sie ihn auch immer ausstellen wollen – mit einem einzigen und ganz gewöhnlichen Ein-Penny-Stück überbieten kann.«

»Sie wissen ebenso gut wie ich, dass Ihnen das niemals gelingt«, murmelte Hillerman, wenngleich sein Blick allmählich Zweifel an seinen eigenen Worten verriet. Er schien zu überlegen, ob er irgendetwas nicht bedacht haben könnte. Dann grinste er wieder siegessicher und hielt dem ihm gegenübersitzenden Chief Inspector die ausgestreckte Hand hin. »Top, Mr Swanson«, sagte er.

»Die Wette gilt, Gentlemen«, sagte Frederick.

Während der Colonel sich mit schwitzender Stirn über den Tisch beugte und den Scheck auf 100 Pfund Sterling ausstellte, saß Swanson zurückgelehnt in seinem Sessel und drehte geschickt eine Münze zwischen den Fingern.

»Dies«, verkündete Hillerman und hielt den Scheck in die Höhe, »halte ich Ihrem lächerlichen Kupfer entgegen. Es ist gleichzeitig mein Wetteinsatz. Ich nehme doch an, Sie können da noch mithalten.«

Donald Swanson ließ den blinkenden Penny klimpernd neben den Scheck auf die Tischplatte fallen und erhob sich gemächlich aus seinem Sessel. »Ich habe zwar keine besondere Vorliebe für dramatische Auftritte«, meinte er, »doch für den Beweis, den ich für meinen Freund Mr Greenland hier antreten will, ist eine kleine spektakuläre Aufführung einfach unerlässlich, Gentlemen. Wären Sie so freundlich, nach Ihrem Butler zu läuten, Mr Greenland?«

»Wollen Sie etwa immer noch behaupten, Ihr Penny sei mehr wert als dies hier?« Ein aufgebrachter und skeptisch dreinblickender Colonel Hillerman pochte mit seiner dicken Faust auf den Scheck. »Machen Sie die Augen auf, Chief Inspector! Sie haben den armseligen Vergleich jetzt schon verloren!«

»Warten Sie es nur ab«, meinte Swanson gleichmütig. »Ehe Sie anfangen, voreilige Schlüsse zu ziehen, besehen Sie sich einmal das Penny-Stück. Es ist ein gutes, neues Stück. Gerade in diesem Jahr geprägt. Unserer verehrten alten Dame immerhin wichtig genug, es mit ihrem weisen Kopf zu zieren.«

»Was sind denn das für Ausflüchte?«, schimpfte Hillerman ärgerlich. »Sie reden ja irre.«

Es klopfte an der Tür und Morton trat ein. »Sie haben geläutet?«

»Morton«, sagte Donald Swanson ernst, »ich weiß, Sie besitzen einen klaren Verstand und ein scharfes Auge.«

»Mit Verlaub, Mr Swanson, Sir«, erwiderte der Butler, wobei er sich zu voller Größe straffte, »sogar zwei scharfe Augen.«

»Ganz ausgezeichnet.« Er legte Morton einen Arm um die Schultern. »Wären Sie eventuell so gütig, mir eines davon für ein paar Minuten zu leihen?«

»Mit dem größten Vergnügen, Sir.«

Swanson rieb sich zufrieden die Hände. Er zog seinen Tranter-Revolver hervor und legte ihn auf den Tisch. Dann bat er Frederick um eine Nähnadel und ein kleines Stückchen Papier. Als der ihm beides gereicht hatte, hielt Swanson Morton den Revolver hin. »Schauen Sie bitte nach, ob er geladen ist. Ich habe eine Kugel hineingetan. Zu meinem Glück hoffe ich, dass Sie mit der Waffe umzugehen verstehen.«

Mortons Züge verrieten keinerlei Gefühlsregung, als er sagte: »Das werden wir sehen, Sir.«

»Du meine Güte, wohin soll das führen?« Hillerman fuhr halb von seinem Sessel auf. Sein angespanntes Gesicht spiegelte größtes Entsetzen wider. »Machen Sie sich doch nicht unglücklich.«

»Ruhig Blut.« Beschwichtigend hob Swanson die Hände. »Gleich werden Sie begreifen, weshalb Ihre 100 Pfund nicht einen Penny wert sind.« Er kicherte vergnügt in sich hinein. Dann setzte er eine ernste Miene auf. »Äußerste Ruhe, bitte.« Er nahm die Münze vom Tisch und steckte sie in die linke Brusttasche seines Tweedjacketts. Danach befestigte er mit Hilfe der Nadel den Papierschnipsel deutlich sichtbar außen an der Tasche, sodass dieser den Punkt über seinem Herzen markierte, an dem sich das Geldstück befand.

»Gehen Sie bitte in Deckung, Gentlemen«, sagte Swanson mit feierlicher Stimme. »Und Sie, Morton, geben sich bitte alle Mühe beim Zielen, weil ich andernfalls den ganzen Aufwand hier vergebens betrieben habe.« Er lächelte kurz.

»Ich bin bereit, Sir.« Mortons Stimme war ausgesprochen ruhig; beinahe kühl. Er nahm den Revolver in Anschlag. »Sir.«

»Na, dann los.« Swanson verschränkte die Arme hinter dem Rücken. Dann schloss er vertrauensselig die Augen.

Ein Schuss krachte, und Donald Swanson wurde durch die Wucht der Kugel zu Boden geworfen.

»Herr im Himmel!«, schrie Colonel Hillerman. Wie eine Gazelle sprang er aus dem Sessel hoch und blieb kerzengerade stehen; den Blick starr auf den niedergestreckten Mann vom Yard gerichtet. »Das war es nicht wert ... nein, nein, so was, sich erschießen zu lassen ... wirklich ...« Sein Gemurmel verlor sich im Knistern der Holzscheite im Kamin.

Donald Swanson lag leblos am Boden. Frederick kniete sich neben ihm nieder und knöpfte ihm das Hemd auf. Er war unverletzt, wie Frederick zu seiner Erleichterung feststellte, wenn auch offenkundig ohne Besinnung.

Morton tauchte mit einem Glas Sherry neben ihm auf. Frederick gab es Swanson schluckweise zu trinken, während er dessen Kopf hielt. Colonel Hillerman stand immer noch wie versteinert an seinem Platz vor dem Sessel und schüttelte unentwegt den Kopf. Ein Bild des Unglaubens.

Es dauerte nicht lange, da kehrte allmählich das Leben in Swanson zurück. Er blinzelte wie benommen und richtete sich schwerfällig auf.

»Und nun, Colonel Hillerman«, presste er hervor, indem er scheinbar die Schmerzen in seiner Brust mit einem aufgesetzten Lächeln zu überspielen versuchte, »ist die Reihe an Ihnen und Ihrem Scheck.« Sein Lächeln wurde zu einem breiten Grinsen.

Der Colonel vermochte überhaupt nicht zu reagieren, so schockiert war er.

Donald Swanson stand schwankend auf und tapste, von Morton und Frederick gestützt, zu seinem Sessel am Kamin. Nachdem er sich gesetzt hatte, legte er die verbeulte Kupfermünze auf den Tisch und schaute Hillerman lange Zeit schweigend an. Dann gab er schließlich mit leiser Stimme zu bedenken: »Seien Sie mal ehrlich, Colonel, meine lächerliche Kupfermünze ist ein Menschenleben wert. Was könnten Sie dem noch entgegenhalten?«

Hillerman stieß einen resignierten Seufzer aus. »Lediglich einen Penny, Chief Inspector«, brummte er kleinlaut. »Ich gebe zu, Sie haben recht, und meine 100 Pfund sind unter den gegebenen Umständen in der Tat vollkommen wertlos.« Er legte seine fleischige Hand auf den Scheck und schob Swanson das Papier hin. Unvermittelt, so als sei er eben aus einer gedankenlosen Träumerei erwacht, fischte er seine Taschenuhr aus der Weste, warf einen beiläufigen Blick auf das emaillierte Zifferblatt und setzte sein Buddha-Grinsen wieder auf. »Nicht möglich, es ist ja bereits halb elf. Wo bleibt nur die Zeit?« Und mit einem kleinen, glucksenden Lachen erhob er sich. »Mein lieber

Mr Swanson, ich werde mit einem Schotten nie wieder über Geld sprechen. Und seien Sie gewiss, eine Wette mit Ihnen kommt für mich auch nicht mehr in Frage. Ich habe meine Lektion gelernt. So, und nun wünsche ich Ihnen eine gute Nacht.«

Morton begleitete Colonel Hillerman zur Haustür.

Oben am Kamin blieben Donald Swanson und Frederick Greenland zurück.

»Was meinen Sie, Mr Greenland«, fragte Swanson, »hat er mir die Geschichte übelgenommen?«

»Oh, ganz sicher nicht. Unser Freund Hillerman ist nicht nur ein überaus reicher, sondern auch ein bemerkenswert weiser Mann, Mr Swanson. Er weiß, dass er die Wette zu Recht verloren hat. Die 100 Pfund liegen ihm nicht schwer auf der Seele, und das *Hendon Armenhaus* wird einer Zuwendung gegenüber sicherlich nicht abgeneigt sein, wenn ich dort morgen Vormittag den Scheck aushändige. Aber Sie hätten sich um ein Haar unglücklich gemacht. Was, wenn Morton daneben geschossen hätte?«

»Sie wissen doch, dass ich mich nebenher mit der Zauberkunst befasse«, sagte Donald Swanson. »Er konnte gar nicht daneben schießen. Es war bloß ein Trick. Es gab natürlich zwei Münzen, und die Kugel bestand aus Wachs.« Er lachte. »Nein, mein lieber Mr Greenland, niemand hat einen Schaden davongetragen; außer Inspector Charly Stedman vielleicht.«

Frederick blickte ihn irritiert an.

»Er hat sich eines Kapitalverbrechens schuldig gemacht, fürchte ich«, flüsterte Swanson ihm verschwörerisch zu. Er nahm das Ein-Penny-Stück vom Beistelltischchen und hielt es in die Höhe. »Er hat heute Vormittag auf meine

Bitte hin auf ihre Majestät Königin Victoria von England geschossen und ihren Kopf mächtig verbeult. Aber das, mein lieber Mr Greenland, kann ebenso gut unter uns bleiben.«

Personen & Begriffe

Chief Inspector Donald Sutherland Swanson, ein unbestechlicher und aufrechter Beamter der Metropolitan Police (Scotland Yard)

Annie Swanson, liebende Gattin und Mutter

Peter Phelps, Swansons Sergeant und einer der besten unter den Guten

Charles H. Stedman, Chef des noch jungen forensischen Teams der Londoner Kriminalpolizei

Frederick Greenland, wohlhabender Lebemann aus Bloomsbury und manchmal undercover unterwegs

Colonel Arthur Hillerman, Nachbar Frederick Greenlands

Stephen Knight, ein Enthüllungsjournalist mit deutlicher Abneigung gegen Freimaurer

Phillip Morgan, Privatdetektiv aus den USA mit schriftstellerischen Ambitionen und einem interessanten Onkel

Walter Rowlands, Schaffner

Douglas Crouch, Nachtwächter auf dem Highgate Friedhof in London

Edward Peacock, Chief Constable von Yorkshire

Arthur Conan Doyle, Schriftsteller und Freimaurer mit einem Faible für Selbstverteidigung

Abraham ›Bram‹ Stoker, unveröffentlichter Autor, liebt nächtliche Friedhofsspaziergänge

William Barton-Wright, Weltreisender und Begründer der Bartitsu-Selbstverteidigungsschule

Gordon Randall, Kurator des kriminalhistorischen Museums von Scotland Yard

Superintendent Percy Neame, Gründer des Schwarzen Museums

Police Sergeant Alex Skinner, Polizist der Yorkshire Police mit schauspielerischem Talent

Police Constable Albert Gilchrist, Polizist der Yorkshire Police

Miss Lydia Grimes, eine wichtige Zeugin

Jefferson Cane, Theateragent aus London

Gideon Algernon Mantell, entdeckte als erster Fossilien eines Iguanodons und erkannte, dass es sich dabei um eine ausgestorbene Spezies handelte

Sir Richard Owen, einer der bedeutendsten Naturwissenschaftler der viktorianischen Zeit, prägte den Begriff Dinosaurier

Des Weiteren ein Commissioner, zahlreiche Constables, zwei Henker, diverse Droschkenkutscher, ein Totengräber, unzählige Statisten und ein Mörder, der vor nichts zurückschreckt.

Tan Sau: Eine die Kraft des Gegners umleitende Bewegung im Wing Chun, bei der die Handfläche nach oben zeigt. Tan Sau = Handfläche-oben-Arm

Sifu: Vater-Lehrer. Oberster Lehrmeister einer Kung Fu Kampfkunstschule

Dojo: Trainingsraum

Keikogi: Kampfanzug aus Leinen

Weitere Informationen zur Kampfkunst WingChun/ WingTsun und dem Bar(t)itsu von Sherlock Holmes gibt es hier:

www.ewto-schule-mattner.de
www.alte-kampfkunst.de

Freimaurerei: Entgegen anders lautenden Gerüchten handelt es sich bei den Freimaurern nicht um eine geheime, sondern um eine verschwiegene Gesellschaft. Ihre Mitglieder sind freie Männer von gutem Ruf, aus allen Gesellschaftsschichten, die sich der Arbeit an sich selbst verschrieben haben, um ihre Fehler abzumildern und ihre Stärken auszubilden. Wer sich jenseits von Verschwörungstheorien über die Freimaurerei informieren möchte, dem sei freimaurer-wiki.de empfohlen. Dort findet man auch die Geheimschrift der Bauhütten – den Freimaurer- bzw. Winkelcode. Er wurde im Roman in leicht veränderter Form benutzt und fällt nicht unter die so genannte Arkandisziplin. Bei dieser handelt es sich um Inhalte der Freimaurerei, über die mit »Profanen«, also Nicht-Freimaurern, nicht gesprochen wird.

Altstuhlmeister: Der Vorsitzende einer Freimaurerloge wird Stuhlmeister oder Meister vom Stuhl genannt. Der Vorsitzende, dessen Amtszeit dem aktuellen Stuhlmeister vorausgeht, ist der Altstuhlmeister.

Wer sich für die Freimaurerei im Allgemeinen interessiert, findet hier wertvolle Informationen:

http://freimaurer.org

Danksagung

»Es ist idiotisch, sieben oder acht Monate an einem Roman zu schreiben, wenn man in jedem Buchladen für zwei Dollar einen kaufen kann«, meinte schon Mark Twain. Denjenigen, die mich dabei auch noch unterstützt haben, möchte ich herzlich danken.

Meinen Freunden Sascha Gutzeit und Dirk Carstens für die vielen bereichernden Gespräche. Stewart und Rosie Evans, Nevill Swanson, Neil Bell, Adam Wood und meinem WingTsun Trainer Alexander H. Mattner für ihre fachkundige Beratung. Meinen Kolleginnen und Kollegen Sabine Trinkaus, Andrea Gehlen, Joachim H. Peters, Jürgen Siegmann, Wolfram Tewes, Jürgen Reitemeier, Uwe Voehl und Marcus Winter für Zuspruch und Ermutigung.

Besonderen Dank schulde ich meiner mehr als geduldigen Verlegerin Sandra Thoms und meinen beiden Lektoren Katharina Witthuhn und Andreas Barth.

Und ich danke meiner toleranten und äußerst nachsichtigen Familie, die mich mit Samuel Smith Pale Ale versorgte, immer die richtige Musik auflegte, sich auch noch die dritte Überarbeitung geduldig vorlesen ließ, und dabei so tat, als sei es das erste Mal. Andrea, Merlin und Felix, ich mache es wieder gut – versprochen!

R. C. M.

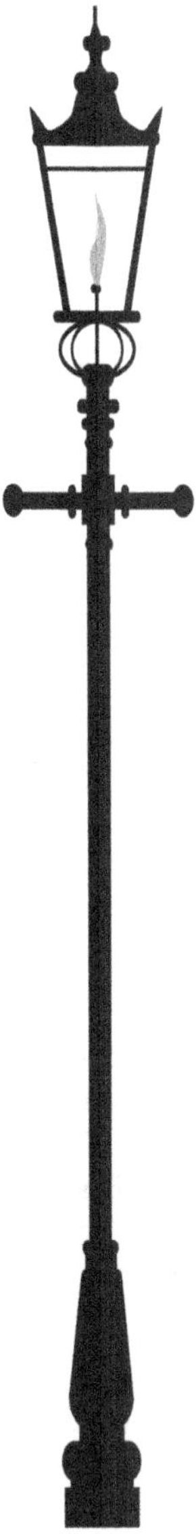

Die Baker-Street-Bibliothek

Romane aus den Anfängen der modernen Kriminalistik

Verfügte Sherlock Holmes
in seinem Haus in der
Baker Street 221b
über eine literarische Bibliothek?
Wir wissen es nicht.
Aber wir stellen uns gern vor,
dass er die Bücher dieser Reihe
gelesen hätte:

Geschichten rund um skurrile Morde,
bizarre Motive und
eigenwillige Ermittler,
die allesamt in einer Zeit spielen,
in der die Verbrechensermittlung
noch in den Kinderschuhen
steckte.

www.bakerstreetbibliothek.de